미카미 테렌
타케시마 에쿠

7

내가
연인이
될 수 있을 리
없잖아,
무리무리!
(※무리가 아니었다?!)

내가 연인이

WATA NARE

루시 르페베르
식사는 꼭 필요할까요?

테루사와 요우코
나도 레나코 쿤의
첫 번째가 되고 싶은걸

양팔을 레나코의 목에 둘렀다.
거기에 더해 몸을 꾹꾹♡ 밀착시킨다.

까득!

히익?!

요우코는 레나코의 목을 이빨로 깨물었다.
그렇구나, 이런 맛인가.
깨무는 힘을 조절해 가며 이빨 자국을 새겨준다.

아으아으아으아으아으아으!

레나코는 몸을 비트는 것조차 하지 못한 채,
그저 경직된 상태로 비명을 질렀다.

코끼리다! 크다!
저것 봐, 호랑이!
호랑이가 있어! 진짜 죽인다

ㅣ나코
{아마오리 자매의 동물원 데이트}
동물원이다ー!
하루나

CONTENTS

본문 컬러, 흑백 일러스트　　타케시마 에쿠

중학교 2학년, 가을.

아마오리 레나코의 인생은 무미건조했다.

한껏 움츠린 자세로 등교한 소녀는 자기 자리로 가서 앉았다.

마치 수업이 시작하기 전까지 시간을 때우려는 것처럼 느릿느릿 1교시 수업 준비를 시작한다.

이 교실 속에서 소녀가 좋아하는 점이라곤 이어폰을 타고 흘러나오는 음악이 전부.

그 외에는 전부 아무래도 좋았다.

하루하루는 똑같은 일상의 반복.

부활동은 하지 않는다. 성실하게 수업을 받는 것도 아니다. 친구를 사기는 일에도 그다지 열의를 보이지 않았다. 학교에신 책상 앞에 앉아 있긴 하지만, 그건 그저 앉으라고 했으니까다.

친구──반에서 말을 걸어주는 상대──와 실없는 대화를 주고받으면서도, 머릿속으로는 어젯밤에 플레이했던 게임 내용을 다시 떠올려 보고 있었다.

회색빛 청춘. 그렇게 이름을 붙이고 싶을 정도로 하나부터 열까지 불성실하고, 의욕도 없다.

텅 빈 일상.

분명 조금씩 낙오해 가던 중이었다고 생각한다.

『가슴 설레는 지금 이 순간을 열심히 살아가고 있어!』 그런 아이들을 언젠가부터 차가운 시선으로 보게 되었다. 그건 틀림없이, 나는 저렇게 될 수 없을 거라며 처음부터 포기하고 있었기 때문이었겠지만, 당시엔 그걸 깨달으려고도 하지 않았다.

필사적으로 구는 건 꼴사나워. 해봤자 피곤할 뿐이니까 하지 않는 편이 나아. 애초에 시작하기 전부터 무슨 일이든 결과가 뻔히 보이잖아.

이게 자신의 스탠스. 힘을 내봤자, 변변찮은 일이 없다.

그런데도 행복했다.

그렇게, 다른 사람이 보기엔 아무것도 없이 텅 비었다고 여길 만한 일상이라고 하더라도.

시간은 언젠가 소녀를 어른으로 만들어 준다. 현실과 마주하는 법을 가르쳐 준다. 지금은 아직 그 과정일 뿐이다.

누구에게나 찾아오는 평등한 유예 기간.

그래야 했는데.

──그게 산산이 부서졌다.

나시지 코마치. 그것이 침략자의 이름이었다.

그녀는 아마오리 레나코의 상식을 박살 냈다.

자신은 누구에게도 보호받고 있지 않았다. 평온한 일상 따위 거짓이었다. 아무것도 이루지 않았던 인간은 아무것도 할 수 없었다. 강자의 변덕으로 학교생활은 맥없이 파탄에 이르렀다.

그렇게 1년 반이라는 시간을 잃었다. 소녀가 살아온 15년 인생 중 자그마치 10분의 1에 해당하는 손실. 사람 몸으로 따지면 인체의 총량 중 양팔이 차지하는 비율과 맞먹었다.

길고, 길고, 긴 시간, 심해를 헤맸다.

그럼에도 소녀는 다시 헤엄치기 시작했다.

여동생의 헌신적인 조력과 소녀 스스로 품은 바람으로 인해.

변하고 싶다고, 달라져야 한다고, 그렇게 마음먹은 덕분에 소녀는 비로소 자신의 길을 걷기 시작할 수 있었다.

자기 자신을 조금이나마 좋아할 수 있게 되었다.

이제, 이야기는 해피 엔딩을 맞이할 뿐.

그럴 터였다.

설령 다른 사람은 이해하지 못하더라도, 소녀는 여전히 겁을 먹고 있었다.

자신의 세계를 파괴한 존재가 또다시 모든 것을 파괴하지는 않을까, 하고.

딱 한 번뿐이었던 말을, 소녀는 자기 혼자 속으로 수만 번, 수억 번이나 되풀이했다.

마음속에 둥지를 튼 공포. 그것이 괴물의 정체였다.

＊＊＊

나는 도망쳤다.

공원에서 미나토 양과 만나고, 그 직후 바로.

어디를 어떻게 달렸는지조차 기억나지 않는 상태로, 나는 어느

새 집으로 돌아와 있었다.

마음속에 피어난 검은 곰팡이가 스멀스멀 온몸을 뒤덮으려 들었다.

괴롭다. 숨쉬기가 힘들다.

나시지 코마치. 틀림없다. 내 중학교 시절 동급생이다.

화려하고, 기가 세고, 여학생 그룹을 휘어잡고 있던, 당시 교실 안의 보스.

외모는 미인이라고 부르기에 부족함이 없었다고 생각한다. 하지만 내가 떠올리는 그녀의 얼굴은 언제나 검게 덧칠되어 있었다.

그저 머릿속에 떠오르는 건 사람을 질책하는 입. 분노와 미움을 담은 눈. 그리고 칼날 같은 말.

상처가 쑤신다.

순수 배양용 무균실에서 자라온 나는 한 사람에게 향하는 『악의』라는 감정을 뒤집어써 본 적이 없었다.

처음 맞이한 악의는 너무나도 두려워서.

그래서 나는, 자기 껍질 속에 틀어박혔다.

그런 뒤 고등학교 데뷔를 하고, 많은 어려움을 극복해 왔다고 생각하지만……. 나는 여전히 갓난아기나 다를 바 없었다. 평범한 사람이 당연히 경험했을 일들을 아무것도 겪지 못했다. 태어나서 처음으로 맞는 주사가 무서워서 울음을 터트리는 아기랑 똑같다.

아무리 시간이 지나도 주사가 무서워서 어쩔 줄을 모른다.

정말로 한심하다…….

커튼을 쳐서 어두워진 내 방에서 자기혐오의 늪에 잠겨 있으면서도, 내 머릿속엔 또 하나의 의문이 있었다.

하루나가 싸운 원인이다.

미나토 양이 나시지 코마치 양의 여동생이었다면, 그건, 어쩌면…….

거기에 생각이 닿은 이상, 나는 행동에 옮기지 않고선 견딜 수 없었다.

이건 분명 용기와는 다르겠지.

자신의 마음으로는 감당할 수 없는, 어찌할 도리가 없는 충동을 토해내고 싶을 뿐이었다.

나는 무언가에 재촉당한 것처럼 방을 나와 하루나의 방문을 노크했다.

시야가 좁다. 머리가 잘 돌아가지 않는다. 지금 자기가 평정심을 잃은 상태라는 사실을 스스로도 알고 있었다.

"응—?"

문이 열리고 등교 거부를 이어가고 있는 내 여동생—— 아마오리 하루나가 얼굴을 드러냈다.

여동생이 지금 무슨 표정을 짓고 있는지, 눈으로 보고 있을 텐데도 머릿속에 들어오지 않는다.

"있잖아, 하루나."

갈라진 목소리가 나왔다.

"어, 뭐야. 언니, 안색이 새파란데."

“어떻게 된 일이야?”

“뭐가?”

상대가 하는 말을 알아듣지 못하니, 대화라고도 부를 수 없다. 나는 내가 해야 할 말을 그저 빠른 어조로 쏟아냈다.

“알고 있었어? 나시지 코마치 양에 대해.”

“……뭐?”

“미나토 양이, 여동생이라며.”

종잡을 수 없는 내 말에 여동생이 미간을 찌푸리는 게 보였다.

“무슨 소릴 하는 거야?”

나는 하루나를 다그쳤다.

“그렇지 않고서야, 이상하다고. 하루나가 사람을 때리다니.”

“있잖아.”

“나 때문이잖아? 나 때문에.”

“좀 진정하라니깐.”

“무리야, 그치만──.”

“어휴 진짜.”

손을 들어 올린 하루나가.

그대로 손날을 내리쳤다. **내 정수리**에.

퍽──.

“끄엑.”

두개골이 흔들리며, 눈앞에 별이 보일 정도로 강한 충격이 엄습했다.

“진정해.”

나도 모르게 머리를 감싸 쥐며 뒷걸음질 쳤다. 나는 몸을 떨었다.

고통은 그리 크지 않았다. 하지만…….

그럴 수가…… 으으, 이게 무슨 일이람…….

“하, 하루나가 사람을 때렸어……!”

“얘기를 좀 들으란 말이야!”

“역시 나 때문에……!”

“맞아! 지금 때린 건 언니 잘못이야!”

눈꼬리에 눈물이 맺힌다.

“왜, 왜 나 같은 애 때문에…….”

“있잖아.”

맞물리지 않는 대화에 하루나는 시끄럽게 돌아가는 PC 쿨러 소리처럼 신음했다.

“아까부터, 계속! 무슨 소릴 하는 거야?”

허리에 손을 올리고서 하루나가 얼굴을 들이밀었디.

단단히 고정된 시선에선 자기 구역의 소유권을 주장하는 들고 양이처럼 묘한 위압감이 느껴졌다.

어, 그게…….

이제야 땀이 폭포수처럼 샘솟기 시작했다.

모르겠다. 나도 대체 내가 뭘 하는 건지 하나도 모르겠다…….

떠듬떠듬 입을 열었다.

“그게…… 방금 전에 미나토 양이랑 대화를 나눠봤는데요…….”

그 순간 하루나가 눈을 부라렸다.

“뭐어?! 멋대로 무슨 짓을 하는 거야?!”

우와, 무서워.

이건 내가 인생에서 두 번째로 만나는『악의』……?!

양손을 머리에 딱 붙이고 헬멧처럼 감싸면서 변명했다.

"그, 그치만…… 하루나가 아무 말도 해 주지 않으니까……."

"말할 필요가 없으니까 그렇다고 했잖아. 몇백 번을 말해야 알아들어? 좀 적당히 해줬으면 하는데."

"그, 그래도!"

하루나에게 맞서기 위해서 나도 목소리를 높였다. 큰 소리는 곧 힘이다. 흰코사향고양이는 위협할 때 평소보다 훨씬 큰 울음소리를 낸다.

"하루나가 아무것도 말해주지 않으니까! 걱정이 되는 것도 당연한 일이라고 해야 하나……."

"그게 쓸데없는 참견이야. 애초에 두 달이 지나면 학교에 간다고 말했잖아."

"두 달은 긴 시간이야! 훔볼트 펭귄은 두 달이 지나면 이미 성체가 돼서 둥지를 떠난다고!"

"있잖아……."

또『있잖아』가 나왔어!

나는 여동생의『있잖아』가 무서워! 조약으로 금지하고 싶어!

"애초에 내가 등교를 안 하는 건, 언니랑 관계없는 일이지?"

"그런데 있을지도 모른다는 얘기잖아!"

"없거든. 말도 안 되는 소리야."

슬쩍 시선을 올리면서 팔짱을 낀 하루나를 마주 보았다.

"그치만……."

"바보 아니야? 내가 언니를 위해서 친구를 때려? 왜? 왜 그런 짓을 하는데?"

"그건…………."

무슨 말을 해도 하루나의 페이스는 무너지지 않고 평소대로라서, 어쩐지 나도 점점 관계없는 일처럼 느껴지기 시작했다.

지금 나는 마치 세계가 멸망하는 꿈을 꾸고 겁을 집어먹은 어린애 같은 취급을 받고 있었다.

그래서 『왜 그런 짓을 했겠느냐』라는 질문에, 그다음 말을 꺼내는 데에는…….

상당한 용기가 필요했다.

"……하, 하루나가…… **나를, 좋아하니까**……."

나시지 코마치의 여동생이 나를 바보 취급하는 듯한 소문을 퍼트리는 걸 용서할 수 없어서, 저도 모르게 주먹을 휘두르고 말았다고…….

내가 내놓은 추리는, 입 밖으로 꺼내놓고 보니 그야말로 황당무계한 헛소리.

그치만, 그래도, 아무리 생각해도 그것 말고 다른 이유를 찾을 수 없었다.

증거는 아무것도 없지만…… 그래도 이게 우연일 리가 없다.

고개를 수그린 채로 기다렸다.

하루나한테서 반응은…… 돌아오지 않는다.

고개를 들어 하루나를 힐끗 보았다.

하루나는 여전히 팔짱을 낀 채, 하이라이트가 사라진 눈동자로 나를 내려다보고 있었다.

"바보야?"

1밀리의 온기조차 없는 우주 공간 같은 목소리였다.

커억················.

산소를 갈구하며 나는 헐떡였다.

"허억, 허억…… 아, 아니, 그래도……."

"바보야?"

"때린 상대가 우연히 나시지 코마치 양의 여동생이었다니, 그런 건 말도 안 되는 일이라고 할까……."

"바보야?"

"ㅇㅇㅇㅇㅇㅇㅇ."

큰일이다. 이대로라면 하루나의 매도에 살해당할지도 몰라.

내 라이프는 이미 제로야. 언니로서의 존엄만을 버팀목으로 삼아 어떻게든 서 있긴 하지만.

"그보다 누군데? 그 나시지 코마치라는 사람은."

"그…… 그게……."

나는 입을 뻐끔뻐끔 열었다 닫았다.

"미나토 양의 언니고……."

"그리고?"

고……… 그리고?!

뒷말을 재촉하는 말에 굳어버렸다. 그다음 말은…… 내 중학교 시절 트라우마에 관한 이야기다.

나는 사소한 일로 나시지 코마치의 분노를 샀고, 반 애들 전원에게 무시당했다.

아마오리 레나코가 등교 거부를 하게 된 원인이었다.

이 일은 아무에게도 말한 적이 없다. 선생님한테도, 부모님께도. 물론 여동생에게도.

하루나는 알면서도 모르는 척 시치미 떼고 있을 뿐인 걸까. 아니면 정말로 모르는 걸까.

문을 노크하던 순간까지는 주변이 눈에 들어오지 않았던 탓에, 그저 하루나에게 따져 물어야겠다는 생각만으로 가득했지만……. 점점 믿음이 흔들리기 시작했다.

만약 지금 미나토 양이 내 트라우마의 원인이 된 상대의 여동생이었다고 하루나에게 얘기하고…… 그리고 여동생이 그 사실을 몰랐다면…….

…….

만에 하나의 가능성이지만, 이번에야말로 하루나가『뭐? 그런 거였다니 그냥 넘어갈 수 없겠는데』라며 분노를 터트리면서 미나토 양네 집까지 쳐들어간다는 사태도…… 있을 법하지 않을까…….

아냐…… 하루나가 그렇게까지 나를 좋아할 거라고는 생각하기 힘들어…….

오히려『뭐? 그 정도 가지고 등교 거부를 했던 거야? 한심한 여자네』라고 경멸당하고, 비웃음을 사는 게 고작 아닐까……?『그렇게 고집스레 입을 다물었던 주제에, 겨우 그거?』라고 진지한 얼굴로 되묻기라도 하면 정말로 등교 거부를 하게 될 것 같다.

으으으. 이젠 뭐가 뭔지 모르겠어! 왜 이런 기분에 시달려야만 하는 거야!

"이제 좀 솔직해져 봐, 하루나! 정말 모르겠다고! 왜 얘기해 주지 않는 거야?! 나는 언니라고!"

발을 동동 구르면서 화를 냈다.

"하루나한테 괴로운 일, 힘든 일이 있다면! 조금 정도는 나한테도 나눠 짊어지게 해줘도 되잖아! 가족이니까!"

하루나를 힘주어 노려보았다.

그 시선을 받아야 할 하루나는.

이미 그 자리에 없었다. 철컥, 하고 문이 닫혔다.

문 너머로 목소리가 들렸다.

"바보야?"

나는 허무한 표정으로 거실 소파 위에 몸을 휙 던졌다.

두 손 두 발을 쭉 펴고서 엎드린 자세로 소파 쿠션에 얼굴을 파묻었다.

내 마음은 이제 텅 비었다.

괴로워…….

이렇게까지 말해도, 하루나가 아무것도 얘기해주지 않는다는 사실이 충격이었다. 상황증거는 조금씩 모이기 시작했다. 그럴 터였다.

그런데 붙잡으려고 하면 하루나는 온몸에 가시를 두른다. 호저를 움켜쥔 내 손바닥은 피투성이가 되었다.

애초에…… 언니니, 여동생이니……. 그래서 뭐 어쨌다는 거야……. 도움을 요청할 생각이 손톱만큼도 없는 상대에게 이러쿵저러쿵 집적대려는 내가 바보일지도 몰라…….

포기하지 않고 계속 손을 내밀다 보면 언젠가 여동생이『미안해~ 언니이~. 사실은 전부 언니를 위해서 그런 거였어~, 삐에엥~ (짜증 나는 이모티콘)』하고 울면서 나한테 매달리기라도 할 거라고 생각한 거야? ……후후후…….

바보다. 멍청하기 그지없다.

네 번이나『바보야?』라는 소리를 듣는 것도 당연한 꼴이다.

하루나를 등교 거부에서 구하기 위해(이미 이『구한다』고 표현한 시점에서 엄청나게 잘난 듯이 굴고 있으니, 나는 처음부터 틀려먹었던 거였다…… 후후후……) 퀸텟 친구들에게 도움을 구했다.

아지사이 양이, 사츠키 양이, 카호 짱이, 마이가, 모두가 협력해 주었다는 이유로 나노 뭔가 할 수 있을 거란 기분에 젖어 있있다. 같이 욕조에도 들어가고, 마음의 거리도 조금은 좁혀졌다고 생각했는데 결과는 이 모양이다.

되돌아온 칼날에 내 하트는 너덜너덜하게 찢겼다.

너무나도 불쌍한 아마오리 레나코. 줄여서 불쌍레나코.

보나 마나 대학에 입학하면 나도 독립해서 지내게 되겠지. 그 다음 그대로 취직하면(할 수 있을지 어떨지는 지금 생각하지 않기로 하자), 이후엔 여동생과는 거의 얼굴도 마주칠 일 없는 인생을 보내게 될 테니까…….

가족이라고 해봤자, 혈연이라고 해봤자, 그 정도 관계에 불과해……. 나는 등교 거부를 하는 하루나를 과거의 나와 겹쳐 보고 있었지만, 하루나는 나와는 다른 사람이야…….

됐어 됐어. 이젠 몰라. 멋대로 하라고 해. 등교 거부도 즐겁다고. 매일 아침부터 밤까지 게임을 할 수 있다니 최고잖아. 만약 이대로 중학교를 졸업하게 된다고 해도, 하루나라면 분명 잘 해낼 거야……. 하루나는 나랑은 다르니까…….

지금 나는 삐뚤어진 아마오리 레나코. 줄여서 삐뚤레나코.

여동생은 아마 정말로 아무것도 모를 거야. 나시지 코마치에 대해서도, 미나토 양이 걔 여동생이라는 사실도.

모두 우연의 일치였다. 나는 그렇게 단정 짓기로 했다.

주먹을 휘두른 것도 뭔가 다른 이유가 있었겠지……. 남친을 사이에 두고 다퉜다거나, SNS에 뒷담을 썼다거나…… 나로선 전혀 알 수 없는, 내 인생과는 일절 상관없는 이유가…….

스마트폰을 쳐다볼 의욕조차 나지 않아서 리모컨을 들고 TV를 켰다.

내 인생과는 아무런 관계없는 뉴스가 흘러나온다.

생각이 흐물흐물 녹아내린다.

아―……. 아예 나도 등교 거부 선언을 해버릴까냥~…….

다음 주 월요일에 바로 시험이라니, 완~전 귀찮은데…….

인간관계도 성~가신 일들뿐이라 진심 못 해 먹겠네~ 싶고…….

하~ 나른해~……. 나른나른나른나른…….

『……퀸 로즈 소속 모델인…….』

……응?

그때 TV에서 내가 아는 사람의 사진이 나타났다. 내 인생에 다소는, 아니 상당히 관계가 있는 사람이다.

오우즈카 마이.

긴 금빛 머리카락과 하얀 피부. 언제나 부드러운 미소를 짓고 있는 완벽한 미소녀. 유명 브랜드 퀸 로즈의 아가씨이자, 온갖 것들을 다 손에 넣은 고등학교 1학년이고, 내…… 그게, 내…… 여자친구다…….

아냐야냐! 뭐가 여자친구야! 그런 건 관계없단 말이야!

지금 나는 삐뚤레나코야.

마이한테도 삐뚤어진 태도를 보여주겠어!

켁, 마이는 참 좋겠네! 이렇게 TV에도 나오는 데다, 하루나한테도 신뢰받고 있으니! 둘이서 솔직하게 비밀을 털어놓고 말이야! 나 같은 애랑은 천지 차이지!

아냐, 그래도 마이는 자기한테 아무런 이득도 안 되는데 나와 내 여동생을 위해서 일부러 귀중한 시간을 할애해 줬잖아…… 마이가 신뢰받는 것도, 전부 다 마이가 인생을 살면서 한결같은 노력을 거듭해 온 결과니까…… 역시 마이는 대단해…….

아니야! 이게 아니야!

냉정해지지 마!

나는 삐뚤어지는 것조차 어중간하게밖에 못 하는 거야?! 그럴 수가…….

아니, 아니야. 내 마음속에는 잭나이프 같은 인격이 잠들어 있어. 그래. 그렇지?! 중학교 시절의 나!

지금뿐이라면 자, 마이한테도 내키는 만큼 부정적인 소리를 지껄여도 된다고.

자, 해봐! 2절까지 해도 돼!

중학교 시절의 내가 환영처럼 떠올랐다. 그렇지, 지금이야, 가라! 곁에 서 있는 것! 나의 스탠드!『결코 사라지지 않는 과거』!

내 스탠드는 나를 내려다보면서 입을 열었다.

『뭔 소릴 하는 거야, 얘. 바보야?』

………….

항상 괜히 글자 수를 낭비해 가며 남을 욕하려고 드는 주제에…….

이럴 때만 최단 거리로 정곡을 찔러대다니…….

그랬어, 이 녀석이 가장 미워하는 상대는 다른 누구도 아닌 어리석은 나 자신이었어. 나도 네가 밉다고…….

마음속 자신한테까지 배신당하는 바람에 나는 더 이상 아무것도 못 할 정도로 기력이 사라졌다. 소파에 대자로 뻗어 천장을 올려다보았다.

뭐냐고, 정말이지. 못 해 먹겠다고.

지금 당장 하늘에서 5조 엔이 떨어져 내리진 않으려나!

아니면 지금 당장 하루나가 마음을 고쳐먹고는『미안해~ 언니이~. 사실은 전부 언니를 위해서 그런 거였어~, 삐에에엥~!』하고 울면서 나한테 매달리러 오지 않으려나…….

그렇게 되면 언니도 이젠 모든 고민거리가 사라지고 마이, 아지사이 양과 함께 러브러브 꽁냥꽁냥 데이트를 할 텐데 말이야…….

……허무한 망상이다…….

직후.

우당탕탕, 누군가 거실로 뛰어 들어왔다.

낯빛이 붉어진 채로 나타난 건 하루나였다.

"어, 언니!"

엥? 에엥?

나도 모르게 몸을 일으켰다.

설마, 하루나……?!

조금 전에 나한테 네 번이나 『바보야?』라고 내뱉었던 애가, 지금은 뺨에 홍조를 띠고서 한 손에는 스마트폰을 쥔 채 다급하게 내 곁으로 다가와 무릎을 꿇고 앉았다.

"뭐, 뭔데?"

"저기, 저기저기!"

큰일이다. 가슴이 두근거리기 시작했다.

"으, 응."

말하는 건가? 설마, 너…….

다시 마음을 바꿔 먹은 거야……? 내 마음이 전해진 거야……?!

여동생이 스마트폰을 내밀었다.

"봤어?! 이거!"

거기에는 큼지막하게 마이의 사진이 띄워져 있었다.

전혀 아니잖아! 그야 알고는 있었지만!

멋대로 기대하고, 멋대로 실망하고……. 나는 어쩜 이렇게 어리석을까. 어리석음 검정 시험 5급이라도 수강해 볼까.

"안 봤는데……."

그러고 보니 방금 뉴스에도 마이가 나왔던 것 같기도.

하루나는 눈이 휘둥그레진 상태로 나에게 스마트폰을 들이댔다.

"읽어 봐! 기사! 어서!"

"으, 응."

박력에 압도당해 시선을 옮겼다.

스마트폰에는, 이렇게 쓰여있었다.

『오우즈카 마이, 갑작스러운 약혼 발표──.』

주식회사 퀸 로즈의 대표 모델 오우즈카 마이가 약혼 사실을 발표했다. 오우즈카는 "항상 따뜻한 응원을 보내 주시는 팬 여러분, 신세를 지고 있는 관계자 여러분, 이 자리를 빌려 중요한 보고를 드립니다. 갑작스러운 소식, 개인적인 일이라 몹시 송구스럽습니다만, 예전부터 교제하던 여성과 약혼하게 되었습니다"라고 보고했다.

"엥?!"

그럴 수가……. 어……?!

자, 잠깐 마이?!

농담이지?!

뭘 멋대로 이런 짓을 하는 거야?!

이러면…… **나는 내일부터 학교도 제대로 다닐 수 없게 되잖아……!**

뉴스 | 예능
오우즈카 마이,
갑작스러운 약혼 발표

머릿속에 광경이 떠오른다.

수많은 기자에게 둘러싸인 나. 들이미는 마이크. 끊임없이 번쩍이는 카메라 플래시, 사람들이 코멘트를 해달라고 아우성치고, 나는 온몸으로 부러움의 시선을 받는다. 그리고 이대로 상류층의 세계로 뛰어들게 되는데——.

"언니! 봐! 여기! 봐봐!"

"헉."

어깨를 흔들어 대는 여동생이 기사 끄트머리를 손가락으로 가리켰다.

『상대는 프랑스 국적의 유명 모델.』

여동생을 돌아보면서 외쳤다.

"나, 프랑스 국적의 유명 모델이었어?!"

그런 나에게 여동생은.

"…………좋은 꿈을 꾸고 있었구나, 언니."

"어?!"

마치 방금 막 차인 친구를 위로하는 것처럼, 동정 어린 눈빛을 보내기 시작했다.

………………**어?!?!**

***

다음 날, 학교.

내가 등교했을 땐, 이미 교문에 북적이는 인파가 형성되어 있었다.

아시가야 고등학교 학생들만 있는 게 아니다. 뭔가 카메라를 손에 든 어른들도 잔뜩 있다……. 방송국 사람인가? 다들 분명 오우즈카 마이의 등교를 기다리는 거겠지.

당연한 소리지만 나는 프랑스 국적의 유명 모델이 아니다. 혹시 그럴 가능성이라도 있지 않을까……? 싶어서 기억을 더듬어 봤지만 자기 자신을 속이기는 힘들 것 같았다.

어떻게 된 일인지 물어보려고 마이에게 메시지를 보냈지만 내 문자에도 답장이 없었다.

그래서 아예 직접 만나서 얘기를 들어보려고 했는데…… 그것도 어려워 보인다.

소금 떨어진 곳에서 기다리고 있있더니, 어느새 키가 큰 여성이 내 옆에 서 있었다.

"또 오우즈카 마이가 주목을 받는군요……."

표정을 찌푸리고 있는 그녀는 1학년 B반을 휘어잡고 있는 어쩌고 그룹의 학생, 타카다 히미코 양이었다. 요전번에 구기 대회에서 한바탕 다투었던 상대지만, 지금은 서로 얼굴을 보면 인사를 나누는 사이 정도는 되었다. ……되었을 거다.

"아…… 저기, 타카다 양, 안녕."

"좋은 아침이에요."

봐, 인사도 확실히 받아주잖아! 관계 양호!

그렇지만 타카다 양은 상당히 심기가 불편해 보였다.

"정말이지…… 이 광경엔 불만을 참을 수가 없네요……."

"하하……."

뭐라 할 말이 없어서 적당히 웃음으로 얼버무렸다.

타카다 양은 어린 시절 모델 일을 했었는데 마이가 인기를 전부 가로채는 바람에 은퇴했다고 한다. 그 이후로 마이에게 라이벌 의식을 불태우고 있다. 2P 컬러 사츠키 양 같은 사람이다.

"그건 그렇고 인파가 굉장하네요."

"정말로요. 저 오우즈카 마이가 약혼발표를 했을 뿐인데 나 참, 한가한 인간들이 재잘재잘 쨱쨱대느라 바쁘군요."

굉장한 표현이다…….

"그야 오우즈카 마이는 현역 모델 중에서도 주목도 넘버 원. 올해의『모델이 뽑은 동경하는 모델 랭킹』에서도 당당하게 1위를 차지. 10대부터 시작해 폭넓은 연령대로부터 지지받는 인플루언서이기도 하지만, 그렇다곤 해도 이렇게까지……."

……응?

"지상파에도 다수 출연하고 있고, 영향력, 지명도 둘 다 하이스코어. 퀸 로즈의 브랜드 파워를 세계 레벨로 끌어올린 주역이면서, 지금까지 어떤 남자 연예인과 얽히더라도 일절 열애설이 흘러나온 적이 없는 만큼, 센세이셔널한 화젯거리긴 하겠지만……. 이슈만 뜨면 달려드는 사람들은 참 보기 흉하네요."

저기.

"잘 아시네요, 타카다 양."

째릿! 하는 소리가 날 정도로 날카로운 눈으로 노려본다. 히익.

"……그거야 당연하잖아요? 오우즈카 마이는 언젠가 제가 쓰러트릴 상대예요. 적을 알고 나를 알면 백번 싸워도 위태로움이 없다는 말을 모르시는 건가요? 정말로 딱하네요…… 아니, 딱함을 넘어 딱딱할 정도예요!"

"그, 그렇구나……."

나는 깊게 파고들지 않기로 했다.

마이와 사귀고 있다는 사실은 절대 들키지 않도록 해야지……. 무시무시하게 귀찮은 일이 벌어질 것 같으니까…….

"아, 왔다 왔다. 리무진."

"오우즈카 마이…… 큭!"

교문에 다가오는 리무진을 본 순간, 타카다 양이 어디서 꺼냈는지 하얀 손수건을 꺼내서 이로 물어뜯었다. 우와아.

현실에서 이런 짓을 하는 사람이 진짜 있구나……. 세상에는 내 생각 이상으로 재미있는 사람들이 잔뜩 있을지도 모르겠다.

운전석에서 내린 여성(하나토리 씨가 아니었다)이 문을 열었다.

마이가 모습을 드러내자, 그 순간.

둥글게 모인 사람들이 와! 하고 확 좁혀들었다. 순식간에 마이의 모습이 인파에 파묻혀 시야에서 사라졌다.

"우와― 굉장한 인기……."

알고는 있었지만 새삼 이렇게 실제로 보니까 장난 아니다.

온 나라 사람들에게 사랑받는 공주님을 보는 것 같았다.

"뭣…… 리무진에서 한 사람이 더 내렸어요……! 저 사람이 약혼자……?!"

나보다 15센티 넘게 키가 큰 타카다 양에겐 인파 안의 광경이 보이나 보다.

"어? 정말?"

폴짝폴짝 뛰어 봤지만 정수리조차 안 보여!

"학교까지 피앙세를 데려오다니, 설마 저한테 과시하려고……?!"

"아니, 그건 아니지 않을까!"

네 피해망상이야! 라는 태클을 최대한 부드러운 표현으로 바꿔 말했다.

직후, 『꺄—!』 하는 새된 환호성이 울려 퍼졌다.

"어? 뭐야뭐야? 뭔데?"

이제는 점프하는 것보다 그냥 타카다 양한테 묻는 편이 빠르다. 타카다 양은 다음 한 수를 고민하는 장기 기사 같은 표정으로 가르쳐 주었다.

"……별일 아니네요. 오우즈카 마이가 약혼자의 손등에 키스를 했어요. 매스 커뮤니케이션 미디어를 향한 선전이겠죠."

"그렇구나."

매스컴이라고 줄여 부르지 않는 사람은 처음 보네…….

그 후, 약혼자로 짐작되는 사람을 태우고서 리무진이 자리를 떠났다.

마이는 여전히 학생들과 매스컴에 둘러싸여 꼼짝도 못 하는 모양이다.

옆에서 한층 더 세게 손수건을 물어뜯고 있던 타카다 양에게 물었다.

"저기……. 약혼자는 여자였어?"

"그래 보였어요. 프랑스에선 동성 결혼이 인정되고 있으니까 그쪽에선 그리 드문 일도 아니겠죠. ……아아, 그렇군요. 이 소동은 그 점에 흥미를 느끼고 구경 나온 사람들도 섞여 있기 때문일지도 모르겠네요."

혼자 말하고 혼자 납득하는 타카다 양.

나는 "흐응" 하고 중얼거리듯 말했다.

아니, 뭐, 딱히 상관없기는 한데.

마이는 이런저런 사정이 있을 테니까.

"역시."

그러자 타카다 양은 마치 지금 처음으로 내가 있다는 사실을 깨달은 것처럼 시선을 돌리면서 크게 고개를 끄덕였다.

"깊은 그룹에 속한 친구라고 해도, 오우즈카 마이에겐 복잡한 감정이 드는 모양이군요."

"어?"

"그런 표정을 짓고 있었어요, 당신. 마음에 들지 않는다고 말하는 듯한."

"아니, 저기."

타카다 양은 다정하게 미소를 지었다.

"오우즈카 마이의 등을 찌르고 싶다면야 협력하겠어요. 언제든지 B반에 편입해 오세요."

"안 할 거야!"

그런 이유로, 교실에 온 다음에도 마이는 한동안 주변 애들에게 둘러싸여 있어야 했고, 그 탓에 단둘이서 얘기할 타이밍도 좀처럼 잡을 수가 없어서.

점심시간. 간신히 나와 마이는 옥상에서 대화를 나눌 수 있게 되었다.

"이것 참."

옥상 난간에 몸을 기댄 마이는 역시나 피로한 기색이 역력했다. 나한테서 최대한 시선을 돌리면서 신음한다.

"역시 조금, 피곤하네……."

"수고하셨습니다."

나는 마이의 어깨를 토닥토닥 두드렸다.

이렇게 일대일로 이야기해 보니까, 당연하지만 마이는 여전히 마이였다. 달라진 기색은 찾아볼 수 없다. 녹초가 되었어도 여전히 아름답고, 찬란한 광채에는 티끌 하나 없다.

11월의 옥상은 살짝 추웠다. 그렇지만 층계참에서 나눌 만한 대화도 아니다. 결국, 이러니저러니 해도 여기가 제일 마음이 편했다.

"미안해. 어제는 연락도 하지 못해서."

"아닙니다."

처음 약혼 뉴스를 들었을 때는 아무래도 『뭔 소리야, 이게!』라고 외치고 싶은 심정이었지만, 하룻밤 지나고 나니 마음도 진정이 된지라.

그런 의미로는 어제가 아니라 오늘 대화를 나눌 수 있어서 결과적으론 잘 된 걸지도 모른다. 어제는 나도 여동생 일로 제정신이 아니었으니까…….

아니 그보다, 애초에 말이지만.

평소에도 그렇게나 나만 보면 좋아해 좋아해를 연발하던 마이가 뒤에선 몰래 바람을 피우고 있었다니, 절대로 그럴 리가 없지. 그렇게 확신할 수 있을 정도로는, 나 또한 마이가 나를 좋아하는 마음을 분명하게 느낄 수 있었으니까.

그러니 분명 뭔가 사정이 있을 거야.

오늘 나는 지극히 냉정하다.

연인에게 약혼자가 있었다는 얘기를 듣고도 이렇게나 평소와 조금도 다르지 않은 침착한 태도를 보일 수 있다니, 역시 나야. 연애에 조금도 흥미가 없었던 여자답다.

어쩌면 나도 손수건을 물어뜯으며『약혼자라니 대체 어떻게 된 일이야!』라며 달려드는 편이 더 재미있었을지도 모르겠다. 마이가 난처해할 테니까 하지는 않겠지만…….

“우선은 설명할 기회를 줄 수 있을까.”

“들어보도록 하죠.”

“……이번 일은 어머니가 멋대로 벌인 일이야.”

역시나.

“원래부터 어머니는 내가 성인이 되면 바로 결혼시킬 생각이었

거든. 시대착오적인 소리지만, 내게 어울리는 상대를 계속 물색
하고 있었던 모양이야. 내가 저번에 맞선 파티를 열었던 적이 있
잖아?”

“있었죠.”

“그 사건 이후부터 나에게 맡겨둘 수는 없겠다고 한층 더 결심을
굳힌 것 같아……. 약혼자 자체는 내 의사에 상관없이 그때 정해졌
어. 나는 일시적인 걱정이겠지 싶어서 반쯤 무시하고 있었는데…….”

흐음흐음.

“일언반구도 하지 않던 사이에 얘기가 진행되고 있었던 것 같
아. 그래서 터진 게 이번 사태야. 멋대로 코멘트를 내보냈어. 곤
란한 일이지. 역시 이번에는 나도 강하게 항의해서 발언을 철회
하도록 만들 생각이야.”

“그렇군요, 그렇게 된 건가요.”

“응…….”

나는 너무나도 냉정하게 고개를 끄덕였다.

변명은 100퍼센트 완벽하게 이해했다.

마이가 맞선 파티를 열었던 건, 어떤 의미에선 내 책임이라고
말할 수도 있겠지만……. 그렇다곤 해도 멋대로 딸에게 약혼자를
만든 다음 공식 발표하다니, 아무리 그래도 너무 억지스럽다.

이번 일은 마이에겐 아무런 잘못도 없다. 단순한 피해자다.

나는 아주아주 냉정하게 모든 사실을 파악할 수 있었다.

“그건 그렇고.”

“네.”

마이는 잔뜩 굳은 미소를 짓고 있었다.

어지간히도 피곤한 거겠지. 불쌍한 마이…….

"어째서 아까부터 계속 존댓말을 쓰는 거야."

"어?!?!"

큰일이다. 소리를 지르고 말았다.

나는 놀라서 마이를 마주 보았다.

듣고 보니 확실히. 완전히 무의식적인 행동이었다.

존댓말……? 나는, 어째서……?

"어쩐지 조금, 거리감이 느껴지는데……."

"엇, 아냐, 그럴 리가! 그럴 리가 없다고요!"

또다. 입에서 나오는 말이 자동으로 존댓말이 되어서 나온다.

어째서?!

"혹시 화내고 있는 걸까."

"내가…… 화를 내……?"

마이가 무슨 소리를 하는 건지 조금도 이해가 가지 않는다.

아니, 나는 울트라 하이퍼 냉정한 상태, 마이가 설명하는 모든 말을 이해하고 받아들이고 있고, 잘못한 사람은 마이네 엄마라는 사실도 전부 이해했는데…….

"왜 제가 화낼 이유가 있는 건가요?"

"그건."

마이는 어째서인지 뺨에 땀을 흘리고 있었다. 이제 11월인데.

"여자친구에게 약혼자가 있다는 사실을 들으면, 그게, 누구라도 화를 내지 않으려나……."

"누구라도……. 나라도……?!"

나는 혼란에 빠져서 되물었다.

"왜……?"

"어? 아니, 그게……. 자기가 업신여겨진 듯한 기분이 들어서, 상대의 마음에 불신을 품게 된다거나, 아니면 질투한다거나…… 그렇지 않을까."

또 나왔어! 질투!

"하지만 나는 그, 마이의 약혼자가 어떤 분인지 모르니까요……. 어떤 분인가요? 아는 사이인가요?"

"상대는…… 내 소꿉친구야."

내 뇌리에 어떤 흑발 미소녀가 떠올랐다.

"소꿉친구라고는 해도 사츠키는 아니야."

어떤 흑발 미소녀는 혀를 차면서 물러났다.

"난 옛날부터 일본과 프랑스를 오가면서 생활했거든. 그녀는 프랑스 소꿉친구야. 동료 모델이자 친구고…… 그러네, 그야말로 가족처럼 지내왔어. 솔직하고, 사랑스럽고, 아름다워. 아주 멋진 여성이야."

"헤에……."

마이가 아차, 싶은 표정을 지었다.

"아니, 그런 게 아니야. 나는 그녀에게 연애 감정을 품어본 적이 없어. 정말 털끝만큼도."

"그러시군요……."

"어째서 눈을 피하는 거야! 한층 더 마음의 거리가 멀어진 것 같다만?!"

"아니, 나 같은 애는 반에서도 딱 평균 언저리⋯⋯. 일본에서 태어나 일본에서 자란 데다 일본 밖으로 나가본 적도 없고, 마이와 알게 된 것도 고등학교 입학 후⋯⋯. 조금도 솔직하지 못하고, 외모도 영혼까지 끌어모아 가꾸고서야 겨우 이 수준인 양산형 여자니까요⋯⋯ 헤헤⋯⋯."

"하지만 나는 그런 너를 좋아해!"

마이가 내 어깨를 잡았다.

"내가 사랑하는 사람은 오직 한 사람──."

그 진지한 눈을 마주하자, 무심코 두근거렸다.

너무 자신을 깎아내려봤자 마이가 곤란해할 뿐이라는 사실은 안다. 남 부러울 것 없는 녀석이 하는 자기 비하는 내가 제일 싫어하는 짓이고⋯⋯.

다시 한번 말하지만, 마이가 나를 좋아한다는 마음은 분명히 전해져 온다. 그래서 나는『물론 마이를 믿고 있어』라고 웃음과 함께 대답하려고 했다.

하지만 좀처럼 잘 안 되었다.

"레, 레나코⋯⋯?"

시야가 살짝 일그러져 있었다.

이건 혹시⋯⋯.

나, **울고 있어**⋯⋯?!

"미안해⋯⋯. 너를 불안하게 만들어서⋯⋯."

"엇, 아니, 이건."

순간, 상상이 스쳐 지나갔다.

마이가 내가 모르는 누군가와 팔짱을 끼고서 걷고 있었다. 내가 모르는 누군가에게 미소 짓고, 내가 모르는 누군가의 뺨에 손을 올리고서 내가 모르는 누군가에게 키스한다──.

아냐 그런…… 겨우 그런 상상으로 눈물이 배어 나온다니.

내가 정신이 병든 여친 같잖아!

어제 나시지 코마치의 이름을 떠올렸던 것, 겨우 그걸로 내 마음이 산산조각이 났어! 완전 엉망진창이야!

"저기……."

"으, 응, 레나코."

가냘픈 목소리가 흘러나온다.

"나, 버림받는 거야……?"

"아냐 그건 걱정하지 마! 절대로! 버리지 않을 테니까!"

마이가 드물게도 빠른 어조로 말을 쏟아냈다.

"내가 결혼할 사람은 아마오리 레나코 단 한 사람이야! 다른 후보자는 존재하지 않아! 괜찮아, 나를 믿어줘!"

"……."

이렇게나 초조해하는 마이는 처음 보는 걸지도 모르겠다.

그런데도 나는 안 좋은 상상을 머릿속에서 몰아낼 수가 없었다.

그건 분명 마이가 나에게 있어서 이제는 무척이나 소중한 존재가 되었으니까.

마이를 믿지 못하는 게 아니라, 마이를 잃을지도 모른다는 게 두려우니까. 그래서 이렇게나 불안해지고 마는 거겠지.

“하지만 프랑스에 소꿉친구가 있다는 얘기도 처음 들었고…….”

“켕기는 구석이 있어서 숨겼던 게 아니야. 그저 굳이 말할 필요도 없다고 생각해서. 너도 그다지 관심은 없겠지 싶어서.”

“솔직하고, 사랑스럽고, 아주 멋진 여성…….”

“잘못했어. 네 앞에서 다른 여성을 칭찬하는 건 숙녀답지 못한 행동이었지……. 반성하고 있어. 미안해.”

나는 눈물이 그렁그렁 맺힌 눈으로 마이를 올려다보았다.

“레, 레나코……?”

“버림받을 거야……. 나는 마이에게 결혼 전까지 데리고 놀만한 형편 좋은 상대였어……?”

“그, 그럴 생각은 없어! 나는 그런 불성실한 짓은 하지 않아! 내가 좋아하는 사람은 너뿐이야!”

우으. 마이의 말만이 쩍쩍 갈라져 있던 내 마음에 반창고를 붙여 준다…….

“그럼 나랑 그 애 중 누가 더 좋아……?”

“그야 물론 너지!”

“정말로……? 그럼 그럼, 나를 얼마나 좋아해?”

“세상에서 가장 좋아해.”

진지한 마이의 말에 가슴 속이 찌잉 울렸다.

원해. 마이의 말을 더더욱 원해……!

“정말로? 정말 정말로?”

“당연하지. 영원히 내 곁에 있어 줘, 레나코. 너는 내 전부야.”

“정말로 정말로 정말로……? 거짓말하면 레나코, 용서하지 않을 거니까.”

“맹세하고말고. 언제까지나 네게 영원한 사랑을──.”

그때, 누군가가 내 뒷머리를 퍽, 때렸다.

아파!

머리를 감싸 쥐면서 돌아보았다.

“언제까지 꽁냥댈 건데. 죽일 거야.”

사츠키 양이었다.

“정말이지……. 조금만 더 그 짓거리를 했다면 둘 다 한꺼번에 옥상에서 밀어버렸을 거야. 위험한 참이었네.”

“위험한 건 사 짱의 이성 아니야?”

“아하하…….”

놀랍게도 옥상 문 뒤에 숨어서 우리의 웃기는 꼴을 지켜보던 사람이 있었다. 그것도 세 명이나.

코토 사츠키.

코야나기 카호.

세나 아지사이.

세 사람은 내가 소속된 1학년 A반의 사이좋은 5인조 그룹『퀸텟』의 멤버이자, 나와 마이가 사귀는 사이라는 사실을 알고 있는 친구들이다.

“왜 여기에?”

마이가 물었다.

눈이 번쩍 뜨이는 흑발 미인이자, 마이의 일본 소꿉친구. 그러면서 동시에 얼굴이 예쁘다고 성격도 좋은 건 아니라는 사실을 우리에게 항상 깨닫게 해주는 소중한 존재—— 코토 사츠키 양이 머리카락을 뒤로 쓸어 넘기며 대답했다.

"뭔가 일이 복잡하게 꼬인다면 재미있겠다는 생각에 엿보러 왔어."

당연한 권리를 행사했다는 것처럼 주저 없이 말한다.

대단해. 저렇게까지 뻔뻔스럽게 나오면 아무도 나무랄 수 없겠지. 역시 사츠키 양이에요. 존경하겠습니다.

"사 짱은 레나찡이랑 마이가 걱정됐던 거야. 그래서 나도 따라 왔어!"

방긋 웃으면서 말을 보탠 사람은 코야나기 카호 짱. 소동물처럼 아주 귀여운 소녀이자, 가끔 살짝 보이는 덧니가 너무나도 매력적인 카호 짱은 마이에게도 사츠키 양에게도 거리낌 없이 태클을 걸 수 있는 소중한 존재다.

"그런 거 아니야. 멋대로 말하지 말아줬으면 하는데, 카호."

"네네, 죄송합니다~."

사츠키 양의 박력도 웃음으로 흘러넘기는 카호 짱. 이러니저러니 해도 이 두 사람, 서로를 이름으로 부를 정도로 허물없는 사이니까, 저럴 수 있는 거겠지.

"으으, 그래도 훔쳐보는 건 좋지 못한 행동이었지……. 미안해."

아지사이 양이 세 사람을 대표해서 사과하는 것처럼 고개를 숙였다.

아시가야의 천사로 이름이 자자한 세나 아지사이 양은 얼굴이 예쁜 사람이 성격도 이렇게나 좋을 수 있다는 사실을 세상에 보여 주는 소중한 존재다. 아니, 그건 마이랑 카호 짱도 마찬가지인가.

그건 그렇고, 굳이 말하자면 누구보다도 우리가 나누는 대화를 들을 권리가 있는 사람은 아지사이 양이라는 느낌도 드는데…….

"너에게도 미안한 짓을 했는걸, 아지사이…….”

풀이 죽은 마이가 고개를 숙였다.

그러자 아지사이 양은 파닥파닥 손을 내저으며.

"앗, 아니야. 조금 놀라기는 했지만…… 뭔가 사정이 있을 거라는 건 알고 있었으니까.”

"그렇지만 내가 더 강하게 만류했다면 네가 불안감을 품게 만들 일도 없었어.”

"그건…… 그럴지도 모르지만.”

아지사이 양이 따뜻하게 미소 지었다.

"누구나 완벽하지는 않으니까 괜찮아. 예상할 수 없는 일이 일어나지 않도록 예방하는 건 불가능하잖아? 우리 동생들만 해도 매일 왜 저러는 걸까? 싶은 일들만 저지르는걸.”

그러면서 살짝 쑥스러운 듯이 웃었다.

"그러니까 이런 일이 생겼을 때 어떤 식으로 대화를 나누며 서로를 이해해 가는가가 더 중요하다고 생각해.”

"……그래, 고마워.”

"후훗, 이런 걸로 뭘.”

훈훈한 분위기로 서로 미소를 나누는 두 사람.

……뭔가, 마이와 아지사이 양 주변에 아주 아름다운 꽃들이

반짝반짝 피어난 것처럼 보인다.

어라? 나랑 있을 때랑 조금 다르지?

"세나는 대단하네. 세나는."

사츠키 양이 마치 들으라는 듯이 내 옆에서 중얼거렸다.

이상하네. 나도 저런 느낌으로 좋은 분위기가 되고 싶었는데…….

아냐, 그래도 나랑 아지사이 양은 자존심도 자존감도 비교할 바가 못 되는걸……. 내 멘탈이 초가집이라면 아지사이 양은 철근 콘트리트. 어지간한 태풍 가지고는 꿈쩍도 안 한다.

뭐, 됐나……. 사람은 누구나 완벽하지 않으니까……. 아지사이 양의 말은 어느 때에도 나에게 희망을 준다.

우리 세 사람—— 나와 마이, 아지사이 양은 특별한 관계다.

나와 마이는 연인관계고, 마이와 아지사이 양이 연인관계고, 그리고 나와 아지사이 양은 연인관계다. 즉, **우리는 셋이서 사귀고 있다.**

기묘한 균형을 이룬 이 관계가 조화롭게 유지될 수 있는 건 전적으로 우주에서 가장 뛰어난 중재자인 아지사이 양 덕분이라고 말해도 과언이 아니겠지.

덕분에 한 달 조금 넘는 기간 동안, 우리는 대단한 충돌 없이 순조롭게 시간을 쌓아나가고 있었다. 그런 의미에선 이 약혼 소동은 우리가 처음으로 맞닥뜨리는 트러블일지도 모른다.

사츠키 양이 팔짱을 끼면서 말했다.

"그건 그렇고, 아주머니도 상당히 강제적인 수단으로 나왔네."

"그러게……. 사츠키는 그녀와 벌써 만났어?"

그녀란 마이의 약혼자를 말하는 거겠지.

"……아니."

천천히 고개를 젓는 사츠키 양.

"어라? 마이의 약혼자라는 사람은 사츠키 양이랑도 아는 사이야?"

"그래, 맞아. 어렸을 적에 사츠키도 모델을 했었거든."

그건 알고 있다. 마이사츠 과격파인 분이 영상을 보여주셨으니까.

"그 인연으로 같이 프랑스에 갔었을 땐 언제나 셋이서 같이 놀았었어."

사츠키 양이 성가시다는 듯이 끼어들었다.

"정정하겠어. 모델을 했던 게 아니야. 스튜디오에 따라갔다가 몇 번인가 사진을 찍었을 뿐이야. 프랑스에 갔던 것도 마이가 하도 졸라대니까 어울려 줬을 뿐."

"그런 거지. 나한테 맞춰 주었어. 사츠키는 상냥하니까."

마이가 미소를 짓자 칫, 하고 사츠키 양이 혀를 찼다. 남에게 칭찬을 들으면 혀를 차는 저주에 걸려 있는지도 모른다. 불쌍해라.

한창 멘탈이 약해진 상태인 나는 솔직해지지 못하는 사츠키 양의 마음을 이해해…….

"언젠가 저주가 풀려서 올곧은 성격이 되면 좋겠네요, 사츠키양……."

안면을 콱 붙잡혔다.

어?! 아파! 아픈데요?! 여고생이 여고생의 안면을 붙잡다니 이

게 말이 돼?!

"그녀는 너와도 만나고 싶어 하지 않으려나. 아주 잘 따랐잖아?"

"어렸을 적 얘기지. 진즉에 잊었을 거야."

나한테서 손을 확 떼고서 어깨를 으쓱하는 사츠키 양.

충격이다. 내가 얼굴을 덥석 붙잡혔는데도 이야기가 도중에 끊어지는 일 없이 이어지고 있어…….

어? 뭔데? 매번 있는 일이라고 여겨지는 거야? 내가 얼굴을 붙잡혔는데……?!

아지사이 양마저 말려주지 않았어! 뭔가『사이 좋네―』하는 표정으로 바라보고 있어! 사이 좋은 게 아니야! 지금 이 자리에 있는 건 피해자랑 가해자라고?! 대법원까지 가서 붙어볼까?!

석연치 않은 기분을 느끼던 내 등을 카호 짱이 "그러고 보니―" 하면서 쿡쿡 찔렀다.

"레나찡, 세라라랑 무슨 일 있었어?"

"……어?!"

그 화제는 지금 나에게 있어선 마이의 약혼자에 대한 얘기보다도 훨씬 더 민감한 화제였다.

심장이 입에서 튀어나오지 않도록 황급히 입가를 손으로 막았다.

"아, 아니?! 딱히, 아무것도― 없지 않았으려나―?!"

실수다! 반사적으로 얼버무렸어!

아니, 이건 그런 게 아니고 말이죠……!

카호 짱은 그다지 신경 쓰는 기색 없이.

"흐응―. 왜인지 연락을 하고 싶어 하던데?"

"그, 그랬구나―. 뭘까나―. 참 신기하기도 하지―."

으으…….

하지만 내가 도망쳤던 이야기를 하게 되면 내가 등교 거부를 했던 일도, 원래는 아싸였다는 사실도 설명해야만 해…….

퀸텟 친구들을 믿지 못하는 게 아니다. 하지만 털어놔 봤자 유쾌한 얘기도 아니고, 듣는 상대방이 신경만 쓰게 만들겠지.

……라는 소리는 전부 핑계고, 나는 정말 보잘것없는 자존심의 마지막 파편을 지키고 싶을 뿐인 걸지도 모른다.

세이라 양에게 소개를 부탁해 놓고, 정작 미나토 양 앞에서는 도망친 저는 죄인입니다……. 잘못은 400퍼센트 전적으로 제게 있으니까요…… 네…….

어쩌면 세이라 양, 내 스마트폰에도 연락했던 건 아닐까…….

스마트폰을 확인했다.

메시지가 와 있었다. 999건 이상.

무셔!

엥, 뭔데, 이거 전부 세이라 양이?! 무셔…….

아니, 그뿐만이 아니야. 내가 소유한 SNS 계정에도 메시지가 와 있다. 세이라 양의 본계정뿐만 아니라, 부계정으로 짐작되는 계정까지 동원해서……. 가능한 모든 수단을 동원해서 메시지가 와 있어…….

이건…… 직접 당해 보니 상당히 무섭다…….

어쩌지…… 아냐, 이건 어쩔 도리가 없어. 똑같은 소리야. 왜 도망쳤냐는 질문에 대해서 내가 입을 열었다간, 거기서부터 이어지는 얘기들도 줄줄이 털어놔야 하고, 그러면 이번 일을 괜히 더 복잡하게 만들고 말겠지.

그렇다고 어떻게 잘 얼버무릴 자신도 없고…… 죄송합니다, 여기선 못 본 체하는 걸로…….

멘탈이 회복되면 그때 다시 대화하게 해주세요…….

스마트폰을 들고서 굳어 있던 나에게, 어느새 시선이 집중되어 있었다.

윽.

"아뇨, 저기."

모두에게 주목받은 나는.

"일단은 그게, 마이! 뭔가 좋은 느낌으로 풀리면 좋겠네! 그치!"

아무런 가치도 없는, 얄팍하기 그지없는 말을 내뱉었다.

"그래. 어떻게든 사태를 수습할 때까지 조금 기다리게 만들 수도 있겠지만…… 두 사람 다 나를 믿어줘."

일단 이번 약혼자 소동은 마이에게 맡기기로 했다.

역시 마이다. 믿음직스러움이 차원이 달라. 나 같은 애랑은 다르다.

정말 그 말대로였다.

그렇다……. 그날 하굣길. 나는 절절히 깨닫게 되었다.

나 같은 하찮은 인간이 할 만한 짓 정도는 이미 전부 간파당하고 있었다는 사실을…….

＊＊＊

　나중에 마이에게 정신이 병든 여친처럼 굴어서 난처하게 만들었던 걸 사과했다. 책임을 느끼는 마이는 무척이나 다정했다. (나는 쓰레기다.)

　마이의 힘이 되어주고 싶어…….

　뭐, 여기서 내가 사명감에 떠밀려 『네네, 주목―! 제가 마이의 진짜 약혼자입니다―!』라며 외쳐봤자, 주변 사람들이 귀 기울여 들어줄 것 같지도 않으니……. 아지사이 양이라면 모를까…….

　나는 누구에게도 도움이 못 돼.

　터벅터벅, 집으로 향하는 길을 걸었다.

　가장 가까운 역에 내려서 집 앞에 도착하기 직전. 사람이 가장 방심할 만한 그 타이밍에, 나는 갑자기.

　누군가에게 벽쿵을 당했다.

　엥?!

　수수께끼의 누군가와 콘크리트 담벼락 사이에 끼어 버렸다.

　"사람 애먹이는 재주가 있으시네요―, **언~니~ 선배애**……."

　퇴로를 차단하고서 잔뜩 골이 난 표정으로 아래에서부터 노려보는 그 아이는――.

　"세, 세, 세, 세이라 양?!"

　"에헤헷, 뭔가요오~? 그런 유령이라도 마주친 것 같은 눈으로오."

실제로도 머리카락 한 가닥이 입가에 걸쳐 있어서 상당히 악령 같아 보였다.

나는 겁을 먹으며 담벼락에 등을 찰싹 붙였다.

"이, 이야, 이런 곳에서 세이라 양을 만나다니, 신기한 우연이다 있네 싶어서……."

"우연일 리가 없잖아요! 잠복하고 있었다고요, 잠복!"

그렇겠죠!

치켜 올라간 눈이 분노로 타오르며 나에게 단단히 고정되어 있었다.

"저한테 그러셨죠?! 하루나를 믿고 싶다느니 어쩌니! 번지르르한 소릴 잘난 듯이! 그런데! 왜 도망치는 걸까요?! 대체 어떻게 된 건데요?!"

"으으, 그건 저기…… 아―주 복잡하게 얽힌 사정이 있어서 말이죠……."

벽쿵 당한 상태에서 슬금슬금 기어서 빠져나가려고 했더니, 세이라 양이 구둣발로 퇴로를 막아버렸다. 히익.

"도망치게 두겠냐고요?! 언니 선배의 말을 듣고 조금이나마 감동했던 제 마음을 보상해 줬으면 싶은데요?!"

"어? 그, 그래? 나 멋있었어? 헤헤헤……."

"쑥스러워하지 말라고요! 멍청이! 쓰레기!"

"으으으으, 죄송합니다……."

약간이라도 분위기를 누그러뜨리려고 던진 농담이었는데 불에 기름을 붓고 말았다……. 난 역시 대화 능력이 절망적으로 바닥이야…….

세이라 양은 막고 있던 손과 다리를 치우고선, 화가 잔뜩 나 있던 표정을 거두고 새침한 얼굴을 했다.

"뭐, 그건 됐고요."

"그렇구나, 다행이다!"

"지금『됐다』고 한 건『일단 그건 나중으로 미뤄두고』라는 의미인데요?! 유치원 때부터 국어 수업을 다시 들으실래요?!"

이 상황에서 헤실헤실 웃으며『후후후, 세이라 양, 유치원엔 국어 수업이 없다구☆』같은 소리를 하지 않을 정도의 분별력은 가지고 있어서 다행이었다.

나는 "히익" 하고 목을 움츠렸다.

"그러니까 다시 한번 해주시겠어요? 언니 선배."

"다시 한번……?"

스윽, 하고 세이라 양이 오른쪽으로 몸을 비켰다.

그러자 그 뒤에는 따분한 표정을 짓고 있는 흑발의 소녀가 서 있었다.

미나토 양── 나시지 미나토 양이.

"히이이이이이이익……!"

나는 이번엔 진짜로 겁을 먹었다.

"뭐야……. 왜 그러세요……."

미나토 양이 불만스럽게 눈썹을 치켜올렸다.

세이라 양을 돌아보며.

"나, 무슨 짓 했던가?"

"나도 몰라~."

세이라 양이 양손을 들어 올리며 어깨를 으쓱했다.

하아, 하고 한숨을 쉰 뒤, 미나토 양이 나와 눈을 마주쳤다.

"아마오리 씨. 제게 묻고 싶은 말이 있으셨던 거 아니었나요."

"그건, 그게."

내 눈이 무한히 요동쳤다.

"그런 식으로 도망친다면 신경 쓰이는 게 당연해요."

미나토 양이 담담하게 물었다.

"제 언니가 무슨 짓이라도 했나요."

"어, 으……."

그렇다, 나는 그때 미나토 양의 언니 이름을 물었다. 그리고 언니 이름을 듣자마자 바로 도망쳤다.

미나토 양이 저렇게 묻는 것도 당연한 일이었다.

저릿저릿하게 손끝이 저려온다.

이 불쾌함을 토해내는 거야 쉽다.

그저 자백하면 그만이다.

나는, 네 언니에게 괴롭힘을 당했다고.

말하고 싶지 않다.

그런 건 거짓말이야. 그건 사실이 아니야. 나는 고등학교 데뷔에 대성공한 인싸니까.

그런데 저 말을 입 밖으로 냈다간. 내 한심한 과거를 인정해 버린다면. 지금 쌓아 올린 모든 것들이 망가져 버릴 것만 같아서.

지금까지 노력해 온 일들이 전부, 전부, 사라져버릴 것만 같아서.

말할 수 있을 리 없었다──.

"으으……."

털썩, 그 자리에 무릎을 꿇었다.

"저기요……?"

"언니 선배……?"

나는 그대로 울음을 터트렸다.

"○○○○○○○○○○○○."

그 후.

말 그대로 대화할 상태가 아닌 내 모습에 곤란해하던 세이라 양과 미나토 양은 자리를 떠났다. 나중에 다시 얘기를 들으러 찾아오겠다는 말을 남기고서.

나는 아직 해방되지 못했다.

"……다녀왔어."

현관문을 열고서 꾸물꾸물 신발을 벗었다.

이건 벌을 받는 걸까.

나같이 아무런 실력도 없고, 각오도 없는 녀석이 적어도 언니다운 흉내라도 내 보려고 감당할 수 없는 문제에 고개를 들이미니까…….

결국 전혀 예상치 못했던 방향에서 뺨을 얻어맞고는 중상을 입었다.

그리고 어디로도 도망갈 곳이 없었다.

이곳은 그야말로 구렁텅이다.

"언니."

위층에서 여동생이 내려왔다.

나는 저도 모르게 흠칫 몸을 떨었다. 서둘러 표정을 꾸며낸다.

"뭐, 뭔데."

여동생은 묘하게 험악한 표정을 짓고 있었다.

"무슨 얘기 나눈 거야."

"어?"

"목소리가 들렸어. 세이라랑 미나토. 집 앞에 왔었지."

"아……."

나는 이번엔 정말로 안색이 새파래졌다.

도망칠 수 없어.

시선을 피했다.

"딱히, 아무것도……."

그럼에도 나는 아직도 도망치려고 들었다.

좁은 창살 속에서, 꼴사납게.

"……."

여동생은.

내 옆에 서서.

"…………아, 그러셔."

대번에 흥미를 잃은 것처럼 옆을 지나쳐 갔다.

심장 고동이 귓속을 울린다.

한동안 나는 그 자리에 우두커니 서 있었다.

어째서일까. 또 눈물이 쏟아질 것 같아서 그저 눈에 힘을 꽉 주고 견딜 수밖에 없었다.

어제까지는 여동생을 등교 거부에서 구해내겠다고 큰소리쳤다.

그게 마치 머나먼 과거의 일처럼 느껴졌다.

이제 나는 그저 나 자신이 구원받고 싶다고, 그저 그것만을 바라게 되고 말았다.

내 과거를 아는 모든 사람이 이 세상에서 사라져버리길 원했다.

그런데—— 다음 날 아침.

시원찮은 표정으로 세면대 앞에 서 있던 내 곁으로 여동생이 다가왔다.

"좋은 아침."

"응……. 아, 안녕. 일찍 일어났네, 오늘은."

쭈뼛거리며 인사를 건넸더니.

내 옆에 나란히 선 여동생은 중학교 교복을 입고 있었다.

"……어?"

눈을 껌뻑였다.

"잠깐 빌려줘."

내 손에 들린 드라이어기를 빼앗아 간 여동생은 그 자리에서 척척 스타일을 다듬었다. 시원스럽게 몸단장을 마치고는 나에게 드라이어기를 돌려주고 그대로 걸어 나가려고 했다.

등을 향해, 말을 걸었다.

"자, 잠깐?!"

"응?"

어깨너머로 이쪽을 돌아보는 여동생은『뭐 볼일이라도?』라고 시선으로 묻고 있어서.

한순간, 하려던 말을 삼켰다.

"아니, 저기…… 무, 무슨 일인데?"

여동생은 당연한 일에 조금의 의문도 없다는 듯한 말투로 툭 말했다.

"학교 가는 건데?"

그대로 쌩하니 걸어간다.

뒤에 남겨진 나는 오른손엔 빗, 왼손엔 드라이어기를 들고서.

길고 긴 경악을 토해냈다.

"뭐어어어어어~~~·····························?"

뭔데 이 급전개.

"어때, 이거 볼래? 이게 뭐라고 생각해? 후훗…… 친구한테서 온, 연-락☆(우쭐)."

언니—— 아마오리 레나코는 오늘도 변함없이 들떠 있었다.

진짜 완전 꼴불견…….

고등학교에 입학한 뒤부터 언니는 하루하루가 즐거워(?) 보였다.

하루나가 방에서 뒹굴거리고 있을 때나 공부하고 있을 때, 동영상을 시청하고 있을 때면 용건도 없이 불쑥 찾아와서 자기가 얼마나 충실한 고등학교 생활을 보내고 있는지 소리 높여 노래해 대고는 한다.

하아. 그래 살됐네…….

적당히 맞장구를 쳤더니 살짝 힘을 준 것만으로도 끊임없이 회전하는 장난감처럼 멈추지 않고 얘기를 줄줄이 쏟아냈다.

"그래서 있지 있지. 세나 씨라는 애가 있어, 내 앞자리인데 얘가 엄청나게 귀여워서! 게다가 마음씨도 착해. 이건 거의 뭐, 같은 인간이라는 생각이 안 들 정도로! 하늘로부터 모든 축복을 부여받은 여자애라…… 잠깐, 어쩌면 진짜로 인간이 아닐지도…………."

진지한 표정으로 생각에 잠긴 언니.

걱정된다. 반에서도 이렇게 지리멸렬한 말만 줄줄 읊고 있는 건 아니겠지.

그러지 않았으면 좋겠네, 싶긴 하지만, 집에 있을 때 언니는 언제나 지리멸렬하니까 안에서 새는 바가지가 밖에서만 안 샐 리는 없겠지…….

"아니 그보다, 지금 내가 속한 그룹 자체가 엄청난 애들의 집합소라고 해야 하나, 대통령! 여왕! 수상! 황제! 라는 느낌인데……. 정말 반짝반짝거려! 비유가 아니라 진짜로 교실 일부가 눈부시게 빛나는 것처럼 보인다니까! 말도 안 되는 아우라거든……. 이 애들 옆에 붙어 있으면 일 년 동안은 고립되지 않고서 넘길 수 있어…… 후후후후…….."

그렇구나…….

뭐 그런 처세술은 중요하니까. 포지션을 확립시켜 두면 좋아.

이런 언니랑도 같이 어울려 주다니, 정말로, 정말로 좋은 사람들일 테니까…….

"아니 기다려 봐…………. 거꾸로 말하면 그 애들한테 버림받았다간 또 외톨이 신세로 돌아가게 될지도 몰라……. 좀 더 아양을 떨어야 해……. 가벼운 농담에도 손뼉을 치면서 폭소를 터트리는 편이 좋으려나………."

"정서불안이 너무 심하잖아."

방금까지 신이 나서 떠들던 주제에 이번엔 침울해져서 머리를 싸매고 있다.

전신 거울을 보며 "아하하…… 완전 웃겨―……" 하고 아양을 떠는 연습을 시작했다…….

하루나는 뜨뜻미지근한 시선으로 언니를 쳐다보았다.

정말로, 하루하루가 힘겨워 보이네…….

자기가 예전에 갓 중학교에 입학했을 때도 이 정도는 아니었다. 같은 초등학교에서 중학교로 올라온 학생들이 과반수에 가까웠던 것도 한몫했지만.

그에 비해 언니는 아는 사람이 아무도 없는 고등학교를 골라서 입시를 치렀다. 거기에 더해 자기가 도전할 수 있는 한계에 거의 아슬아슬하게 걸칠 정도로 편차치가 높은 학교를 지망했다고 한다.

그랬다가 떨어졌으면 대체 어쩔 생각이었던 거야…… 같은 생각이 가득했지만, 분명 언니니까 아무 생각도 없었겠지. 무모하기 짝이 없는 인생이다. 언제나 남은 배터리 잔량 1%인 상태로 작동하고 있는 스마트폰 같다.

그럼에도 아직까지 고장 나는 일 없이 잘 기동하고 있다. 종이 한 장 차이일지도 모르지만.

"뭐, 일단은 잘 풀리고 있는 거지?"

그렇게 묻자, 우뚝 정지한 다음(이 순간 무슨 생각을 하고 있을지 하루나에겐 훤히 다 보였다. 언니는 지금까지 학교에서의 자기 행실을 돌이켜 보고서, 과연 잘 풀리고 있다고 대답해도 괜찮을지 어떨지 곱씹어 보고 있을 게 뻔했다), 이쪽을 올려다보았다.

그리고 자신 없는 목소리로 입을 열었다.

"아마도……."

"그럼 잘 됐잖아! 고등학교 데뷔 대성공이네!"

"지, 지금 현재로선…… 일까……."

"왜 그렇게 자신 없는 태도야……. 고등학교 입학 전의 자기 모습을 떠올려 보라고."

"윽……."

두통을 견디는 것처럼 양손으로 머리를 누르는 언니.

"나, 나는 착실한 사람이 됐어…… 착실해진 거, 맞지……?"

"그래그래 착실해. 제대로 된 사람처럼 보여. 조만간 역에서 누가 길을 물어보거나 그럴 거야."

"착실한 사람의 증거다! 하지만 모르는 사람이 말을 거는 건 싫어!"

비명을 지른 후, 이번엔 바로 "후후후후……" 하고 수상쩍게 소리 죽여 웃는다. 역시 밖에서 누가 길을 물어볼 일은 없을지도 모르겠다. 밖에서는 멀쩡한 사람처럼 보이도록 신경 쓰고 있는 거 맞지……?

"내가 이렇게나 번듯하게 학창 생활을 보낼 수 있게 될 줄이야…… 헤헤헤."

언니는 그러면서 꾸밈없는 웃음을 지었다.

그건 인싸용으로 만들어 낸 웃음이 아닌, 본래부터 언니가 갖고 있던 순수한 미소였다.

"정말로 고마워, 하루나. 나 앞으로도 열심히 할 테니까!"

그 말에 팔짱을 끼고서 흐흥, 콧소리를 냈다.

"그러니까 말했잖아."

칭찬을 들으면 바로 우쭐해지는 건 아마오리 자매의 나쁜 버릇이다. 언니 같은 사람한테 칭찬을 받아도 금세 기분이 좋아지니,

어찌 할 도리가 없다.

레나코 인싸 개조 계획을 실행했고, 훌륭하게 성공시킨 하루나
는 손가락을 좌우로 까딱거리며 의기양양한 얼굴로 말했다.

"내가 하는 말은 언제나 옳다고."

아무래도 여동생은 진짜로 학교에 간 모양이다.

뒤를 밟아 보는 게 좋을까……? 하고 고민했지만, 그걸 실행에 옮길 틈조차 없을 정도로 여동생은 순식간에 집을 나섰다.

그렇게까지 안 간다고 안 간다고 고집을 피우더니 어떻게 된 거야……?!

아니, 여동생이 학교에 간 건 물론 잘된 일이긴 하지만…… 뭔가, 조금도 개운하지가 않아…….

어쩌면 내가 알던 여동생은 이미 예전에 사라져 버린 게 아닐까. 어디선가 외계인과 바꿔치기를 당했을지도 모른다. 무시무시할 뿐만 아니라 황당무계한 상상이지만, 그런 생각이 들 정도로 여동생이 생각하는 바를 전혀 알 수 없었다.

아니면 그런 걸까. 사람의 고민 따위, 극적인 전개고 뭐고 필요 없이 어느 날 갑자기 해결되어 버리는 법인 걸까……. 대충, 날씨나 호르몬 균형 같은 이유로…….

그럼 내 경우는 어땠는지 돌이켜 봤더니…….

실제로 내가 등교 거부를 그만뒀던 것도 옛날 친구의 SNS를 봤던 게 계기였으니까.

가족들은 분명 『뭔가 아침이 되니까 갑자기 의욕이 넘치는데?!』라고 생각했겠지. 살짝 공포였을지도 모른다.

확실히……. 그렇게 생각하면 지금 하루나의 상황은 꼭 부자연스럽지만은…… 않은 걸까.

그날, 왠지 안절부절못하느라 집중이 안 되는 상태로 집으로 돌아오고 나서 잠시 후, 나보다 약간 늦은 타이밍. 딱 부활동을 마치고 돌아오면 이 정도 되겠지 싶은 익숙한 시간대에 "다녀왔습니다—" 하고 여동생이 집에 왔다.

어제까지의 일 같은 건 조금도 기억이 안 난다는 것 같아서, 당연히 엄청나게 위화감이 느껴지기는 했지만…….

그래도 만약 내가 등교 거부를 하다가 학교에 갔는데, 그걸 가지고 『우와— 대단해, 학교에 가다니!』라거나, 『무슨 일이야?! 왜 학교에 간 거야?!』 하고 이러쿵저러쿵 떠들어대면 몹시 거북할 테니까…… 그저 손 놓고 있을 수밖에 없었다…….

설마 여동생을 통해 내가 저지른 죄를 직시하게 될 줄은 상상도 못 했다……. 가족들한테 이렇게나 신경을 쓰게 만들었던 거구나, 나는…….

아무튼 배려심 넓은 우리 가족들은 모두 여동생이 학교에 갔다는 사실에 가슴을 쓸어내리고 있었고, 그건 틀림없이 다시 돌아온 평온한 『평소대로의 일상』 그 자체라…….

잘 됐네, 잘 됐어! 하고 받아들이는 게 분명 누구에게나 가장 좋은 일이겠지.

"있잖아."

거실 소파에 앉아서 스마트폰을 만지작거리던 여동생이 고개도 듣지 않고서 "응?" 하고 대답했다.

어, 음…….

분위기가, 무겁다.

하지만 이건 분명 내가 멋대로 그렇게 느끼고 있을 뿐이다.

여동생은 나를 아무렇지도 않게 생각한다.

하지만 그렇다면…… 뭘 물어도, 무슨 말을 하더라도, 소용없는 게 아닐까.

……안 되겠다. 역시 무리다.

"미안, 아무것도 아니야."

"응—."

결국 여동생의 마음속에서 뭐가 시작됐고, 뭐가 매듭이 지어졌는지, 그것조차 알지 못한 채.

나는 페이스가 흐트러진 상태로 원래의 일상이라는 상자 속에 틀어박혔다.

***

일단은 일을 마무리 짓는 의미에서, 여동생이 학교에 갔다는 사실을 퀸텟 친구들에게 보고해야겠다는 생각이 들어 행동으로 옮겼다.

다들 역시나 기뻐해 주었다. 아니, 실제론 어떨까……. 내가 개운치 못한 표정을 짓고 있으니까 일부러 과장되게 기뻐하는 척하면서 내 기운을 북돋아 주려고 했을 뿐일지도 몰라…….

큰일이야, 뭐 하나 뚜렷한 게 없어……! 하나를 의심하기 시작했더니 모든 게 의심스럽게 보여! 어쩌면 이 세상에 살아있는 사람은 나 혼자뿐이고, 그 외 내 시야 밖에 있는 것들은 모조리 소품들……?! 세계는 5분 전에 만들어졌어!

이렇게 되면 마지막으로 기댈 곳은 마이밖에 없다.

저번 식사 자리에서 여동생이 마이에게 털어놨던 고민, 그게 수수께끼의 열쇠가 아닐까…… 그렇게 생각했는데.

"두 달이 지나면 학교에 가겠다고 말했었지. 그런데 아직 2주 정도밖에 지나지 않았는데…… 마이는 혹시 뭔가 알고 있어?"

약혼자 공개 사건의 열기가 아직도 식지 않은 마이에게 틈을 봐서 말을 걸어 보았는데…….

"미안해, 그건 나도 모르겠는걸."

"으, 그렇구나…….'"

마이는 조금 고민한 뒤 입을 열었다.

"어쩌면 하루나 군의 마음속에서 우선순위가 변한 걸지도 몰라."

"우선순위?"

"학교를 쉬고 있을 때가 아니게 됐다거나. ……아니, 그저 추측에 지나지 않아. 일단 한 가지 확실하게 말할 수 있는 건, 잠시 상황을 지켜보는 게 어떨까. 시간이 지나면 말할 수 있는 것들이 분명히 있을 거라 생각해."

부드럽게 타이르는 마이의 말에는 틀린 곳이 없다.

최소한 지금의 나로선 저 말을 부정할 요소를 찾을 수 없었다.

"……응, 그러네."

나는 결국 생각하기를 포기했다.

마이조차 모르는 일을 내가 알 수 있을 리 없다.

점점 추위를 더해가는 계절 속에서 아시가야 고등학교는 중간 고사 기간에 돌입했다.

＊＊＊

일이 잘 풀리지 않는 시기엔, 뭘 해도 잘 풀리는 일이 없다. 그런 내 마음을 드러내는 것처럼, 시험 결과는 참혹했다.

모처럼 사츠키 양이 가르쳐 주었는데…… 면목 없습니다…….

중간고사 마지막 날의 시험을 마치고, 얼마 남지 않은 기력마저 다 떨어진 나는 책상 위에 엎어졌다.

"하아……."

"어쩐지 컨디션이 안 좋아 보이네, 레나 짱."

아지사이 양이 내 머리카락을 만지작거리면서 웃었다.

"그러게요……."

어째서일까요……. 어쩌다 우연히 4월부터 쭉 컨디션이 좋았을 뿐이고, 나는 원래 이런 느낌이었을지도 모르겠네요…….

분수에 맞지 않게 올라간 건 언젠가 다시 내려오기 마련. 지금 나는 수치 조정 시기…….

"스트레스를 확— 날려버리고 싶은 기분?"

"음…… 그럴지도…….

고개를 들었다. 아지사이 양의 손장난에 복수라도 하듯 길고 예쁜 머리카락을 손가락에 감는…… 짓은 당연히 나에겐 불가능했기 때문에 대신 옷자락을 꾹꾹 잡아당겼다.

"어디 놀러 갈래? 아지사이 양."

"음~."

아지사이 양은 난처한 듯이 미소를 지었다. 앗, 곤란할 때 나오는 표정이다!

"미안해. 오늘은 집안일을 도와야 하거든. 시험 기간 중엔 당번 같은 것도 대신 해 주셨으니까."

"아, 그렇구나. 아냐아냐, 괜찮아."

"다음에 꼭 같이 놀자. 다음에 꼭."

"응."

힘없는 웃음을 지으면서 손을 흔들어 아지사이 양을 배웅했다. 단아하게 걸어가는 아지사이 양은 뒷모습도 귀엽다.

뭐, 어쩔 수 없는 일인가. 나는 느릿느릿 집에 갈 준비를 시작했다.

아니지. 겨우 한 사람한테 거절당했을 뿐이야. 이렇게 쉽게 포기할 순 없지.

이래 봬도 나한테는 다른 친구들도 있으니까!

나 혼자 힘으로 기력을 충전할 수 없다면 다른 사람한테 기운을 나눠 받을 수밖에. 여기선 한번 용기를 내서 다른 사람을 꼬셔 보기로 할까요!

그래, 알고 있었어. 알고는 있었다구.

하필 꼭 이런 날만 일정이 맞는 사람이 아무도 없는 법이라는 사실쯤은.

"마이는 일. 사츠키 양은 아르바이트. 카호 짱은 다른 볼일……. 한가함을 주체하지 못하는 사람은 온 세상을 통틀어도 나뿐이야……."

평소보다 묵직하게 느껴지는 가방을 등에 메고서 터벅터벅 복도를 걸었다.

원래 나는 혼자 있는 걸 편하게 여기는 인종이다. 솔직히 대부분의 일은 혼자서도 할 수 있다고 생각해. 쇼핑이나 미용실처럼 애초부터 허들이 높은 일은 논외로 치고!

그러니 시험 기간이라 학교를 일찍 마쳤으니, 와아— 집에 가서 게임해야지—, 하고 마음이 들썩들썩 설레야 하는 게 내 평소 모습이었을 텐데.

그런데 외로워……. 공허한 바람이 불고 있어. 어째서일까…….

나와 관계없는 곳에서 들려오는 누군가의 웃음소리가 괜스레 가슴을 꾹 조여온다.

아아, 세상에 나 혼자뿐이야……. 아무도 나를 사랑하지 않아…….

"앗."

그랬을 때, 낯익은 뒷모습을 발견했다.

평소엔 먼저 말을 걸어주길 기다리기만 했을 뿐이지만, 오늘은 한 걸음 내디뎌 보고 싶어……! 누군가와 말을 섞으며 존재를 증명하고 싶어…….

내는 거야…… 용기를……!

"요우코 짱. 지금 집에 가—?"

최대한 평상심을 가장하며 말을 걸었을 때였다.

마치 누군가에게 쫓기고 있는 것처럼 홱, 하고 요우코 짱이 기세 좋게 돌아보았다. 살짝 쫄았다.

"왜, 왜 그래?"

신호등 색깔이 바뀌는 것처럼, 굳은 표정이었던 요우코 짱의 얼굴에 웃음이 피어났다.

"앗, 레나코 쿤, 지금 집에 가?!"

"으, 응, 그렇긴 한데."

물어봤던 말을 그대로 되돌려 주는 요우코 짱.

그녀—— 테루사와 요우코는 언제나 활기차고 명랑하고 시원시원하게 이야기하는, 살짝 약삭빠른 인상인 귀여운 여자애다.

그렇긴 한데…… 오늘은 뭔가 기색이 이상하다는 느낌이 든다.

"어라? 어, 음, 이 모드가 아니었던가……. 이니 괜찮을 거야…… 저기! 시험 어려웠지! 특히 수학이 상당히 어려워서!"

"으, 응. 어려웠네."

어쩌지, 지적해도 괜찮은 걸까…….『어쩐지 허둥대고 있네』라고.

요우코 짱은 항상 마이페이스인 애라서, 이런 느낌은 웬일이지 싶다.

하지만 기색이 이상한 사람한테『어쩐지 오늘따라 이상하네ㅋㅋ』라고 지적하는 건 오히려 부채질하는 듯한 느낌도…….

맞아. 남들보다 자주 수상쩍게 구는 나로서도, 이럴 땐 대체로 모른 척 넘어가 주는 편이 더 고맙게 느껴지곤 했지. 이건 내가 지금까지 살면서 쌓아온 경험. 즉, 데이터라고.

"아핫, 미안 미안, 살짝 당황해서. 엉뚱한 걸 생각하고 있었거든."

상대방이 먼저 그 주제를 꺼냈잖아!

큰일이야, 이런 건 데이터에 없어……. 어떻게 해야 하지, 나는…….

"저기, 무슨 일 있었어? 시험 점수가 안 좋았다거나?"

"음…… 그런 것도 있을지도……."

쓴웃음을 짓는 요우코 짱.

먼저 화제로 꺼냈으면서 그다지 깊게 파고들지 않길 원하는 태도! 어째서!

으으, 나는 여자애의 섬세한 마음은 잘 모르겠어……. 대화는 언제나 선택지 세 개 중에서 고르게 해줬으면 좋겠어…….

나는 포기했다. 다음 화제! 화제를 전환해 보자!

"어? 그건 뭐야?"

요우코 짱은 손에 메모지 같은 걸 들고 있었다. 이거라면 자연스럽게 얘기를 돌릴 수 있지!

그러자 요우코 짱의 표정이 딱딱하게 굳었다. (?!)

"앗, 저기, 이건……. 그게, 요즘 애완동물을 기르고 있어서! 먹이라든가, 이것저것 사서 돌아가야 하거든! 쇼핑 목록이야!"

"애완동물! 먹이! 리스트!"

얘깃거리다. 대화 주제가 줄줄이 쏟아져 나온다. 화제의 골드러시가 시작됐다.

“무슨 동물을 기르고 있어?”

“……어?!”

엥?! 지금 건 물어보면 안 되는 거야?!

아니, 대화 흐름으로 봤을 때 잘못한 거 없지?! 보통은 물어보잖아?! 오히려 내가 점점 당황스러워졌다. 이럴 수가, 데이터가 통하지 않아……!

요우코 짱은 동공 지진을 일으키면서.

“무슨, 무슨 동물이냐 이거지……. 저기, 하얗고, 커다란…… 꽤 천방지축인 녀석이려나!”

이번엔 퀴즈 맞히기처럼 되어 버렸다.

“페르시안 고양이……?”

“응, 대충 비슷한 애야! 그럼 미안, 나는 쇼핑하러 가봐야 해서!”

재빠르게 대화를 마무리 짓는 요우코 짱.

“어, 응, 힘내…….”

라고 내 말이 채 끝나기도 전에 요우코 짱은 빠르게 자리를 뜨고 말았다.

아니었다, 시야에서 사라지기 직전에 U턴해서 되돌아왔다. 불쑥 얼굴을 내밀더니.

“다음에 같이 놀자! 꼭, 반드시! 무조건이야!”

“어?! 네, 넵.”

기세에 눌려 고개를 끄덕였다.

그러자 이번에야말로 한 건 해결됐다는 듯 요우코 짱은 뒤돌아 걸어갔다.

나는 멍한 표정으로 우두커니 서 있었다. 인간관계란 어쩌면 데이터가 아닐지도 모르겠다는 생각이 들었다.

뭐, 애완동물을 돌보는 건, 생명을 돌보는 일이니까.

요우코 짱의 낌새가 묘했던 이유도 서서히 이해가 가기 시작했다. 익숙해지기 전까진 힘들겠지.

나도 미래엔 개나 고양이, 코알라 같은 걸 키워보고 싶지만 아마 힘들겠지……. 왜냐하면 늦잠도 맘 놓고 즐길 수 없게 되는 거잖아……? 나는 그런 책임이 막중한 입장이 될 수 없다. 생명의 무게가 무서워.

"다녀왔습니다."

집에 도착했다.

집에 오니 거실 테이블 위에 웬일로 내 앞으로 온 편지(?)가 놓여 있었다.

"뭐야 이게."

혼잣말로 중얼거렸지만 대답해 주는 사람은 어디에도 없다.

나한테 오는 우편물이라고 해 봤자, 보통은 미용실에서 보낸 엽서 정도인데…….

두리번두리번 주변을 둘러본 다음 조심스레 편지를 확인했다.

뭔가 이런 건 가슴이 콩닥콩닥거린단 말이지.

나도 모르게 목소리가 튀어나왔다.

"으겍."

편지는 **동창회 초대장**이었다.

그것도 중학교.

닭살이 오소소 돋았다.

"무슨 일이 있어도 갈 리가 없잖아!"

아니 그보다 대체 뭔 생각이람. 아마 모든 사람한테 일괄 전송한 편지겠지만, 나 같이 등교 거부 학생이었던 사람한테까지 초대장을 보내다니 아무리 그래도 너무 배려가 부족한 거 아닐까! 배려가!

젠장. 나는 세상에 얕보이고 있어…….

점점 눈동자가 혼탁한 빛으로 물드는 느낌이었다.

"애초에 졸업하고 아직 1년도 지나지 않았는데 대체 뭐야…….동창회 따위를 열고 싶은 녀석들은 반 애들 전부 끌어들이지 말고 자기들끼리 모여서 놀면 그만이잖아……. 좋아하잖아, 아싸를 따돌리는 짓…… 그러니 신경 쓰지 말고 자기들끼리 얼마든지 하린 말이야……. 괜히 신경 써주는 짓이야말로 제일 난처하다고 해야 하나…… 솔직히 말해서 민폐…… 이쪽은 고등학교에서 즐겁게 지내고 있으니까 싫은 기억을 떠올리게 만들지 말아줬으면 좋겠어……. 그보다 이 실행위원을 맡은 애, 나는 거의 모르는 애인데…… 분명 마음씨 착하고 인싸인 좋은 사람이겠지…… 주변에 절로 사람들이 모여들고 자기가 놀자고 먼저 말을 꺼내면 누군가는 와줄 거라고 굳게 믿고 있을 거야…… 나랑은 다르게…… 어차피 나는 아무도 사랑해 주지 않아…… 쓸쓸히 살아가다 쓸쓸히 죽겠지…….**"**

공장폐수 같은 혼잣말이 콸콸 흘러나오고 나서야, 나는 헉, 하고 정신을 차렸다.

"어?! 지금 내가 무슨 말을 한 거지?!"

가슴에 손을 대고서 심장 소리를 들었다.

큰일이다. 지금 영혼의 형태가 중학교 시절로 돌아가 있었어!

"싫어싫어! 이건 아니야! 이건 뭔가 잘못된 거야!"

나는 초대장을 손에 움켜쥐고서 내 방으로 뛰어 들어갔다.

하느님에게 변명하는 듯한 심정으로 그 자리에 무릎을 꿇고서 두 손을 모았다.

"그게 아니에요! 초대해 줘서 영광이에요! 갈지 말지 선택할 수 있게 해주다니 대단하네―! 배려가 훌륭해! 역시 동창회 실행위원분들이야! 나 같은 어정쩡한 애한테까지 신경을 써주고 계셔! 멋져―!"

나는 내 안의 어둠을 씻어내고자, 말로 이루어진 샤워 줄기를 힘껏 틀었다.

"게다가! 동창회가 거북하다고요?! 바보바보, 그럴 리가 없잖아요―! 에헤헤! 저는 이제 중학교 때와는 다른 사람이니까요! 저는 Not 아싸! Yes 인싸! 거기에 더해 그냥 평범한 인싸가 아니라 굳센 마음가짐으로 몇 번이든 다시 일어나 앞으로 걸어가는 초특급 인싸! 초인싸입니다! 여자친구도 둘이나 있거든요?! 우와― 정말 대단해―! 순풍에 돛을 단 듯 퍼펙트한 인생! 아잉― 동경하게 돼―! 그게 바로 저! 1학년 A반에서 퀸텟으로 활동하고 있습니다!"

양손으로 전신 거울을 붙잡았다. 거울 속의 초인싸에게 미소를 건넸다.

"너! 아마오리 레나코 맞지?! 고등학교 데뷔에서 대성공을 거

됐다면서?! 에헤헤♡ 사실은 그렇답니다—♡ 와 대단하네! 누구에게나 사랑받을 것 같은 얼굴을 갖고 있는걸! 반에서도 인기 장난 아니지?! 에이—♡ 그렇게까지 인기가 있는 건~ 맞지만요♡"

허무해!

마음에 불어오는 공허한 바람이 한층 강해졌다. 내 정신이 바람에 날아가버릴 것 같았다.

좀 더, 좀 더 겉치레를 잔뜩 꾸며야 해.

나는 후다다닥 교복을 벗어 던지고 지난번에 여동생이랑 가서 사 왔던 가을옷(이미 계절은 겨울에 가깝지만)으로 갈아입었다.

그래, 이럴 때는 기분을 전환해서 거리로 나가는 거야!

그야 J-POP 가사에도 자주 나오는걸! 헤헤헤, 화장도 해주겠어. 기분을 전환할 땐 우선 겉모습부터!

자, 신나게 가보자! 목적지는 없지만 아무튼 나가보자고! 이 집에는 악령이 씌이있어! 중학교 시절 레나코라는 이름을 가진 성불하지 못하는 악령이!

나는 준비를 마쳤다. 몰라볼 만한 미소녀가 여기에! 여기에…… 여기에…… 으으…… 여기에 있다고 치고…….

애용하는 이어폰을 귀에 꽂고서, 헤이 뮤직 스타트!

즐겨듣는 신나는 댄스곡을 틀고 빛나는 세상 속으로 고잉 마이 웨이☆다!

그렇게 나는 집 근처 슈퍼에 왔다.

아니…… 그밖에 딱히 갈 곳도 없었으니까…….

새로 나온 컵라면이 진열된 매대를 구경하며『헤에— 평소 먹는 제품을 싸게 팔고 있어—』라고 중얼거리고 있자니, 점점 나는 대체 뭘 하고 있는 걸까 싶은 기분이 들기 시작했다.

아싸들은 혼자 있게 되면 이유 없이 신을 내거나 기행을 벌이곤 하지. 절절히 공감해……. 아니 나는 인싸지만요………….

안 되겠다, 한계다.

집에 가자.

집에 가서 화장을 지우고 게임이나 하자……. 그러는 편이 뭔가 그나마 건전하다는 느낌이 드네……. 멘탈도 회복되겠지…….

애초에 왜 볼일도 없으면서 밖에 나가려고 드는 거야, 인싸라는 존재는…….

윈도우 쇼핑이 취미예요—ㅋㅋ 라고 하는 녀석들이 꽤 있는데, 살 마음도 없는 상품을 구경하는 게 뭐가 즐거운 걸까. 트럼펫이 갖고 싶은 가난한 소년이냐고. 후후.

아니, 이러면 안 돼!! 또 음습함이 차오르고 있어!!

이번에 나시지 코마치라는 이름을 들었을 때부터 툭하면 내 정신이 중학교 시절로 회귀하려고 하고 있다.

정말 싫어……. 이래서는 일상생활에도 지장이 생기겠어…….

뭐야, 어떻게 된 건데? 나는 앞으로 평생 이 모양이야?! 나는 언제까지고 아마오리 레나코로부터 도망칠 수 없는 운명인 거야?!

개명할까…….

그러자 머릿속 수수께끼의 누군가가『오우즈카 레나코라는 이름은 어떠니?』라고 제안했다. 게다가 거기서 멈추지 않고, 반대편에서 또 다른 누군가가 『세나 레나코라는 이름도 어울린다고 생각하는데』라고 말하며 나타났다. 이럴 수가…… 머릿속 등장인물이 늘어났어…….

그래도 괜찮아, 혼자인 것보다는 나아. 나는 두 사람의 제안에 응응, 그것도 좋은걸, 하고 웃으면서 고개를 끄덕였다. 후훗…… 쿡쿡, 나는 혼자가 아니었어…….

"……레나코 쿤, 뭐 하고 있어?"

그 목소리는 묘하게 또렷하게 들렸다.

뭘 하고 있냐고? 그건 말이지, 후후후…… 나도 잘 모르겠어. 인간이란 참 신기한 생물이지. 하지만 그래서 더욱 사랑스러운 게 아닐까……☆

아니, 이게 아니지. 지금 목소리는 환청이 아니야.

"앗, 요우코 짱?!"

아까 막 학교에서 헤이졌던 요우코 짱이었다.

신난다! 사람이다! 이제 나는 외톨이가 아니게 됐어!

그러자 상대는 『실수했다!』라는 표정을 지었다. 엑……?

"윽, 말을 걸 생각은 없었는데……! 뭔가 웃기는 표정을 짓고 있으니까 무심코 말을 걸었어……!"

"네?! 그런 적 없는데요!"

항의해 봤지만 요우코 짱은 "아니, 그랬다니까……"라며 용의자를 다그치는 형사처럼 못을 박았다. ……뭐, 저는 그런 적 없지만 말이죠.

"자, 증거 사진."

"말도 안 돼―!"

스마트폰을 들이밀길래, 나는 얼른 얼굴을 감쌌다. 보지 않으면 없었던 일이나 마찬가지니까! 세상은 내 인지를 통해 형성되어 있는 거니까!

요우코 짱은 완전히 평소 같은 기색으로 싱글벙글 웃고 있었다.

"미안미안, 나도 모르게 재밌어서 그만."

"으으, 짓궂어……."

그래도 괜찮아, 누군가에게 놀림감이 되는 쪽이 과거의 자신에게 마음을 찔리는 것보다 훨씬 마음 편해……. 이 아픔, 마음이 진정돼…… 내가 나로서 있을 수 있어…….

그런가, 이런 거였나.

문득 나는 이 세상의 진리에 도달했다.

사람은 혼자가 되지 않기 위해 지인을 만들고, 친구를 만드는 거야.

만약 내가 퀸텟 친구들 말고는 전부 필요 없어 연인만 있으면 충분한 걸 러브러브♡ 같은 타입이었다면, 여기서 요우코 짱이랑 마주쳤어도 나에게 말을 걸어주거나 하진 않았겠지.

그럼 나는 언제까지고 스스로의 말에 저주받은 채 좀비처럼 변해버렸을 것이다.

요우코 짱은 옆 반 소속이지만 친구다. 친구…… 적어도 나는 친구라고 생각하고 있어! 그래, 친구니까 나한테 말을 걸어준 거야!

그렇게 생각하면 혹시 친구는 많으면 많을수록 좋은 거 아니야……? 친구 백만 명쯤 만들어 볼까.

요우코 짱은 이제 막 쇼핑을 마친 참이었던 모양인지, 양손에 커다란 비닐봉지를 들고 있었다.

"요우코 짱, 집이 이 근처야?"

"딱히 그런 건 아니지만—."

"아, 그거 애완동물 사료?"

아까 들고 있던 쇼핑 목록을 떠올렸다.

"그—— 그런 느낌! 대충 맞아! 아니 그래서 뭐?! 뭐 불만 있어?!"

어째선지 벌컥 화를 냈다……. 어째서……?!

겁을 먹고 있자 요우코 짱은 헉, 하고 정신을 차린 다음 커흠 헛기침했다.

"아, 아무튼 그래. 그래도 어쩔 수 없지. 일단 떠맡은 이상은 아무리 빌어먹게 귀찮더라도 돈을 위해서 맡은 일은 해내야만 하는 거니까……."

"으, 응."

어라. 반짝이던 요우코 짱의 눈에 뭔가 그늘이 드리운 듯한…….

역시 애완동물을 돌보는 건 힘든가 보다. 나로선 도저히 엄두도 못 낸다. 요우코 짱은 대단하네.

나는 손을 내밀었다.

"그래도 힘들어 보이네. 하나 들어줄까."

"어? 됐어됐어. 그렇게 예쁘게 꾸민 걸 보니 어디 놀러 가던 도중이었지? 나는 괜찮아. 걱정해줘서 고마워."

요우코 짱은 언제나처럼 사랑스러운 미소를 지으며 고개를 저었다.

아아 빛이다…… 따뜻해……. 부러워, 나도 그쪽으로 가고 싶어…….

"아뇨, 저는 혼자서 휘적휘적 밖을 걷고 있었을 뿐이니까요……."
(그저 진실)

"뭐—? 그치만 미안한걸—."

"제가 들게 해 주신다면 감사하겠는데요……."

"괜찮아, 괜찮아☆"

앗…….

"그렇구나."

나는 바닥으로 시선을 떨궜다.

아무래도 안 되는 모양이다. 나는 또다시 혼자 남게 돼…….

"다른 사람의 도움이 되는 일조차 불가능한 거구나, 나 같은 애는."

"레나코 쿤???"

"물건을 든다는, 인류가 이족보행보다도 먼저 손에 넣은 원초적인 행동조차 만족스럽게 해내지 못하는 내가 마음속 어둠을 몰아낼 수 있을 리가 없겠지. 미안해, 주제넘게 굴어서."

"뭔데, 무슨 일인데?! 어떻게 된 거야?!"

"나, 돌아갈게. 집에서, 게임할게. 그러다 이윽고 쓸쓸히 죽겠어."

뒤로 돌아 걷기 시작한 내 등 뒤로 목소리가 들렸다.

"알겠어, 알겠으니까! 도와줘! 그러면 되는 거지!"

분명 내 진지한 마음이 전해진 거겠지. 기뻐……. 아직 나는 사람과 함께 있을 수 있어. 아아, 빛이다…….

"요우코 짱이, 나한테 맡겨줘서, 진짜 고마워. 정말로 무척 기뻐. 진심으로 감사해."

5·7·5·7·7 박자로 공손하게 감사의 마음을 전했다.

그러자 옆에서 걷던 요우코 짱은 입을 비죽이면서 "뭐, 일단 점수를 쌓아두는 건 중요한 일이니까……"라고 중얼거렸다. 무슨 소린지는 잘 모르겠지만 공덕을 쌓는다는 의미이려나. 그렇구나, 요우코 짱은 윤회전생의 너머까지 바라보며 살아가고 있구나. 장대한 인생 설계인걸.

그런 생각을 하고 있었더니.

요우코 짱이 빤—히 나를 바라보면서 말했다.

"레나코 쿤은 정말 별나네."

"……그런가?"

요우코 짱은 힘주어 고개를 끄덕였다.

"나는 지금까지 전학 가는 일이 잦아서 꽤 다양한 친구를 사귀어 봤는데. 그중에서도 꽤나. 상당히."

"그렇게 단언을."

나는 요우코 짱의 말을 멍하니 받아들였다.

"그럼 그 말이 맞을지도."

"아, 인정하는구나."

"어?"

의외라는 표정을 짓는 요우코 짱.

"아니, 뭔가 내 입으로 말하기도 뭐하지만. 남들과 다르다는 게 무섭지 않아?”

“아—.”

나는 가늘게 목소리를 냈다.

듣고 보니 예전의 나였다면 온 힘을 다해 부정했을 거라는 느낌이 든다.

하지만 지금의 나는 평범하지 않은 길을 선택한 나니까.

애초에 같은 여자인 연인이 둘이나 있는데『저는 평범해요!』라고 주장하는 건 상당히 무리무리한 일일 테고…….

“아마 주변 애들이 다들 좋은 애들이라서 그렇지 않을까.”

혼잣말처럼 대답했다.

“주변 친구들이, 네가 별난 사람이라도 괜찮아, 라고 생각하면서 나와 같이 있어 주니까. 그래서 나도 왠지 모르게, 그래도 괜찮겠구나—, 싶은 마음이 드는 거라고 생각해.”

“주변 애들이라면 오우즈카 양이나, 세나 양?”

“푸읍.”

나도 모르게 고개를 돌렸다.

어째서 정확히 그 두 사람을 콕 집어서?!

설마 알고 있는 건 아니겠지……? 요우코 짱…….

“그리고 코토 양이나, 코야나기 양도 그렇고.”

“아, 아아, 응! 맞아! 퀸텟 친구들!”

나는 어떻게든 웃는 얼굴을 꾸며냈다.

“헤에—. 그렇구나. 좋은 애들이지.”

“정말로. 다들 인간력이 워낙 높아서.”

나 같은 애한텐 아까울 정도로 훌륭한 친구들이다.

"그럼 퀸텟 친구들을 정말 좋아한다는 뜻?"

"으, 응……."

요우코 짱이 쑥스러운 질문을 던졌다. 그야 뭐, 그렇죠.

아니, 그보다 저런 인간성을 매일 접하다 보면 누구든 좋아하게 될 수밖에 없잖아. 고마울 따름인걸. 『퀸텟의 굶주린 늑대』 코토 사츠키 양조차 일대일로 대화해 보면 상냥한 마음씨를 지녔고.

그렇게 말한 순간, 요우코 짱의 눈이 반짝인 것 같았다.

"그렇구나―. 레나코 쿤은 퀸텟 친구들을 정말 좋아하는구 나―. 자기야만 아니라 모두를."

"으응, 뭐……. 아니 자기야가 아니지만 말이죠? 카호 짱은."

"덧붙여서."

요우코 짱이 샤샤샤샥 거리를 좁혔다.

앗, 이 느낌, 연애 애기를 힐 때의 요우고 짱이디!

"누구를 제일 좋아해?"

"제, 제일 말인가요."

"응. 우리끼리 하는 얘기. 우리끼리만 하는 얘기로 할 테니까, 응? 나한테만 살짝."

"제일……."

퀸텟 애들 중 누구를 제일 좋아하느냐니…….

어떤 의미론 궁극적인 질문이다.

아마 여러 가지 모범 답안이 있겠지. 『모두 다 좋아하는걸♡』이 라든가. 『한 명만 고르라니 고를 수 없어―』라든가.

하지만 그런 식의 대답을 꺼내 봤자 요우코 짱은『그런 소린 됐으니까』라면서 웃음으로 일축해 버릴 것 같은 느낌도 들어…….

으음…… 하지만 그렇다곤 해도, 그렇다곤 해도 말이지…….

"오우즈카 양은 나랑 처음으로 친구가 되어 준 사람이니까 제일 좋아하고……."

"오오."

요우코 짱이 신이 난 목소리를 냈다. 하지만.

"아지사이 양은 나한테 언제나 상냥하게 대해주니까 제일 좋아하고……."

"어?"

"사츠키 양은 나한테 공부를 가르쳐 주거나, 같이 있으면 마음이 편하니까 제일 좋고……."

"아―."

"카호 짱은 내 자기야는 아니지만, 가장 꾸밈없이 대화를 나눌 수 있으니까 제일…… 좋아합니다."

내 말을 끝까지 듣고 나서 요우코 짱은 고개를 절레절레 저었다.

"그런 소린 됐으니까."

역시 짐작대로였어!

하지만 애들마다 각각『이 부분이 제일 좋아』라는 생각이 드는 부분이 있는 건 어쩔 수 없는 일이지?! 인간관계란 다 그런 거 아니야?!

어라……? 그보다 나, 연인인 마이와 아지사이 양을 친구인 사츠키 양, 카호 짱과 같은 선상에 놓고 얘기하고 있는데, 조금 너무한 짓 아닌가……?

아냐, 그치만…… 연인과 친구는 어디까지나 부르는 방식이 다른 거지 소중한 사람이라는 점에선 다르지 않다고 해야 하나…… 저는 연인이 친구의 상위 호환이라고 생각하지 않으니까요……. 그래도 연인은 친구와는 다르게 잔뜩 만들 수 없는 대신, 커다란 구속력을 가진 관계기도 하고…….

누가 제일인지 정하지 못한다는 건, 역시 우유부단한 걸까…….

내심 낙담하려던 차에 추가 공격이 들어왔다.

"왠지『모두 다 제일 좋아해』라고 하면, 그건 누구든 상관없다는 느낌 같지 않아?"

"그렇게…… 되는 걸까……?"

나는 어디까지나 한 사람 한 사람이 모두 소중하다는 생각에…….

"아니 나도 잘 모르지만. 레나코 쿤은 사실 나에게 상냥하게 대해준다면 누구든 좋아♡라고 하는 그런 타입?"

지금 굉장히 심한 말을 들었다는 느낌이 들어!

"아니, 아무리 그래도 그건! 나는 정말로 네 사람을 소중하게 여기고 있으니까요!"

"정말로—?"

요우코 쨩이 내 얼굴을 들여다본다.

가까워, 가까워. 귀여운 두 눈이 가까워.

그러더니 방긋, 웃으며.

"그렇다면…… 나도 괜찮다거나, 그럴 수도 있어?"

"……어?!"

나는 몸을 쭉 뒤로 젖혔다.

"그건, 저기!"

"어라— 내 입으로 말하게 할 셈—?"

요우코 짱이 마치 카호 짱처럼 의미심장하게 웃었다.

"나도 레나코 쿤의 첫 번째가 되고 싶은걸—♪"

놀리고 있을 뿐인 거죠?! 그렇죠?!

슈퍼 비닐봉지를 팔꿈치에 걸친 채, 양손으로 얼굴을 감쌌다. 하지만 요우코 짱은 옆으로 돌아 들어오더니 다시금 내 얼굴을 들여다본다. 나는 다시 최대한 시선을 회피하고자 고개를 돌리고…… 그러나 또 돌아 들어왔다! 우리 둘은 영문도 모르고 그 자리를 빙글빙글 돌았다.

아니, 진심은 아니겠지? 진짜로 아니겠지? 마이와 아지사이 양이 나를 좋아해 주는 것만으로도, 난 이미 평생 분의 행운을 전부 소모했으니까!

하지만, 그런 말을 들어본 적 있다.

바로 **인기 있는 사람은 갈수록 인기가 많아진다**는 법칙!

실제로 열대어 구피를 이용한 실험이 존재한다.

구피의 사회는 지느러미의 크기와 아름다움에 따라 인기가 정해진다고 한다. 자연계는 성격이나 궁합 따위는 조금의 가치도 갖지 못하는 압도적인 외모 지상주의 사회다.

그런데 거기에 그다지 눈에 띄지 않는 구피, 레나피라는 개체가 있다고 해보자. 레나피는 지느러미도 꼬리도 흐물흐물. 덩치도 별로 크지 않고, 먹이를 찾는 능력도 쓰레기급. 당연하지만 인기가 없다.

그런데 그 레나피를 다른 암컷과 단둘이 있게 해주거나, 실험 삼아 인위적으로 인기가 많을 상황을 조성해 줬을 때는? 놀랍게 도 잘생긴 구피 집단에 던져 넣어도 확연한 인기를 자랑하게 되 는 것이다!

많은 사람에게 지지받기 시작하면 더욱 많은 지지가 모인다. 이걸 심리학 용어로는 밴드왜건 효과라고 부른다.

두렵다. 무엇하나 타고난 게 없는 아마오리 레나코가, 주변 환 경으로 인해 인기 스파이럴의 구조 속에 놓이게 된다니……. 이 래서야 마치 벌거벗은 임금님 아닌가…….

이대로면 나는 아무것도 이루지 못한 주제에 그저 계속해서 인기만 늘어 가다가, 자신이 노력하지 않아도 남들에게 사랑받 는 사람이라는 착각에 빠지고, 그 결과 주변에 아무도 남지 않게 되고 나서도 『그치만 나는 무조건 인기 최고인걸~☆』라며 안일 하게 생각한 끝에, 『내가 인기가 없는 건 전부 사회가 잘못된 거 야~!』라는 말을 남긴 채 도쿄 사막에서 쓸쓸히 죽게 될 거야……. 그런 건 싫어…….

"어? 왜 안색이 새파래진 거야?!"

"죄송합니다, 어두운 미래를 상상하는 바람에……."

"레나코 쿤은 다른 사람이 호감을 표시하면 어두운 미래를 상 상해?"

"네……. 아뇨, 꼭 그런 건 아니지만요……."

돌직구로 묻는 말에 나는 케이스 바이 케이스라고 대답했다.

아니, 기다려 봐. 요우코 짱은 내가 인기 있다는 사실을 몰라. 나는 퀸텟의 말석에 지나지 않는 평범한 여고생. 기상청 발표로 는 인기 스파이럴이 발생할 확률은 0퍼센트! 에이 뭐야―!

나는 명랑하게 손가락 하트를 만들었다.

"물론 농담농담! 기뻐, 요우코 짱! 고마워 땡큐☆"

"혹시 기분이 트램펄린처럼 널뛰기하는 거야?"

침울해진 직후에 신이 나서 텐션이 솟구치는 내 모습을 보며 요우코 짱이 고개를 갸우뚱했다. 미안, 지금 건 확실히 내가 잘 못했어.

요우코 짱은 허리에 손을 올리고서 후우, 한숨을 쉬었다.

"역시 가드가 단단하구나, 레나코 쿤. 나도 이 정도면 좀 귀엽 지 않나 생각했는데 자신이 없어지는걸―."

"엇, 어엇."

"아예 상대로 진지하게 고려조차 해주지 않아서 서운해―. 슬 퍼라―. 시무룩해지네―."

이쪽을 힐끗힐끗 보면서 말하는 요우코 짱의 모습에 가슴이 두 근거린다.

아뇨, 좋은 상대라고 진심으로 여기고 있는데요…… 친구라는 의미에서!

어쩌지. 뭐라고 위로의 말을 건네야 좋을까! 하지만 여기서 너무 깊게 파고들었다간 함정이 기다리고 있을 것 같은 느낌도 들고!

우물쭈물하고 있는 사이에 요우코 짱이 멈춰 섰다.

"아, 도착했다. 짐 들어줘서 고마워―."

"네, 넷……. 이 정도로 뭘요……."

그렇게 말한 순간 깨달았다.

이 고층 맨션은…….

이전에 루시 짱을 바래다줬던 곳이었다.

"무슨 일 있어?"

"앗, 아뇨. 아주 커다란 맨션에서 지내는구나, 싶어서! 로봇으로 변신도 가능할 것 같은 크기네요!"

"응? 응."

요우코 짱은 가볍게 흘려 넘겼다. 그냥 내가 이상한 소리를 지껄인 꼴이 됐을 뿐이었다. 뭐, 매번 있는 일인가.

"우리 집이라기보단, 아는 사람이 살고 있는 곳이지만."

"그, 그렇구나."

그 아는 사람이라는 게 혹시…… 그렇게 넘겨짚는 건 상당히 섣부른 생각이겠지. 그야 이렇게 거대란 건물이니까. 200만 명쯤 살고 있을 것 같은걸.

"……레나코 님?"

맞아. 저런 목소리를 가진 아는 사람도 분명 세상에는 200만 명쯤 있을 게 분명…….

응?

뒤를 돌아보자, 그곳에는 은발의 미소녀가 서 있었다.

저런 유리 세공품 같은 미모를 가진 여자애는 세상에 둘도 없을지도 모른다.

미소녀는 가볍게 지면을 박차며 달려왔다. 그리고 그 기세 그대로 나에게 안겨들었다.

"레나코 님—!"

"끄엑!"

그 모습을 바라보며 요우코 짱이 떡하니 입을 벌렸다.

"……엥? 설마 다섯 명째??"

그 말이 무슨 뜻인지는 알 수 없었고, 루시 짱에게 몸통 박치기를 당한 나는 한동안 그녀에게 실컷 쓰다듬 당했다.

"후훗, 레나코 님. 어서 오세요."

"앗, 네. 실례하겠습니다……."

그렇게 돼서 나는 어째서인지 루시 짱네 집에 초대받았다. 어째서일까…….

식탁 의자에 앉아 두리번두리번 둘러보았다.

고층 맨션의 높은 층에 위치한 루시 짱네 집은 놓여 있는 가구가 많지 않았다. 생활감이 그다지 느껴지지 않는 집이었다.

루시 짱은 내 옆에 앉아 방긋방긋 웃고 있었다. 귀엽다. 마치 자기가 좋아하는 친척 언니가 집에 놀러 온 조카 같은 모습이다. 귀엽기는…… 한데!

"……레나코 쿤이랑 루시 씨가 설마 아는 사이였다니."

요우코 짱은 부엌에 내려놓은 비닐봉지 속 내용물을 꺼내 냉장고에 정리했다. 상당히 익숙해 보였다.

"으, 응. 어쩌다가 우연히 역에서 만나서."

"몇 번이나 제 목숨을 구해주셨어요."

"그거 게임 이야기잖아?! 같이 했던 게임!"

아하, 하고 요우코 짱이 이해가 간다는 듯한 목소리를 냈다.

"그래서 갑자기 게임기를 한 대 더 사와 달라고 했던 거였군요……."

"큰 도움이 됐어요. 요우코."

"아뇨아뇨~. 이것도 다 일이니까요~."

살랑살랑 손을 흔드는 요우코 짱.

나는 머뭇머뭇 조심스레 물었다.

"저기, 두 사람은 어떤 관계인가요?"

"요우코는 루시에게 뭐든지 해 주는 사람이에요."

"어?!"

연인 사이라는 뜻……?!

그 말에 요우코 짱이 곧바로 냉장고 옆으로 고개를 내밀었다.

"오해를 살 만한 발언은 하지 말아주시죠?! 뭐든지는 아니니까요! 주인님과 메이드 같은 관계라고요!"

"내 친구는 여고생 메이드였다……?"

"어휴— 진짜. 간단히 설명하자면, 음— 아는 아주머니한테 부탁받아서 루시 짱을 돌봐주고 있는 거야."

"그, 그렇구나."

확실히 루시 짱은 생활력이 전혀 없어 보이니까.

"그렇다면 애완동물을 돌본다는 게……."

"……대충 그런 느낌."

그 말을 듣는 루시 짱은 "?" 하고 이해하지 못한 표정.

　과연, 하얗고 커다란 페르시안 고양이. 그다지 천방지축처럼 보이지는 않지만…… 아냐, 어떨까……. 게임기를 산 다음 같이 놀자며 졸라댔던 것도 내 입장에서야 기쁠 따름이었지만, 따지고 보면 천방지축이라고 볼 수 있을지도 모른다.

　"내가 돌봐주러 오기 전까진 집에 커튼도, 냉장고도 없었으니까 말이지……."

　"눈이 부시지 않게 됐어요. 커튼은 대단해요."

　"그건 맞아."

　듣고 보니 커튼은 대단하다. 없으면 햇빛도 마구 쏟아져 들어올 거고, 날이 밝자마자 일어나는 생활을 하게 될 테니 엄청나게 불편할 게 틀림없다. 나는 새삼 커튼에게 감사의 마음을 품었다.

　"가을에도 햇볕에 피부가 탈 수 있으니까요. 똑바로 생활하지 않으면 제 급료가 깎이니까 빠릿빠릿하게 행동해 주세요."

　아는 아주머니한테 부탁받은 건데도 급료를 받고 있구나. 뭔가 빈틈없는 고용 관계다.

　"하지만 요우코는 같이 게임을 해주지 않아요."

　"계약에 없는 일이니까요ー."

　"끄응."

　불만스럽게 입을 비죽 내민 루시 짱은 곧바로 내게 올려다보는 시선을 보냈다.

　"그러니까 같이 게임해요, 레나코 님."

　부드럽게 위로 올라간 속눈썹이 반짝이며 빛난다.

　우와~ 미소녀의 조르기다…….

비주얼이 막강한 이런 미소녀의 권유를 거절할 수 있는 사람은.

"아뇨, 레나코 쿤은 바로 돌아갈 거니까요."

바로 옆에 있었다. 요우코 짱은 팔짱을 끼고서 고개를 좌우로 저었다. 뭔가 평소의 요우코 짱과는 다르게 엄한 태도다…….

루시 짱의 눈썹이 몹시도 슬픈 듯이 축 처졌다.

"그런가요……? 레나코 님……."

가장 좋아하는 음식인 쇼트케이크 위에 놓인 딸기를 눈앞에서 빼앗긴 표정이었다.

"그, 그게, 잠깐이라면…….."

"오늘은 엄—청 바쁜 거 맞지?! 레나코 쿤은!"

빨리 돌아가라는 뜻?!

뭐, 환영받지 못하는 상태로 남의 집에 머물 정도로 뻔뻔한 여자가 아니니까…… 돌아가겠지만요…….

그리고 보니 요우고 짱, 쇼핑할 때도 니힌데 계속 거절하는 태도를 보였었지. 그다지 다른 사람과 얘기를 나누고 싶은 기분이 아니었던 걸지도 모른다. 그렇다면 미안한 짓을 했다.

"그런가요…………."

루시 짱은 3단 아이스크림을 사자마자 한 입도 못 먹고 바닥에 떨어트린 듯한 표정을 지었다. 윽, 가슴이 아파……!

"저기……."

역시 잠깐 정도는…… 하고 요우코 짱을 봤더니, 천연덕스러운 표정을 지은 채, 손가락으로 X표를 그리고 있었다.

"너무 어리광을 받아주면 안 돼요. 무척이나 수려한 외모인 건 잘 알고 있고, 레나코 쿤이 얼굴 예쁜 여자한테 굉장히 약하다는 사실도 알고 있지만요."

"약간 악담이 섞여 있는 거 아냐?"

"이 사람은 먹이를 주면 한도 끝도 없이 우쭐해지니까요. 집까지 따라올 거라고요."

"그래?!"

테이블에 엎어져서 뒹굴거리고 있던 루시 짱은 등을 쭉 펴고 고쳐 앉았다. 그러더니 머리카락을 부드럽게 나부끼며 말했다.

"요우코가 하는 말은 신경 쓰지 않아도 괜찮아요. '고용주'는 루시니까요!"

"고용주는 루시 씨가 아니에요."

"아니었어요……."

있는 자원 없는 자원 끌어모아 모바일 게임 가챠를 돌렸는데 제일 안 좋은 결과만 나온 듯한 표정으로 루시 짱이 풀이 죽었다.

"계약 변경을 요청하겠어요……. 루시는 요우코랑도 같이 게임을 하고 싶어요. 놀고 싶어요. 같이 놀아요!"

팔을 휘저으며 떼를 쓰는 루시 짱. 윽, 너무 귀여워……. 왜냐하면 얼굴이 예쁘니까…… 잠깐, 이거 요우코 짱이 지적한 그대로잖아!

"애초에 시간 안에 쇼핑을 하고, 청소를 하고, 세탁을 하고, 당신도 돌봐주고…… 게임 할 시간이 어디에 있다는 건가요."

루시 짱은 마치 어린애가 어른의 추리를 흉내 내는 것처럼 턱에 손가락을 대고서.

"식사는 꼭 필요할까요?"

"필요하다고요, 사람이라면! 당신은 안 그래도 이것도 싫다, 저 것도 싫다, 하면서 엄청 편식하는 주제에!"

"루시는 삼시세끼 막대 과자만 먹어도 충분해요. 배가 부르니 까요."

"그렇게 저를 해고당하게 만들고 싶은 건가요?! 네?!"

최대한 부드러운 태도를 유지하려고 노력하면서 거친 목소리 를 내는 요우코 짱은 완전히 루시 짱에게 휘둘리고 있는 모양이 었다.

"뭘 웃고 있는 거야, 레나코 쿤."

"어?"

게슴츠레하게 뜬 눈으로 화살을 이쪽으로 돌리는 요우코 짱에 게 양손을 내저었다.

"아, 아니. 요우코 짱도 그런 모습을 보일 때가 있구나, 싶어서."

"……그런 모습이라니, 어떤 모습?"

의아한 듯이 되묻는 요우코 짱.

"뭐라고 해야 하나. 평소엔 언제나 자기 페이스를 유지하고 있 다고 해야 할까. 여유 있어 보이는 느낌이니까. 나쁜 의미는 아니 고! 조금 신선해서."

"으……."

요우코 짱은 어째서인지 충격을 받은 표정으로 등을 돌렸다. 그러더니 얼굴을 가렸다가 까꿍, 하고 보여주는 것처럼 웃음을 띤 얼굴로 다시 돌아보았다.

“그, 그렇지 않은데~? 나는 언제나 24시간 테루사와 요우코인 걸~!”

“그거야 당연히 알지!”

“일단 심호흡 좀 할게!”

“네, 네에. 그러시죠.”

요우코 짱이 심호흡하는 모습은 평온하고 아름다워 보였다.

“좋아, 이제 괜찮아!”

엄지를 척, 세우는 요우코 짱. 그 직후 앗, 하고 외치는 목소리가 들렸다.

살금살금(아마도 몰래 나랑 놀려고 게임기를 가지러) 걸어가던 루시 짱이 아무것도 없는 곳에서 벌러덩 넘어졌다. 그리고 동시에 바구니에 담아뒀던 세탁물을 요란하게 엎었다.

날아간 옷들이 공중을 수놓았다.

“휴우.”

셔츠며 속옷이며 온갖 세탁물들을 뒤집어쓴 채, 아무 일도 없었다는 듯이 몸을 일으키는 루시 짱.

“세이프였어요.”

옷가지들이 쿠션이 되어준 덕분에 다친 곳은 없는 모양이었다. 덤으로 양손에 들고 있던 휴대용 게임기도 무사——했지만.

“루시 씨!”

“윽.”

요우코 짱은 머리에 도깨비 뿔이 돋아난 것처럼 펄펄 화를 내며 루시 짱을 꾸짖었다.

"걸으면서 게임을 하면 안 된다고 제가 몇 번이나 말씀드렸잖아요?! 게다가 몇 번이고 타일러도 듣질 않으니까 약속했었죠?! 기껏 개 둔 세탁물이 엉망이 됐잖아요!"

루시 짱은 고집스레 눈을 꾹 감고서 양손으로 귀를 막았다.

"앗, 이 녀석! 자기가 불리하다 싶으면 꼭! 다치기라도 하면 곤란한 사람은 누구겠어요?! 루시 씨잖아요?! 다치면 일도 못 하게 되거든요?!"

"다음부턴 조심할게요."

"저번에도 저번에도 저번에도 저번에도 말만 똑같이 하고 듣지 않았으니까 이젠 안 돼요. 약속했던 대로 게임기는 몰수하겠어요."

"싫어……."

"자, 어서 손에 힘 빼요! 요 녀석! 금지예요, 게임 금지!"

게임기를 품에 꼭 안고서 필사적으로 고개를 도리도리 젓는 루시 짱. 요우코 짱은 강제로 손에서 게임기를 빼앗아 가려고 하다가.

헉, 하고 정신을 차렸다. 그런 다음 내 쪽을 돌아보았다.

심호흡 한 번. 다시 얼굴에 웃음을 그렸다.

"라, 라고 할 뻔~."

"그건 좀 무리가 있다고 생각해!"

"어? 무리라니 무슨 소릴까. 잘 이해가 안 가는걸. 나폴레옹도 이렇게 말했다고. 그런 건 무리라고 말하는 사람에겐『하지만 나한텐 가능해. 너와 나는 다르니까』라고 대답해 주라고."

"그건 무민 대사야!"

정확히는 리틀 미이가 한 말이다. 아깝게 틀렸다. 아무튼 그게 중요한 게 아니고!

"왜 필사적으로 얼버무리려고 하는 거야?!"

"그치만! 레나코 쿤은 이런 식으로 인싸처럼 보이지만 어딘지 모르게 살짝 그늘이 있는 듯한 애를 좋아하잖아?!"

"딱히 좋아하지는! 좋아, 하지는……………."

으으윽. 부정할 수 없다. 그치만 반에서는 구김살 없는 명랑한 인기인인데, 자신만 아는 살짝 어두운 일면을 가진 여자애는 누구나 좋아하잖아!

"좋아하는지 어떤지는 둘째치고서! 왜 내가 좋아하는 타입처럼 행동하려고 하는 거야?!"

"레나코 쿤이랑 더 가까운 사이가 되기 위해서야!"

"어째서?! 나를 좋아해?!?!"

"그런 게 아니고!"

그렇게 티격태격하고 있었을 때, 시야 한구석에 루시 짱이 나를 위해 마실 것을 마련해 주려고 하는 광경이 눈에 들어왔다.

좋지 않은 예감이! 든다!

"앗, 루시 짱──."

1리터 우유 팩을 잔에 따르려고 했던 루시 짱의 손은 덜덜 떨리고 있었고.

손에서 우유 팩이 주룩 미끄러졌다.

『앗.』

철퍽! 하는 소리와 함께 주방 한구석이 하얗게 칠해졌다.

온통 우유를 뒤집어쓴 나…… 그리고 요우코 짱.

신의 축복인지 천사의 가호인지 우유는 루시 짱한텐 한 방울도 튀지 않았다.

루시 짱은 앞머리에서 우유를 뚝뚝 떨어트리고 있는 나를 보며 작게 미소를 지었다.

"후후후, 레나코 님. 잔뜩 드셨네요."

그리고.

아, 큰일 났다.

"○×△○□×○△□."

요우코 짱의 분노가 화산처럼 폭발했다.

*** ***

폭발할 것 같았다.

"우, 우, 웃기지 미이이이이! 무슨 짓인가요 대체! 왜 제가 하지 말라는 짓들을 전부 저지르는 건가요오오오! 일이 아니었다면 때렸는데 무조건 때렸는데 이미 때렸고 무조건 절대로 반드시 때려 줬을 텐데에에에에에!"

취소, 계속 폭발 중이었다.

테루사와 요우코가 손에 쥔 샴푸 통은 찌그러진 채, 샴푸 액도 절반 가까이 줄줄 새어 나오고 있었다.

"요, 요우코 짱……?"

옆에서 겁먹은 치와와처럼 덜덜 떠는 목소리가 들려와서 헉, 하고 정신을 차렸다.

요우코는 입꼬리를 생긋 끌어올렸다. 이제는 반쯤 조건반사에 가까웠다.

"라, 라고 할 뻔~!"

"그게 더 무섭다고!"

안 통하는 모양이다.

이곳은 맨션 욕실.

머리부터 우유를 뒤집어쓴 결과 전신 밀크 인간이 되어버린 요우코와 레나코는 샤워부터 하기로 했다. 맨션의 좁은 욕조에 몸을 맞대듯이 들어가 있는 두 사람. 입고 있던 옷들도 전부 세탁 중이라 당연히 두 사람 다 실오라기 하나 걸치지 않은 모습이다.

(정말로 가슴이 크구나, 이 사람…….)

자연스레 시선이 그쪽으로 이끌리게 된다.

네 다리를 걸친 상대가 전원 남자였다면 이 커다란 가슴으로 홀렸을 거라고 쉽게 상상할 수 있겠지만, 레나코가 사귀고 있는 상대는 모두 여성.

글쎄, 어떨까. 세상 여자들 대부분은 사실 커다란 가슴이 취향인 걸까? 적어도 요우코는 그런 말을 들어본 적이 없지만. (요우코 자신의 취향을 묻는다면 아마 취향일 것이다. 뭔가 만지는 촉감도 좋을 것 같으니까. 그런 눈으로 레나코를 본 적은 없지만.)

아무튼.

"일단 심호흡을 할까요! 좋아, 심호흡!"

"네, 넷."

요우코에겐 기분을 전환하기 위해 소중하게 여기는 루틴이 있다.

바로 심호흡이다. 자신은 쉽게 흥분하곤 해서, 흥분을 가라앉히는 용도로도 요긴하게 써먹고 있다.

테루사와 요우코는 흥신소『피카리스』에서 일하는 탐정이자, 임원이자, 가업을 물려받을 딸이다.

입장으로 보면 퀸 로즈의 후계자인 오우스카 마이와 비슷한 입장일지도 모른다. 단지 가난하다는 점만 뺀다면.

『피카리스』는 잔뜩 빚을 지고 있다. 아버지의 경영 실패로 떠안게 된 빚이다. 그것 때문에 갓 중학교에 입학했을 때부터 이렇게 바쁘게 일하는 처지가 되고 말았다.

좋아서 하는 일은 아니지만 다행히도 재능은 있었던 모양이다. 요우코는 지금까지 여러 의뢰를 달성했다. 고양이 찾기, 불륜 조사, 품행 조사, 고양이 찾기, 퇴사 대행, 고양이 찾기, 고양이 찾기…….

합법적인 일부터, 아슬아슬하게 비합법의 선에 걸친 일까지. 이쯤 되면 탐정이라기보단 심부름꾼이라고 부르는 편이 적절할지도 모른다. 요즘 같은 시대에 일거리를 골라 받을 여유는 없다. 아버지처럼 기분 따라 일을 하는 어른과는 다르다. 자존심 따위 장애물일 뿐이다.

덕분에 빚도 드디어 절반 이상 변제에 성공했다.

이제 얼마 남지 않았다.

지금 퀸 로즈에게 받은 이 의뢰를 완수한다면 요우코는 떳떳하게 자유의 몸이 될 수 있다.

빚을 전부 변제하고 나면 미련 없이 아버지한테 절연장을 던져 주겠어. 그것이 현재 요우코의 꿈이자, 인생에서 가장 바라마지 않는 순간이었다.

그러기 위해서는 어떻게든 작전『엘비라의 충고』를 성공시켜야만 한다.

즉, 지금 눈앞에 알몸으로 있는 여자.

"저, 저기…… 애초에 둘이서 동시에 욕조에 들어가는 건 역시 조금 무리가 있지 않을까…… 싶은데요……."

(절조가 없어도 너무 없는 거 아닐까요, 절조가……!)

큰일이다. 또 폭발할 것 같았다.

요우코는 남몰래 심호흡했다.

그만한 미소녀 군단을 거느리고 있으면서 이 여자는 아직도 마수를 더 뻗칠 생각인 걸까. 호색하기 그지없다. 여러 나라에서 2,000명의 여자와 관계를 가졌다는 돈 조반니를 뛰어넘을 작정인가?

아냐, 그러면 오히려 좋다.

아무튼 요우코의 목적은 레나코와 마이를 헤어지게 만드는 것. 그 목적을 이루기 위해 가장 손쉽고 빠른 수단은 레나코가 바람을 피웠다는 증거를 잡는 거니까.

네 다리를 걸친 여자가 다섯 번째 상대를 추가했다면 과연 그걸 바람을 피웠다고 부를 수 있을지 어떨지는 윤리적인 판단 면에서 헷갈리는 부분이지만…….

오히려 이해가 가지 않는 점은…….

“역시 나는 밖에서 기다릴게……. 요우코 짱 먼저 씻어도 괜찮
으니까…….”

지금처럼 요우코가 작업을 걸려고 하면 자꾸만 몸을 빼려고 한
다는 점이다.

(나한테 매력이 없다는 뜻인가요?!)

용서할 수 없다. 이래 봬도 전에 미인계 같은 작전을 써본 경험
도 있단 말이다. 외모에는 나름 자신이 있다. 1학년 A반 퀸텟은
확실히 살짝 놀랄 정도로 미소녀들만 모인 그룹이지만, 나도 나
름은!

일에는 자존심을 개입시키지 않지만, 한 사람의 여고생으로선
그럭저럭 외모에 자부심을 품고 있다. 그렇지 않으면 매일 빼먹
지 않고 꾸준히 하는 미용 체조와 스킨케어는 전부 쓸데없는 짓
이었다는 뜻이 되고 만다. 정말 귀찮은데도 꾸준히 해 왔는데!

잠깐 이야기가 엇나갔다. 한 번 불이 붙으면 열화아도 같이 타
오르는 불길이 번지고 만다. 이런 성격만큼은 꼭 고쳐야겠다고
생각하고 있다.

“자자, 괜찮으니까. 우선 머리부터 감을까. 머리카락도 우유에
푹 젖어버렸으니까.”

다소 억지로라도 레나코의 팔을 잡고 붙들어 놓고서 생긋 웃으
며 말했다.

“으으……. 저한테 거부권은 없는 건가요…….”

“없습니다―☆”

미소와 함께 단언했다.

(뭐니 뭐니 해도, 이건 찬스니까요.)

루시 루페베르는 이미 요우코가 내숭을 떨기를 포기했을 정도로 거리낌 없이 분노를 터트리고 있는 상대이자, 정말로 쉴 새 없이 연이어 문제를 일으키는 최저, 최악의 상대. 상식의 파편을 산산이 박살 내서 믹서기에 갈아버린 다음 그랜드 캐니언에 흩뿌리고 온 게 아닐까 싶을 정도로 갓난아기 같은 여자지만, 이번만큼은 나이스 어시스트라고 할 수 있다.

이미 녹음기 세팅은 마쳤다.

(여기서 레나코 쿤이 바람을 피우게 만들면 그걸로 임무 완료. 나는 떳떳하게 빚 변제를 마치고, 루시 씨의 돌보미 역할도 졸업입니다.)

온갖 우여곡절이 있었다.

오우즈카 르네의 의뢰를 완수하기 위해, 자신은 우선 아마오리 레나코에 대해 모든 것을 조사했다. 행동, 신변을 샅샅이 훑고, 중학교 시절의 숨겨진 비밀도 파헤쳤다. 지금까지 수도 없이 해왔던 작업이니만큼, 신변 조사는 식은 죽 먹기다.

지금 자신은 세상 그 누구보다도 아마오리 레나코에 대해 자세히 안다고 자부한다. 하지만 그게 함정이었다.

사츠키는 직접적인 행동을 탐탁지 않게 여겼다. 상대가 먼저 손을 대게 만든 다음 불륜의 증거를 잡아서 그걸 빌미로 협박하면 쉽게 끝날 일인데. 사츠키는 신중하게 일을 진행하려고 했다.

갈팡질팡하는 사이에 르네는 프랑스에서 루시를 불러들였다. 마이와 루시를 결혼시켜서 간접적으로 레나코와 헤어지게 만들려고 하는 중이다. 사츠키도 현재로선 르네의 제안을 받아들인 모양이다.

좋지 못한 흐름이다.

의뢰를 받은 사람은 자신이다. 이대로라면 받게 될 성공 보수가 줄어든다. 억지로 떠맡게 된 루시의 돌보미 역할도 보수 면에선 나쁘지 않지만, 이건 스트레스가 어마어마하다.

(코토 씨에 대한 건 나중에 어떻게든 무마하면 돼요. 사랑에 눈이 먼 건지 어떤지는 모르겠지만, 자기 여친이 유혹에 넘어가 제게 손을 대는 상황이 싫다든가, 대충 그런 아무래도 좋은 이유겠죠. 알 바 아니에요.)

동시에 네 다리를 걸치고 있는 진흙탕 속으로 자기까지 끌어들이지 말아줬으면 한다. 자신은 그저 맡은 일을 할 뿐이다.

그러니까.

"자, 레나고 쿤, 삼푸 뿌릴게   . 눈 뜨면 안 되니까—."

이것도 전부 일이다.

레나코의 머리카락을 조물조물 만지며 거품을 냈다.

평소 루시한테처럼 대충대충 하는 손놀림과는 다르게, 섬세한 주의를 기울여서…….

(자아, 표정이 흐물흐물 녹아내리도록 만들어 주겠어요…….)

마치 한 올 한 올 꼼꼼하게 씻기는 것처럼, 머리카락을 양손 다섯 손가락에 감았다. 예전에 나이와 자격을 속이고서 미용실에서 어시스턴트로 아르바이트했던 경험이 떠오른다. (그때는 미용사의 불륜 조사 때문이었다.)

레나코는 "으으으으……" 하고 신음했다. 기분 좋은 거겠지.

"이제부터가 진짜 시작이라고☆"

거품을 씻어낸 뒤, 트리트먼트도 마찬가지로.

하는 김에 바디 워시를 손에 쥐자, 사양의 말이 날아왔다.

"괘, 괜찮아요! 그건 직접 할 테니까요!"

"사양하지 않아도 되는데?"

"아니, 사양하는 게 아니고! 그게! 저기! 그거예요, 남의 손이 닿으면 저, 간지럼을 엄청 타서! 그건 좀 무리라!"

여유 없이 다급한 목소리에 저절로 입꼬리가 올라갔다.

아냐아냐, 그게 아니지. 이건 일이야, 일.

그러면서도 머릿속에는 퀸텟 녀석들이 떠오른다. 여성의 매력이 넘쳐흐르는 스쿨 카스트의 정점. 같은 여고생으로서 항상 패배감을 맛보게 만들고 있는 녀석들.

타카다 히미코를 부추겨서 덤벼들게 만들어도, 사이가 흔들리는 일은 조금도 없었다. 마치 이 세상에 『진정한 우정』이 존재한다는 것처럼 구는 녀석들.

레나코에게 했던 얘기 중에서 몇 안 되는 솔직한 말이 있다면, 그건 자신이 친구가 그다지 없는 아싸였다는 사실이다.

아니, 정확히는 다르다. 애초에 친구 따위는 필요 없다. 그야 친구를 만들어 봤자 땡전 한 푼 떨어지지 않으니까. 시시한 잡담 같은 걸 강요당할 바에야 차라리 슈퍼 특가 세일 전단지나 보는 게 훨씬 더 이득이다.

이건 허세도 뭣도 아니다. 실제로 흥신소에서 일하면서 인간의 추악함을 뼈저리게 알게 된 지금은 교실 안의 인간관계 같은 건 진심으로 아무래도 좋았다. 뭣보다 인기를 얻는 일쯤은 정해진 패턴을 반복하기만 하면 그만이니까 누구나 할 수 있는 일이고!

자기가 무거운 빚을 짊어진 채 아득바득 일하며 마음이 황폐해지고 있는 동안, 친구 놀이나 하는 녀석들에게는 화가 치민다. 완전히 애먼 화풀이다. 화풀이라는 건 나도 잘 알고 있어!

이쪽은 저렴한 저가형 화장품 중에서도 최대한 평판이 좋은 걸 고르려고 먼저 영상을 찾아본 다음 꼼꼼하게 조사하고 비교해 가며 사고 있는데, 그 녀석들은 보나 마나 대충 손에 잡히는 대로 고가 브랜드 화장품을 사 모으고 있겠지. 애초에 질이 다르니 비주얼에서 격차가 나는 게 당연하다. 열 받아!

보는 눈이 없는 온 세상의 녀석들을 전부 죽여버리고 싶은 마음이 치솟았다. 정기적으로 찾아오는 감정이다. 지금은 그 감정을 눈앞의 여사―― 미너란 미녀는 진부 거느리고서 네 다리를 걸치고 있는 여자에게 전부 쏟아내기로 했다.

"어쩔 수 없네― 레나코 쿤도 참. 그럼, 이런 건 어떨까?"

자기 몸에 바디 워시를 듬뿍 발랐다. 그런 다음 레나코를 뒤에서 꼭 껴안았다.

"히약?! 저, 저기, 저저저저, 저기, 요우코 짱?!"

"왜애―?"

"이건 살짝 친구 사이의 범주를 넘은 게 아닐까요?!"

"그치만 손으로 씻겨주는 건 간지럽다면서?"

"그렇게 말하긴 했지만! 손만 아니면 다 괜찮다고 말한 적은 없잖아요?!"

미끌미끌하게 가슴을 등에 문지르면서.

귓가에 속삭였다.

"하지만, 이거…… 기분 좋지 않아?"

"──읏."

레나코의 움직임이 멎었다. 뒤에서 보이는 귀가 새빨개져 있었다.

바람을 피우는 것도, 거짓말을 하는 것도 사람이다. 어? 이렇게 성실해 보이는 사람이 이런 짓을?! 하고 놀랄 수 있는 풋풋한 감성은 진즉에 잃어버렸다.

겉과 속이 아예 다른 경우도 수두룩하다. 그리고 아마오리 레나코는 그중에서도 가장 대표적인 인물이라 할 수 있겠지.

이런 순진해 보이는 얼굴인데 네 다리를 걸칠 배짱이 있다니 누가 믿을 수 있을까. 게다가 전원이 같은 그룹에 속한 친구들이라니. 제정신으로 할 짓이 아니다. 머리부터 가솔린을 뒤집어쓴 채로 담배를 피우는 취미라도 있는 걸까?

(그런데…… 마치 숫처녀 같은 리액션을 보여주네요…… 그런 수법으로 나오는 건가요? 매일 주지육림을 즐기는 주제에…….)

혹은 다른 식으로 생각해 본다면, 주지육림 삼매경에 빠진 여자조차 어쩔 줄 몰라 할 정도로 자신이 미소녀로서 매력이 있다는 증거일지도 모른다.

(후후후후후. 뭐, 저는 굳이 따지자면 그룹 밖의 사람. 외부인이니까요. 손을 대선 안 된다고 필사적으로 참고 있었을 뿐이었

던 걸까요.)

저도 모르게 웃음이 새어 나온다.

그리고 어쩔 수 없이 흥분된다. 코토 사츠키가 하얀 손수건을 물어뜯는 모습이 눈에 어른거린다.

양팔을 레나코의 목에 둘렀다. 거기에 더해 몸을 꾹꾹♡ 밀착시킨다.

"테루사와 요우코 씨?!"

"네에—♡"

"아니, 네에가 아니고?! 그치만 이거! 뭔가 이젠! 저기요?!"

레나코의 하얀 목덜미가 눈에 들어왔다.

네 다리를 걸친 여자의 살결. 만악의 근원. 자기가 이렇게나 고생하게 만드는 원흉.

지금 여기서 숨통을 끊는 게 불가능하다면…….

"// 득."

"히익?!"

요우코는 레나코의 목을 이빨로 깨물었다.

그렇구나, 이런 맛인가.

깨무는 힘을 조절해 가며 이빨 자국을 새겨준다.

"아으아으아으아으아으아으!"

레나코는 몸을 비트는 것조차 하지 못한 채, 그저 경직된 상태로 비명을 질렀다.

팟, 하고 입을 떼자, 흠잡을 데 없는 훌륭한 이빨 자국 완성.

(우와—………… 뭔가 괜찮지 않나요.)

이거야말로 생생한 불륜의 현장이라는 느낌.

뭔가 좀 지나치게 적나라해서 요우코까지 부끄러워졌다.

부끄러워서, 그래서 더욱 신이 났다.

"잠깐?! 저기! 나는 이만 나갈까 하는데!"

"아직 안—돼."

덥석.

"히익!"

이번엔 반대편 목덜미.

좋아, 깔끔하게 남은 흔적.

내 걸로 만들었다는 기분이 든다. 보고 있어? 코토 사츠키. 당신이 사랑하는 아마오리 레나코는 제가 잘근잘근 깨물어 줬답니다. 이예—이.

"이, 이제 그만 용서해주세요……."

무시다, 무시.

"아앙—."

입을 벌리고서 이번엔 팔뚝.

선명하게 새겨진 초승달. 평생 지워지지 않도록 만들고 싶다.

"끼잉……."

(……목소리 귀엽네요, 이 사람.)

고개를 푹 숙이고 입술을 앙다문 채 견디고 있는 레나코의 옆얼굴이 눈에 들어왔다.

적극적으로 스킨십을 걸고 있는 건 자기 쪽인데도 어째선지 가슴이 쿵쿵 뛴다.

과연 여자를 네 명이나 타락시킨 서큐버스. 얕볼 생각은 없었지만, 이렇게 마주하고 있을 땐 지극히 평범한 일반인처럼 보이니까 착각하게 된다.

(뭐, 이대로 단숨에 결판을 낼 거지만요☆)

그런 쪽 경험은 없지만, 아마 문제없겠지. 어떻게든 될 거다.

"하읏……!"

이빨 자국을 혀로 핥으며 요우코는 팔을 앞으로 둘렀다.

"앗, 잠깐……."

손목 위에 레나코의 손이 얹힌다.

레나코가 어깨너머로 돌아보았다.

"이, 이만 나가죠……? 네……?"

떨리는 목소리. 촉촉하게 젖은 눈.

"요우코 짱……."

마치 애원하고 있는 듯한 그 표정에 요우코는 오싹오싹한 자극을 느꼈다.

또다시 마음 깊숙이 자리 잡은 분노—— 가학심이 자극되며 고개를 치켜든다.

"그런 건."

(당연히 안 되죠——.)

생글생글 웃는 얼굴을 본 레나코는 몸을 떨었다.

이젠 정말 못 견디겠다는 표정으로 요우코의 팔을 빠져나가며.

"앗, 요게."

그대로 욕실 밖으로 뛰쳐나가려고 했다.

"이제 끝이에요!"

어떻게든 허리를 잡아 세운 뒤, 양팔을 둘러 단단히 붙잡았다.

"이, 이게! 도망치지 마!"

"대체 뭐냐고요, 정말! 이건 친구의 영역을 한참 뛰어넘었죠?! 저를 어떻게 할 생각인가요?!"

"단순한 스킨십이야! 레나코 쿤이랑 좀 더 친해지고 싶을 뿐이니까!"

"그러면 게임이나 만화 얘기 같은 걸 하자고요! 이런 건, 이런 건 뭔가 안 된다고요! 너무 야해요!"

"이런 걸 못 견디게 좋아하는 주제에! 여자애를 좋아하지?! 그치!"

"아니에요! 전혀 하나도 좋아하지 않아요! 몇 번이고 몇 번이고 몇 번이고 몇 번이고 몇 번이고 몇 번이고 몇 번이고 아니라고 말했다고요! 저는―!"

레나코의 커다란 외침이 울려 퍼졌다.

그러자 쾅, 하고 욕실 문이 열렸다.

실수했다. 루시가 상황을 살피러 온 건가. 어디까지 나를 방해할 작정인지!

요우코는 레나코의 허리를 꽉 붙든 채로, 루시를 내보내기 위해 적당한 핑계를 늘어놓으려고 했을 때.

"응?"

찰랑찰랑, 길고 검은 머리카락이 눈앞에서 흔들리고 있었다.

고개를 들었다.

팔짱을 끼고 있는 여자가 있었다.

"발정 난 짓도 적당히 해 줄 수는 없을까, 두 사람?"

레나코가 "으에엑?!" 하고 외쳤다.

요우코의 비즈니스 파트너.

코토 사츠키가 불쾌하다는 표정을 짓고서 우뚝 서 있었다.

(아차——…….)

*** ***

어째서……?

나는 의자 위에 무릎을 꿇고 있었다.

내 옆에는 요우코 짱. 맞은 편에는 루시 짱.

그리고 대각선 맞은편에 앉아 있는 사람은.

"저기…… 오해, 기든요……?"

"흐응."

사츠키 양은 손톱만큼도 관심 없다는 듯이 스마트폰을 내려다보는 중이었다.

나는 내 몸에는 살짝 큰 루시 짱의 티셔츠를 빌려 입고 있었다.

이 상황까지 전부 포함해서, 나는 왠지 모르게 막다른 골목에 몰린 듯한 기분에 사로잡혔다.

요우코 짱의 장난이 도를 넘은 것도 있고…… 애초에 왜 루시 짱네 집에 사츠키 양이 있는 거야……. 이 사람은 어디에나 존재하는 건가……?

"그다지 아무래도 상관없긴 한데."

손가락을 치켜든 사츠키 양이 내 목덜미를 가리켰다.

"그거. 다른 사람이 오해하지 않도록 어떻게든 하는 편이 낫지 않을까."

"그게 아니에요!"

황급히 손으로 목덜미에 난 이빨 자국을 가리면서 외쳤다.

"요우코 짱이 잘못한 거라고요! 이런 장난을!"

"장난."

"그렇다니까요! 요우코 짱이 몸을 씻겨주나 싶었는데 갑자기 이렇게, 이빨로 깨물어서…… 아니, 그게 아니고요?!"

위험해! 유도신문에 걸려들 뻔했다!

"그냥 둘이서 샤워를 했을 뿐이에요! 켕기는 짓은 하지 않았어요!"

"그래. 좁은 욕조 안에 굳이 둘이 같이 들어가서 샤워하는 짓은 조금도 켕기지 않는가 보네."

"네, 그렇다니까요, 정말이지…… 아니, 그게 아닌데요?!"

이 사람, 2중 3중으로 덫을 깔아놓고 있었어?! 그럴 수가…… 책사냐고……!

"원인을 따지자면 루시 짱이 성대하게 우유를 엎질러버려서, 그래서……."

"면목 없습니다."

루시 짱이 뭔가 고풍스러운 말투와 함께 고개를 숙였다.

"하지만 욕실에서 들려오는 목소리는 무척이나 즐거워 보여서…… 루시, 살짝 질투했어요.”

뺨에 손을 가져다 대며 어째선지 살짝 부끄러워하는 기색으로 말하는 루시 짱.

“그야 요우코 짱은 즐거워 보이긴 했지만요!”

나는 얼굴에 철판을 깔고 옆에 앉아 있는 친구에게 죄를 떠넘겼다. 아니, 떠넘기는 게 아니야! 명백한 원흉이라고!

오늘날 현대 일본에선 설령 같은 여자끼리라 해도 치마를 들치는 것도, 탈의실에서 몸을 만지는 것도, 일반적으론 하면 안 되는 짓이라는 도덕 관념이 서서히 침투하는 중인데……. 윤리관이 산산조각이 나 있다고, 요우코 짱…… 나 무서워…….

정작 요우코 짱은 불만스럽게 입을 비죽였다.

“에이…… 그냥 친구 간의『스킨십』이잖아―?”

“친구끼리 깨물거나 그러나요……?”

나는 내 팔뚝을 내려다보았다. 으엑. 상당히 선명히게 남았어…….

“코토 씨는 참 분위기를 못 읽네―.”

사츠키 양의 관자놀이가 꿈틀했다.

“자기도 같이 끼고 싶었으면 솔직하게 끼워달라고 말하면 될 텐데―.”

루시 짱이 “저도 같이 끼고 싶었어요!”라면서 재빨리 손을 들었다. 요우코 짱은 그걸 무시하고서 게슴츠레한 눈으로 사츠키 양에게 시선을 향했다.

“그런 거겠죠. 코토 씨는 저랑 레나코 쿤이 대화하고 있으면 항상 방해하러 오죠. 뭔가요? 관심 가져주길 바라는 건가요—?”

“내 눈이 닿는 곳에선 하지 말라는 뜻이야. 음식점 테이블이 더러워져 있으면 불평 한마디쯤은 하고 싶어지지.”

“코토 씨도 참, 정말 솔직하지 못하네—. 그래서야 애인도 못 사귄다고요—?”

자, 잠깐, 사츠키 양한테 왜 함부로 입을 놀리는 거야……!

그런 소릴 했다간 로우킥을 맞는다고요! 요우코 짱!

혼자서 조마조마하고 있으니까, 사츠키 양은 쌀쌀맞은 태도로.

“그러네.”

라고만 대답했다.

어라……. 사츠키 양, 로우킥은 안 하는 건가요……? 웬일일까. 혹시 다리를 삔 걸까. 오히려 걱정이 들었다. 사츠키 양의 3대 속성을 말해보라면, 흑발, 미인, 로우킥인데…….

어쩌면 로우킥도, 안면을 움켜쥐는 것도, 아무한테나 하는 짓은 아닐지도 모른다. 요즘 사츠키 양은 완전히 폭력계 히로인이었던 탓에 나도 무심코 착각하고 말았지만, 설마 그건 친구로서 친애의 표시……? 혹시 그렇다면 애정 표현이 너무 과격하다고요, 사츠키 양……!

“하아…… 이번에야말로 조금만 더 하면 됐는데…….”

요우코 짱이 한숨을 크게 푹 쉬었다. 뭐가 조금만 더 하면 됐다는 걸까요……. 내가 날름 잡아먹히는 거, 말인가요……?

사츠키 양이 상대의 시비에 어울려 주지 않으면서 잠시 대화가 끊겼다.

그래서 그 틈을 타, 내가 머뭇머뭇 조심스럽게 말을 꺼냈다.

"……그건 그렇고, 왜 사츠키 양이 여기 계시는 건가요."

대답한 사람은 루시 짱이었다.

"사츠키는 놀러 온 거예요. 루시의 Meilleure amie니까요."

메이…… 뭐라고?

내가 낯선 단어에 당황스러워하고 있었더니, 루시 짱은 옆에 앉은 사츠키 양의 팔을 끌어안았다. 그리고는.

만면에 미소를 지으며 뺨에 키스했다.

엥?!

뭐…… 뭣이?!

사츠키 양은 뺨에 하는 키스를 매몰차게 밀어내지 않고 담담히 받았다.

조그만 한숨.

"나 참……. 일본에선 키스는 아무한테나 하는 게 아니야, 루시."

"이곳은 루시의 집이에요. 치외법권이에요."

루시 짱은 이번엔 자기 뺨을 사츠키 양에게 내밀었고.

"자요, 기다리고 있어요, 루시가."

"그래그래."

사츠키 양은 이번엔 자기 뺨을 루시의 뺨에 가져다 대고서, 쪽, 하고 가볍게 입술 소리를 냈다. 그걸 좌우로 2번이나 반복했다!

어버버버버버버버…….

"후후후."

"이걸로 만족했을까, 공주님."

WOW

루시 쨩은 양손으로 뺨을 누르며 행복한 듯이 눈꼬리를 접어 웃었다.

"네. 일본에 오길 잘했어요."

그런 다음 나를 향해서도 미소를 건네며.

"친구도, 늘었어요."

"으, 응……."

나는 눈앞에서 연이어 펼쳐진 서양 영화 같은 장면에 여전히 어안이 벙벙했다.

엥, 이 두 사람은 대체 무슨 사이……?

주택가에 내 놀란 목소리가 크게 울려 퍼졌다.

"루시 쨩이 마이의 약혼자였어요?!"

저녁. 간신히 다 마른 옷을 입고 귀갓길에 오른 나와, 아르바이트 갈 시간이 된 사츠키 양. 둘이서 역으로 향하는 길을 걷고 있을 때였다.

충격적인 사실을 듣게 되었다.

"맞아."

사츠키 양은 이 세상에 수수께끼란 단 하나도 존재하지 않는다는 듯 무뚝뚝한 얼굴로 끄덕였다.

나는 마이가 했던 말을 떠올렸다.

『나는 옛날부터 일본과 프랑스를 오가면서 생활했거든. 그녀는 프랑스 소꿉친구야. 동료 모델이자, 친구고…… 그러네, 그야말로 가족처럼 지내왔어. 솔직하고, 사랑스럽고, 아름다워. 아주 멋진 여성이야.』

허어어…….

듣고 보니 확실히…………

저 범상치 않은 분위기는 어딘가 마이를 닮기도 했고……. 조금의 더러움도 없는 환상의 동물 같은 미모도, 프랑스 모델이라는 말을 듣고 보니 이해가 갔다.

저렇게 예쁜 사람이 아무 데나 널려 있으면 그게 더 이상한 일이겠지…….

"앗, 다시 말해 사츠키 양이랑도 오랜 소꿉친구라는 뜻이네요."

"그래."

"……혹시 사츠키 양이 예전에『키스라고 하면 보통 뺨에다 하는 거잖아』라고 말했던 이유가."

"쓸데없는 일까지 기억 안 해도 돼."

새치름하게 대답하는 사츠키 양.

지금 이 사람, 나랑 했던 첫 키스의 기억을『쓸데없는 일』이라고 한 거야……?

"당분간 일본에서 일하게 됐거든. 아무래도 걱정이 돼서 가끔 상태를 보러 가고 있어."

"상냥하네요."

"걔랑 몇 번 얘기를 나눠 봤잖아. 그러니 어떤 느낌인지 알지?"

내 머릿속에 길 한복판에 쓰러져 있던 루시 짱, 역에서 계속 내가 오기를 기다리고 있던 루시 짱, 그리고 우유를 죄다 엎지르던 루시 짱의 모습이 차례차례 스쳐 지나갔다.

"하긴…… 걱정이 들만하네요……."

"그런 뜻이야. 상냥하다느니, 이상한 착각하지 말도록."

단호한 말투였다. 그렇다고 해도 사츠키 양은 마음씨가 상냥하다고 생각하는데……. 뭐, 본인이 듣고 싶지 않다는 말을 굳이 밀어붙일 생각은 없다.

"재는 나랑 마이한텐 여동생 같은 애니까."

"아―."

왠지 모르게 딱 와닿는 느낌이었다.

사츠키 양의 태도는 친구나 연인을 대하는 태도라기보다, 가족을 대하는 것처럼 스스럼없는 느낌이었으니까.

……여동생이라.

"사츠키 양은 루시 짱에 대해, 잘 아세요……?"

"그 말은 무슨 뜻이야?"

"잇, 아뇨, 그게…… 속속들이 이해하고 있는가, 같은 느낌으로 말하는 건데요."

"뭐, 아마…… 대강은? 재는 보기에도 단순하니까."

그건, 맞는 말일지도 모른다.

희노애락. 모든 감정이 다이렉트로 전해져 온다. 결코 표정이 풍부한 편이 아닌데도. 어쩌면 저건 유명 모델로서 가진 표현력일지도 모른다.

사츠키 양은 말로 꺼내지 못한 채 품고만 있던 내 속마음을 쉽게 건드렸다.

"여동생에 대해 잘 모르겠어?"

“어…… 네에, 뭐…….”

나는 시선을 피했다.

“사실 여동생 이전에 저는 기본적으로 누구의 마음이든 잘 모르겠지만요……. 그래도 여동생 정도는…… 싶었는데, 역시 그것도 잘 안돼서.”

결국, 허둥지둥하던 사이에 모든 게 종료되고 말았다.

아마, 앞으로도 쭉 계속 이 모양이겠지.

내가 걷는 속도는 너무나도 느려서, 항상 여동생은 나만 남겨 두고 홀로 가버리기 일쑤다. 어린 시절과는 정반대가 되었다.

“딱히 상관없다고 생각하는데.”

“그러려나요…….”

“예를 들어 마이는, 그 녀석은 내 마음을 제대로 이해한 적이 평생 단 한 번도 없지만, 크게 신경 쓰지 않아.”

“마이는 그래도 용납이 되니까 그런 거잖아요!”

“그러네. 그 녀석은 이러니저러니 해도 먼저 다가와 줘. 이해하려고 노력하고 있다는 점은 똑똑히 전해지니까.”

사츠키 양이 훗, 하고 웃었다.

“실제로 도움이 됐는지 어떤지, 그런 건 결과에 불과하잖아. 어려울 때 손을 내밀어 주는 사람이 주변에 있다는 사실은 당사자에게는 굉장한 행운이라고 생각해.”

“……혹시, 격려해 주는 건가요?”

내가 눈만 올려 바라보자, 사츠키 양의 눈이 살짝 가늘어졌다.

“말하자면 이런 거야. 나는 지금 아무 자기계발서에나 쓰여 있을 법한 진부하고도 흔해빠진 말을 늘어놨지만.”

“표현이⋯⋯!”

“그걸로 혹시 네 마음이 조금이라도 가벼워졌다면 의미는 있었다는 뜻이겠지. 실제로 뭘 해준 건 아니라고 해도.”

그런 걸까⋯⋯.

사츠키 양이 해준 말은 어느 상황에 놓고 봐도 옳은 말이라는 점은 알고 있지만⋯⋯.

“사치, 인 걸까요⋯⋯. 이 이상을 바라는 건.”

“맞아. 그때 그 순간 해줄 수 있는 도움은 어디까지나 타이밍과 당사자의 마음에 달려 있어. 그 이상은 단순한 강요. 좋은 꼴은 못 볼 거야.”

사츠키 양은 단언했다. X(옛 트위터)에서 인기 있을 법한 말투였다.

나도 모르게 사츠키 양에게 푸념 비슷한 말을 늘어놓고 말았다. 나는 소용히 속으로 반성하고서 가볍게 고개를 숙였다.

“⋯⋯고맙습니다. 명심해 둘게요.”

“그래서 나도 마이와 루시의 약혼 문제에는 끼어들지 않고서 가끔 루시의 상태를 보러 가는 수준에서만 머무르고 있잖아.”

그건 뭐, 확실히⋯⋯.

“⋯⋯어라? 그런데 사츠키 양은 옥상에서 마이한테『루시 짱이랑 만났어?』라는 질문을 들었을 때, 아니라고 대답했던 것 같은데.”

혹시 이것도 쓸데없는 말일까.

사츠키 양은 안색 하나 변하지 않았다.

“그랬지. 그건 거짓말이야.”

어쩜 저리 당당하게!

“어, 어째서인가요?”

사츠키 양은 머리카락을 쓸어 넘기면서 우아하게 말했다.

“나는 어쩐지 귀찮아질 것 같다는 느낌이 들면 별 의미도 없이 거짓말을 하는 사람이야.”

“쓰레기 같은 발언 아닌가요?!”

“인간적이잖아.”

“그야 그럴지도 모르지만!”

하지만 최근 연구에 따르면 동물도 거짓말을 한다고 알려져 있다. 위장이나 의태를 제외하고도 말이다. 원숭이나 까마귀가 대표적이다. 사회적인 동물은 거짓말을 할 줄 아는 것이다. 다시 말해 사츠키 양의 발언은 『인간적이잖아』가 아닌 『사회적이잖아』가 더 적절하다.

아니, 그런 건 아무래도 좋은데!

“하지만 한번 거짓말을 시작하면 내가 했던 말을 계속 머릿속에 기억하고 있어야 하니까…… 결국 가성비가 최악이라는 느낌이 든단 말이죠…….”

과거를 두루뭉술하게 얼버무리면서 살아가고 있는 내가 할 소리는 아니긴 하지만.

“괜찮아. 나는 머리가 좋으니까.”

“그런가…… 그럼 괜찮나…… 괜찮은 거 맞나……?”

모르겠다. 하지만 내가 사츠키 양이 살아가는 방식을 바꿀 수도 없는 노릇이다. 인생의 반려자도 아니니까.

"안심하도록 해. 테루사와랑 있었던 일은 비밀로 해줄 테니까."

"응억!"

혀를 깨물 뻔했다.

나도 모르게 목덜미를 손으로 누르면서 사츠키 양을 보았다.

"그게 아니라고요, 진짜로…… 그건 요우코 짱이 억지로……."

"그러니까 비밀로 해주겠다고 말하는 건데."

"뭔가 불안하다고요! 그 뒤에『그러니까 순순히 내 말을 들어』라는 말을 덧붙일 것 같아서!"

사츠키 양이 미간을 찌푸렸다.

"피해망상이야. 뒤가 켕기는 마음이 불러온 환청이네."

"그럼 그런 걸로 해요!"

이 죄책감에 패배했다간 마이와 아지사이 양에게 전화를 걸어, 『친구랑 같이 샤워를 하던 중에 목덜미를 깨물리고 말았습니다……』라고 자백하고 만다.

아무도 행복해질 수 없는, 내 나약함이 초래하는 배드엔딩 루트다.

배드엔딩 73【바람둥이 여자의 결말】……. 배드엔딩이 많기도 하지!

뭐, 일단 사츠키 양이 침묵을 지켜 준다면야, 루시 짱은 욕실 안에서 무슨 일이 벌어졌는지 모를 거고. 요우코 짱이 누군가한테 떠벌리고 다니지도 않을 테니까. ……아마도.

생각도 못 한 상황에서 험한 꼴을 당하긴 했지만…… 집에서 나올 때 느꼈던 답답한 마음은 사라진 상태였다.

너무 가슴이 조마조마했던 탓에 풀 죽어 있을 틈도 없어져서 그런 걸까.

목을 만지작거렸다.

"하아……. 아무리 장난이라고는 해도 이건 너무 지나치잖아요……. 요우코 짱, 스트레스가 많이 쌓였던 걸까……."

루시 짱을 다루는 데 고생하는 것 같았고. 일이라고는 해도 계속 휘둘리다 보면 가끔은 제멋대로 굴고 싶어질 만도 하지.

깨물린 곳…… 왠지 아직도 얼얼하네…….

꽤 아프기도 했으니……. 한동안은 잊지 못할 것 같다.

"뭐, 하여튼 테루사와는 조심하도록 해."

"하하…… 그러네요."

적어도 이제 같이 샤워하는 일은 피하자. 그런 꺄악꺄악 우후후한 장난, 여고생답다고 해야 할지 몰라도 나한텐 지나치게 자극이 강해…….

역으로 이어지는 갈림길에 도착했다. 사츠키 양과는 여기서 작별이다.

그런데 사츠키 양은 떠나면서 폭탄을 떨어트리고 갔다.

"그 녀석은 너를 노리고 있으니까."

그 말은.

무슨 뜻인지 이해한 직후, 내 뺨은 순식간에 달아올랐다.

"……뭐어?!"

＊＊＊

"다녀오겠습니다—."

이른 아침, 여동생의 목소리가 들린다.

예전과 똑같은 시간에 집을 나서는 여동생은 이미 완전히 이전처럼 되돌아온 모습이었다. 가족들도, 여동생이 등교 거부를 선언했던 일은 아무도 기억하지 못한다는 얼굴로 일상을 보내고 있었다.

그건 나도 마찬가지였다.

동창회 초대장은 책상 서랍에 처박아 두기로 하고……. 이제 남은 건 평소와 다름없는 일상생활. 퀸텟 친구들과는 좀처럼 일정이 맞지 않았지만, 그래도 대강 지금의 하루하루에 만족하는 중이었다.

커다란 변화를 바라면서도 변힘없는 일상에 안도한다. 인간은 욕심 많은 생물이다.

"다녀왔습니다—."

저녁 식사 전에 여동생이 돌아왔다.

내가 거실 소파에 엎드려 빈둥대고 있으니까『하여간 이 녀석은……』이라고 말하는 듯한 시선으로 내려다본다.

"언니, 숙제는?"

"오늘은 시작하면 금방 끝나는 숙제밖에 없거든."

"그럼 먼저 끝내면 될 텐데."

"그러네. 그런 의견도 있지."

"그래그래. 엄마— 부활동 하느라 지쳤어—. 완전 배고파—. 오늘 저녁밥은 뭐야—?"

여동생이 등교 거부를 하기 전과 똑같은, 변함없는 일상.

어떻게든 언니로서 여동생의 힘이 되어주고 싶은 마음은 있었지만…… 여동생은 누구에게도 의지하지 않고(아니, 퀸텟 친구들의 협력은 있었구나) 자기 힘으로 다시 일어섰다.

어엿하기 그지없다. 가끔은 돌부리에 걸릴 때가 있다 해도, 역시 나와는 다르다.

그렇지만.

나는 눈에 보이는 광경에만 정신이 팔려 있었다.

아무렇지 않은 척을 하고 있으니까 이제 끝난 일이라고, 그런 줄로만 알았다.

그때 이미 톱니바퀴는 크게 어긋나고 있었는데.

내 눈에 보이는 일상은 그야말로 5분 전에 만들어진 골판지 건물에 지나지 않았다. 그리고 그렇게 꾸미는 데 얼마만 한 희생이 있었는지도.

나는 쭉 몰랐던 것이다.

그렇게 흘러가던 날, 학교에서 돌아오는 길.

나는 두 번째 매복을 당했다.

＊＊＊

이, 있어…….

상대는 이번에도 세이라 양. 게다가 이번엔 우리 집 주변이 아니라, 학교 근처 역 앞에 나타났다.

전봇대 뒤에 몸을 숨기고서 상황을 엿보았다.

역 앞에 서 있는 중학생은 화려한 외모 때문에라도 눈에 띄었다. 배경에 떠들썩하고 세련된 하라주쿠의 거리 풍경이 어른거리는 것 같았다.

메시지 999건이 주는 압박에 겁을 먹고 무심코 연락처를 차단했던 게 역효과였던 걸까……. 설마 이런 곳까지 찾아올 줄이야…….

아니지, 어쩌면 상대방은 내가 아니라 카호 짱이나, 아니면 코스프레 동료인 사츠…… MOON 씨를 기다리고 있는 걸지도 모르지만…….

그치만 아니겠지. 뭔가 눈에 쌍심지를 켜고 있고……. 저건 사냥감을 노리는 헌터의 표정이다.

그렇다면 토벌 대상인 몬스터는 역시 나인가……. 또 오겠다고 말하기도 했었는걸, 세이라 양…….

자, 그럼 이 상황을 어떻게 타개해 볼까…….

갑작스러운 스텔스 미션 발생이다.

이게 게임이었다면 파쿠르처럼 벽을 타고 올라 지붕을 뛰어넘어 도망치겠지만, 아쉽게도 이건 현실. 인살도 불가능하다. 게임은 인생에 도움이 안 돼.

그러면 카페 같은 곳에 들어가서 시간을 때울까, 아니면 아시가야 학생들이 오가는 그 틈에 섞여서 반대편 개찰구로 갈까. 확실하게 하려면 다음 역까지 걸어간다는 선택지도 있는데…….

오늘부터 매일 같이 저렇게 잠복하고 있으면 어떡하지. 어쩔 수 없이 매일 한 정거장 거리를 걷게 될 테고, 그럼 건강해지긴 하겠네……. 엄청 날씬해질지도…….

그런 한심한 생각을 하고 있었을 때, 갑자기 벼락같은 깨달음이 내려왔다.

잠깐만. 왜 세이라 양은 저렇게 당당하게 역 앞에서 보란 듯이 서 있는 거야.

그도 그럴 게 저번에 우리 집 앞에 잠복하고 있었을 때는 아무 생각도 없이 태평하게 걸어가던 나를 멋지게 포획했었잖아. 그러니 이번에도 몰래 개찰구 앞 같은 데에 숨어있으면 됐을 텐데.

내 FPS 두뇌가 속삭인다.

즉, 이건──.

재빨리 그 자리를 이탈해서 주변을 둘러보았다. 저기 있는 세이라 양은 내 발을 붙들어 놓는 역할이자 미끼! 나를 붙잡을 진짜 범인이 어딘가 다른 곳에 있을 터……!

……어디냐, 어디에……!

이랬는데 아무도 없으면 나 혼자 중2병이 발병했을 뿐이라는 걸로 마무리되겠지만, 내 감은 날카로웠던 모양이다.

시야 끝자락에 살짝, 코트를 걸치고는 있어도, 중학생으로 보이는 사람이 눈에 들어왔다.

이거다!

FPS를 하길 잘했어. 게임은 역시 인생에 도움이 돼……! 나는 게임에게 계속해서 구원받고 있다.

살금살금 포위망을 빠져나가면서 마음속으로 그저 싹싹 빌었다.

죄송해요, 세이라 양. 사태가 잠잠해질 때쯤이면 선물용 과자를 들고서 세탁소로 찾아갈 테니까…… 지금은 제 멘탈을 지키게 해주세요…….

아마 범죄자들이 이런 기분이겠지…….

몇 걸음인가 옮긴 다음.

누군가가 내 손목을 붙잡았다.

"응?"

직후, 철컹, 하고 울리는 차가운 금속음.

그건 내 손목에 수갑이 채워지는 소리였다.

"……엥?!"

고개를 들었다. 눈앞에 서 있는 사람은.

"잡았다."

미나토 양이었다.

"어―― 어째서?! 그럼 방금 그 사람은?!"

"친구한테 도와달라고 했어요."

"그럴 수가……."

내 세상에 하루나의 친구 역을 맡은 등장인물은 세이라 양과 미나토 양, 두 사람밖에 없었다. 그런데 다른 친구가 나타날 줄이야……!

이곳은 게임 속 세상이 아닌 현실이었다. 사람은 80억 명이나 존재한다. 게임에서 배웠던 지식 따위, 역시 현실에선 아무런 도움도 안 되잖아……!

있는 힘껏 몸을 빼려고 했지만, 손목이 휙 당겨졌다.

깨달았다. 수갑의 반대편은 미나토 양의 손목에 채워져 있었다. 으와아.

"용의자를 연행할 때 쓰는 방식……!"

"뭐, 수갑은 장난감이지만요. 그래도 쉽게 부술 순 없을 겁니다."

"왜 이런 것까지?!"

"저한테도 사정이 있어서."

"사정과 사정의 충돌이야……."

"그래서 체포한 거예요. 풀어주길 바란다면 얌전히 제 말에 따라주세요."

가볍게 손을 들어 올리는 미나토 양. 양손을 이은 잘그락, 잘그락거리는 소리에 내 자유 의지는 완전히 박탈당했다. 미나토 양이 스마트폰을 켜고서 "16시 52분, 용의자 확보……"라고 말했다.

"으으, 묵비권이나 변호사를 선임할 권리는……."

"없습니다. 하나도."

"법치국가라고 생각할 수 없어……!"

내 어깨에 탁, 하고 손이 놓였다.

"국선 변호사입니다—."

"?!"

기대를 담아 돌아보았다.

"그렇게 됐으니 순순히 따라주세요, 언니 선배."

세이라 양이었다.

"경찰 측 사람이잖아요!"

형사와 변호사가 한패라니, 이제 끝장이야……. 범죄자의 권리는 보장받을 수 없어…….

"우선 장소를 옮길까."

"응. 적당히 카페 같은 곳으로."

이리하여 나는 두 살 연하의 중학생들에게 둘러싸여 연행되었다. 반 친구들이 본다면 바로 소문이 퍼질 것 같은 광경이었다.

대체 어떤 판결이 내려지게 될까……. 가능한 한 빨리 사회로 복귀할 수 있으면 좋겠네…… 마음속으로 절실히 빌었다…….

……그랬는데.

카페에서 두 사람이 털어놓은 얘기는 내 상상과는 전혀 다른 내용이었다.

"자, 그럼."

기묘하게도 지금 이 구도는 요전번에 카호 쨩과 같이 세이라 양을 덫에 빠트렸을 때와 비슷한 느낌이었다.

지난번엔 세이라 양이 도망가지 못하게 테이블 좌석 구석 자리에 앉혔는데, 이번엔 반대. 정면에 세이라 양이 앉았고, 내 옆에는 출구를 봉쇄하는 것처럼 미나토 양이 자리를 잡았다. 애초에 나와 미나토 양의 손목엔 수갑이 채워져 있으니 아무리 생각해도 도망칠 방법이 보이지 않지만 말이죠…….

그렇구나…… 누군가에게 못된 짓을 하면 자신에게도 업보가 돌아오는 법이군요……. 인과응보……. 괴롭다…….

다들 적당히 메뉴를 주문했다. 이제부터 나를 향한 온갖 심문이 시작되겠구나…….

식은땀이 멎질 않는다. 이게 체포당한 사람이 겪는 기분인가. 미래를 박탈당한 것만 같았다.

"저, 저기…… 저, 돈은 그다지 많이 갖고 있지 않은데……."

가느다란 목소리로 호소했다.

수고비나 배상금, 합의금 같은 걸 청구 당할지도 몰라……. 하지만 돈으로 해결할 수 있다면 그나마 낫다……. 징역만큼은, 징역만큼은 제발 봐주세요…….

형사님과 변호사가 눈짓을 주고받더니 고개를 끄덕였다.

그리고 먼저 입을 연 사람은 변호사(세이라 양)였다.

"언니 선배."

"네……."

인생에서 가장 고통스러운 삼자대면이 시작된다……. 벌써부터 눈시울이 뜨거워진다. 나 또 두 사람 앞에서 꼴사납게 엉엉 우는 모습을 보이게 되려나…….

세이라 양이 고개를 숙였다.

"미안합니다."

……어?

"그건 대체, 무슨 뜻…… 헉."

내 눈이 크게 뜨였다.

"이제부터 당신의 개인정보를 SNS에 뿌릴게요. 그러니까 먼저 사과해 둘게요…… 라는 뜻인가요……?!"

"그게 아니고!"

세이라 양이 애원을 담아 말했다.

"사정이 달라졌어요. 그래서 언니 선배가 꼭 좀 힘을 빌려줬으면 해서……."

건드려서는 안 되는 스위치의 가장자리만 손가락으로 더듬는 것처럼 조심스레 물었다.

"사정이라니……?"

눈치를 보니 내가 두 사람한테서 도망쳤던 일에 대한 문책은…… 없는 것 같지……?

두 사람 다 그걸 따질 때가 아니라는 표정이었다.

"그럼 정말로 내가 힘을 빌려주길 원해서 잠복하고 있었던 거야……?"

"네."

세이라 양이 고개를 끄덕였다. 나는 살짝 한 손을 들었다. 그러자 미나토 양의 팔도 함께 딸려 올라왔다.

"이 수갑은……."

"이번엔 절대로 놓칠 수 없었으니까."

"그럼, 처음부터 그렇게 말해줬으면!"

"말했으면 믿어줬을 거예요? 역 앞에서 기다리고 있었을 뿐인데 아니나 다를까 바로 도망쳤잖아요."

"윽…………."

세이라 양의 말이 백번 옳았다. 고개를 납작 숙였다.

"죄송합니다…… 저는 수갑이 채워져도 싼 여자입니다……."

“그렇다고요. 하지만 괜찮아요. 죄는 속죄할 수 있어요. 지금이라면 아직 늦지 않았어요.”

“정말인가요……? 변호사님…….”

미나토 양이 세이라 양에게 소근소근 속삭였다.

“세이라, 너무 몰아붙이면 또 울 거야…….”

“끄응……. 지금은 위험한가…….”

“응. 사적인 원한은 다 끝난 다음에 풀어줘.”

“알겠어.”

이 알 수 없는『사정』이 해결된 후에 세이라 양은 사적인 원한을 나에게 풀려는 모양이다. 괴롭다. 다 함께 사이좋게 지낼 수 있다면 좋을 텐데. 그렇게 되진 않았다.

힘없이 고개를 떨구면서도 두 사람에게 물었다.

“그래도…… 하루나는 이제 학교에 가고 있잖아? 그러면 문제는 진부 해결된 거 아닌지…….”

게다가…….

분하지만 내 입으로 인정해야만 한다.

“하루나는 나 같은 애는 전혀 신경도 안 쓰니까……. 등교 거부도 전혀 없었던 일인 것처럼 굴고 있고……. 뭔가 사정이 있다 해도 내 힘이 필요할 만한 일은 없다고 생각해…….”

“그렇지 않아요.”

미나토 양이 딱 잘라 말했다.

“왜냐하면.”

“미나토.”

　세이라 양이 만류하는 말에는 대답하지 않고서, 미나토 양은 옆에 앉은 나에게 말했다.

　"하루나가 화를 낸 건, 제가 언니 이야기를 꺼냈기 때문이에요."

　"……엇."

　그건 하루나가 웃으면서 부정했던 말이었다.

　자기 일과 언니는 아무런 관계도 없다고.

　"처음부터 설명할게요."

　혼란에 빠진 나를 향해 미나토 양은 담담하게 얘기를 시작했다.

　"먼저 확인해 두겠는데요. 제 언니, 나시지 코마치랑 언니는 예전에 같은 반이었죠."

　그 이름을 들은 것만으로도 속이 울렁거렸다.

　중력을 이기지 못한 것처럼 조그맣게 고개를 끄덕였다.

　"……응."

　"그런가요. 저도 언니랑 얘기하다가 들었어요. 아마오리 선배가 당시에…… 그게, 좀, 그다지 학교에 가지 않았다는 사실."

　세이라 양이 내 안색을 살피는 것처럼 바라본다.

　나는 적절한 리액션이 떠오르지 않아서, 그저 자리의 분위기를 누그러뜨리기 위해 웃었다.

　"사실이야. 아마 들었던 애기들, 전부."

　세이라 양이 놀랐다.

　"그랬구나……. 엇, 오우즈카 마이 씨의 친구인데도?"

　"그건, 뭐."

애매하게 얼버무렸다.

입학식 날, 그 타이밍에 마이가 우연히 옆자리가 됐고…… 그래서 내가 제일 먼저 말을 걸었다. 그저 그것뿐이니…….

"저기…… 얘기를 들었다는 건, 어디까지 들었어?"

미나토는 한순간 세이라와 얼굴을 마주 보았다.

"학교를 쉬었다는 것과 그리고 중학교 시절엔 눈에 띄지 않는 학생이었다는 것 정도예요."

그것도 정말인가요? 라고 시선으로 묻기에 나는 고개를 끄덕였다.

세이라 양이 미간을 찌푸렸다.

"그러면 반대로 하루나는 왜 고집을 부리는 거야……."

미나토 양이 말을 이었다.

"제가 들었던 얘기를 하루나한테 얘기했어요. 그런데 그랬더니 하루나가 갑자기 화를 내기 시작했고."

거기서 세이라 양도 거들었다.

"하루나는 장난으로 화내는 경우는 있지만……. 그렇게 진심으로 불쾌해하는 모습을 처음 봐서 깜짝 놀랐어요. 하지만 언니 선배를 꽤나 좋아하는 것처럼 보였으니까 꺼내서는 안 될 얘기였던 걸까— 싶었죠."

아니 그건, 어쩌려나…….

하루나가 내 험담을 듣고 화를 내는 모습 자체가 상상이 안 가는데다, 애초에 미나토 양이 말했던 건 단순한 사실에 불과하니…….

"하루나가 너무 화를 내니까 저도 욱하는 바람에…… 살짝 삐져버렸고. 반 분위기도 점점 나빠지고…… 불편하게 만들어서 세이라한텐 미안해.”

“나는 아무렇지도 않아. ……그야, 빨리 화해 좀 하지— 싶기는 했지만.”

“저도…… 우리 언니보고 거짓말쟁이라고 그러길래 무심코 발끈해 버려서…….”

그 말에 문득 신경이 쓰였다.

“미나토 양은 저기…… 언니랑 사이가 좋아?”

“네? 아뇨…… 평범하다고 생각하는데요……. 왜 그러세요?”

“아, 그냥 아무것도 아니야. 미안, 계속 얘기해줄래?”

“네.”

미나토 양은 한 번 고개를 끄덕이고 나서.

“서로 다른 그룹 친구들이랑 지내는 동안 친구들이 왜 싸웠냐고 물어봐서 제가 솔직하게 대답했더니, 그랬더니…….”

거기서 미나토 양의 말문이 막혔다.

세이라 양이 눈꼬리를 치켜들며 기염을 토했다.

“그건 갑자기 폭발한 하루나가 무조건 잘못한 거야! 그 점만큼은 지금도 그렇게 생각하니까!”

미나토 양은 자기 뺨에 손을 가져다 댔다.

아아…… 미나토 양이 여동생한테 얻어맞았다는 그 얘기였다.

미나토 양은 시선을 떨어트렸다.

“그때부터 하루나가 학교에 오지 않게 돼서…….”

“그, 그치만.”

마치 사건이 아직도 계속 이어지고 있는 것처럼 얘기하는 두 사람에게 물었다.

"하루나는 다시 학교에 가게 됐잖아. 이제 화해한 거 아니었어?"

잠시 두 사람은 아무 말도 없었다.

"……아니야?"

어색한 시간이 흘렀다. 시계의 초침이 한 바퀴를 돌 정도의 시간이 지나고서야 세이라 양이 입을 열었다.

"……그래서, 사정이 바뀐 거예요."

이야기가 되돌아왔다.

즉 지금, 현재 시점이다.

"하루나, 아무와도 얘기하려고 들지 않아요."

미나토 양이 툭, 하고 말을 흘렸다.

"뭐……?"

그다음 이어지는 말들은 내가 모르는 하루나의 이야기였다.

"그러는 동안 아무도 하루나를 터치하지 않게 됐고, 반에서 마치 없는 사람처럼 되어버려서. 부활동에도 안 나가는 모양이고……."

"엇, 잠깐만."

그치만, 매일, 그렇게.

『다녀오겠습니다―!』

이른 시간, 아침 연습에 나가야 한다며……. 웃으면서 조금도 달라지지 않은 표정으로 집을 나섰는데…….

돌아올 때도, 오후 늦게 돌아왔었고…….

……그게 전부 거짓말이었다는 뜻……?

내 머릿속에 하루나의 모습이 떠오른다.

쉬는 시간에도 혼자서 외따로 자기 자리에 앉아만 있는 하루나.

아무렇지 않다고 고집을 부리면서도 매일 주체할 수 없이 길고 긴 시간을 버티고 있다. 은연중에 동조하는 주변의 분위기와 고독감에 짓눌릴 것만 같은 여동생.

마치 예전에 내가 그랬던 것처럼.

"어째서."

의도와 상관없이 목구멍 안쪽에서 말이 흘러나왔다.

"왜 그렇게 된 거야……?"

누군가가 주도해서 하루나를 따돌리는 중이라면 그나마 이해할 수 있다.

하지만 친구들을 밀어내고 있는 건 하루나였다.

세이라 양이 조용히 고개를 저었다.

"그걸 모르겠어요. 물어봐도 아무것도 대답해 주지 않는 데다, 애초에 연락도 전부 무시하고 있고…… 이래선 등교 거부를 하던 게 차라리 나았다고요!"

"저는 서로 사과하고 매듭을 지을 수 있다면 그게 제일 좋겠다고 생각하고 있는데요…… 그런데 하루나는 그런 화해를 하고 싶어 하는 느낌도 아니라서요……."

"딱 잘라 말해 지금 하루나는 반에서도 상당히 평판이 안 좋아요. 주변에서도 하루나의 태도에 짜증을 내는 애들이 많이 있고요."

"……이대로 간다면 최악의 경우엔."

미나토 양이 꺼내려다 슬쩍 흐린 뒷말은 이거였다.

『이대로 간다면 최악의 경우엔 하루나가 따돌림을 당하게 된다.』

그건 정말로…… 최악의 미래다.

그 정도로 친구들에게 반감을 사고 있는 건가.

집단 따돌림은 가해자가 나쁘다. 당하는 사람은 일절 잘못이 없으니, 잘못은 주변 애들에게 있다. 그런 정론은 지금 아무런 의미도 없다. 적어도 하루나는 스스로 지옥에 몸을 던지려고 하고 있었다.

하루나라면 어떻게든 해낼지도…… 같은 식으로 생각할 순 없었다.

사람의 마음은 다수의 악의를 견뎌낼 수 있도록 만들어지지 않았다. 내 경우엔 겨우 한 사람의 악의에도 무너지고 말았는데.

어째서.

왜 그런 짓을 하는 걸까.

하루나, 도내체 왜. 내 머리에 심장 소리와도 같은 경종이 울려 퍼졌다.

만약 하루나가 말 그대로 망가져서 등교 거부를 하게 된다면 나는……. 아무리 후회해도 부족하겠지.

세이라 양이 팔짱을 끼면서 소파에 깊이 몸을 묻었다.

"저는 하루나한테 화도 나고, 지금도 화가 가라앉지 않지만! 그래도 그렇게까지 하고 싶지도 않고, 주변에서도 거기까지 하길 바라진 않아요!"

"언니."

미나토 양의 눈이 나를 똑바로 응시했다.

"저희가 이런 부탁을 드리는 것도 이상한 소리일지도 몰라요. 하지만…… 만약 하루나의 지뢰가 언니였다면…… 하루나의 마음을 바꿀 수 있는 사람은 언니뿐이라고 생각해요.

"……."

그건 어떨까.

결국 하루나는, 우리가…… 내가 내민 손을 잡지 않았다.

『관계없으니까』라면서 밀쳐냈다.

……하지만.

이제야 확실해졌다. 역시 하루나가 화를 낸 원인은 나 때문이었구나.

그렇다면 말할 수 있다. 역시 관계없지 않았잖아, 라고.

한 걸음 더, 하루나의 마음속에 발을 내디딜 수 있다.

나에게…… 용기만 있다면.

"응."

나는 끄덕였다.

고개를 들었다. 두 사람과 얼굴을 마주 보았다.

"알겠어. 둘 다 고마워. 하루나를 위해 여러모로 힘써줘서."

"아뇨…… 죄송합니다, 이런 억지스러운 방법까지 써서."

미나토 양이 조그만 열쇠를 꺼내 내게 채워진 수갑을 풀어주었다.

"아니야, 가르쳐줘서 고마워."

손목을 매만지며 다시 한번 힘주어 고개를 끄덕였다.

"얘기를 나눠볼게. 한 번 더, 하루나와."

"……괜찮으시겠어요? 하루나, 엄청난 고집불통인데요."

"괜찮지는 않을지도 모르지만, 그래도 해야지."

세이라 양에게 쓴웃음으로 답했다.

나를 아무리, 아무리 모기장 밖으로 내쫓으려고 들어도 그렇겐 안 된다.

왜냐하면.

"하루나는 내 여동생이고…… 나는 하루나의 언니니까."

한심한 꼴을 셀 수 없이 보여주기는 했어도. 중학생의 눈에 고등학생이 조금이라도 어른스럽게 보일 수 있도록.

나는 최대한 허세를 부리며 그렇게 말했다.

언니는 요즘 들어 계속 집에만 있다.

흔히 말하는 등교 거부. 은둔형 외톨이라고 부르는 상태다.

SNS나 뉴스에서 들어본 적은 있지만, 실제로 이런 사람이 일본에 몇십만 명이나 있다는 얘기를 듣고 깜짝 놀랐다.

"안녕."

"……."

아침, 세면실에서 얼굴을 마주쳐도 언니는 인사에 대답해 주지 않았다.

생활 리듬은 파탄 난 상태라 이제부터 자려는 모양이다.

머리카락은 버석버석. 셔츠는 늘어나서 후줄근. 음침하게 자라난 앞머리 아래 가려진 얼굴에도 생기라곤 없는 걸 보면, 피부 관리는 제대로 하고 있는지조차 의심스럽다.

유령처럼 자리를 뜨는 언니의 뒷모습을 보며 생각했다.

저렇게 되면 끝장이겠네, 라고.

"……한심해."

나름대로 걱정하기도 했다. 어디까지나 처음에는.

부스럼을 만지듯 조심스럽게 말을 건네기도 했다. 하지만, 대부분 다 무시.

은둔형 외톨이에 관한 책을 초등학교 도서관에서 빌려 읽어 보기도 했다. 친구한테 들켜서 『사회문제에 관심이 있거든』이라며 적당히 얼버무렸던 기억이 새록새록 하다.

하지만 전부 무의미했다.

언니는 마치 내용물이 다른 사람으로 뒤바뀐 것처럼 보였다. 조금은 인정하고 있던 언니의 장점들도 흔적도 없이 사라졌다. 저건 더 이상 자기가 알던 언니가 아니었다.

이제 하루나는 언니를 완전히 깔보고 있었다. 당연한 일이다. 언니가 자기 스스로 수준을 떨어트리고 있었으니까.

촌스럽다. 한심하다. 볼품없다. 근성 없다. 꼴사납다. 짜증이 난다.

일부러 매정하게 굴거나 하지는 않지만, 그건 어디까지나 자신이 약한 사람을 괴롭히는 걸 몹시 싫어해서 그럴 뿐이다. 이제 완전히 정나미가 떨어진 상태였다.

"학교 다녀올게."

방에서 가져온 책가방을 등에 메고서 집을 나왔다.

요즘은 학교에서 언니 얘기를 듣는 게 제일 귀찮았다. 저런 언니는 있어봤자 누구한테도 자랑할 수 없다. 하루나는 매번 적당히 얼버무렸다. 그때마다 마음속에 자리 잡은 짜증이 더욱 크기를 키웠다.

"그러고 보니 저번에 했던 영화에서—."

교실 안에서 나누는 별것 아닌 잡담 시간. 헤실헤실 웃으면서 왜 자기가 언니 때문에 이런 기분을 느껴야만 하는가 싶어서 열불이 났다.

그날 집에 돌아온 하루나는 거실에서 엄마에게 말을 걸었다.

"엄마 있잖아─. 컴퓨터로 영화가 보고 싶은데─."

거실에 있는 공용 컴퓨터 앞에는 언니가 앉아 있었다. 자기 방에도 컴퓨터가 있으면서.

"지금 언니가 쓰고 있잖아."

"뭐─? 귀찮게─."

웃으면서 말했더니 언니는 일어나 슬금슬금 거실에서 나갔다. 그 모습을 보며 하루나는 코웃음을 쳤다.

하루나를 나무라는 목소리가 주방에서 날아왔다.

"어휴, 하루나……."

엄마는 그렇게 말하지만. 그래도 언니는 성실하게 살고 있지 않으니까, 성실하게 살아가는 사람을 방해하면 안 되는 거잖아.

하루나는 언니가 앉아 있던 의자에 걸터앉아 가족 명의로 가입한 OTT 사이트에 들어가 영화를 시청하기 시작했다.

지금 초등학교 여학생들 사이에서 유행하고 있는 공포 영화는 상상했던 것 이상으로 무서웠다.

밤이 깊어도 하루나는 계속 잠들지 못하고 있었다.

(아니, 그건 너무 무섭잖아……! 애들은 정말로 그걸 다 본 거야……?!)

자기가 무서운 거에 약하다는 생각은 안 해봤다. 그래서 보다가 도중에 그만둔다는 결단을 내리지 못했고, 결국 마지막까지 다 봐버렸다.

(애초에 약하지 않거든…….)

친구랑 보러 갔던 괴담 계열 영화들은 보면서 겁먹은 적이 없었다. 하지만 이번에 본 영화는 그런 것들과는 아예 수준이 달랐다. 눈을 감으면 그림자에서 귀신이 튀어나올 것 같아서 덜덜 떨린다.

이대로라면 잠도 못 잔 채, 다음 날 학교에 가게 된다. 수면 부족 이전에 애들한테 쫄았다는 소리를 듣는 게 제일 최악이다. 여자 초등학생들의 세계에서도 얕보이는 순간 끝장인 건 마찬가지다.

불을 켜고서 이불 속으로 들어가 봤지만, 여전히 잠이 오지 않았다.

(최악이야…….)

몸을 일으켜 문으로 향했다.

(화장실 한 번 다녀오자…….)

그리고 문을 연 순간 바로 후회했다.

방 바깥에 펼쳐진 새끼만 어둠. 어디 할 것 없이 그림자투성이.

(으아…….)

무심코 마음속으로 신음을 뱉고 말았다.

화장실은 바로 코앞인데도 걸음을 내디딜 용기가 나지 않는다. 상상력이 세상의 모습을 바꿔 간다. 밤이 이렇게 어두웠던가?

유일한 빛은 언니 방문 틈에서 새어 나오는 불빛뿐.

이젠 틀렸다. 이대로 화장실에도 가지 못한 채 잠들 수밖에 없다. 하지만 그건 초고난도 미션이라는 생각이 들었다.

이를 악물었다. 빛과 어둠의 경계에서 앞으로도 뒤로도 가지 못하고 우물쭈물 멈춰 있었을 때.

언니 방의 문이 열렸다.

천천히 언니가 문밖으로 나왔다. 언니는 이쪽을 깨닫고서 멈칫했다.

"……."

하지만 거기서 하루나는 고개를 돌려 시선을 피했다. 이 언니한테 도움을 요청하는 건 사양이었으니까. 초등학교 6학년이나 돼서 혼자 화장실에도 못 간다는 건 너무 한심하다. 자신은 그렇게까지 겁쟁이가 아니다.

움직이지 않는 하루나를 보고서 고개를 갸웃거리던 것도 한순간뿐. 언니는 방을 나와 아무렇지도 않게 화장실에 갔다. 지금 하루나로선 할 수 없는 일을 손쉽게 해냈다. 언니는 영화를 보지 않았으니까 그렇겠지!

언니가 화장실에서 돌아왔다. 언니 방문이 탁, 하고 닫혔다.

(…………윽.)

왠지 하늘이 내린 기회를 놓친 듯한 기분이 들어서 자기도 모르게 주먹을 움켜쥐었다. 언니를 향한 분노가—— 아무리 그래도 지금 건 불합리한 분노라는 걸 하루나도 자각하고 있지만—— 솟아오른다.

속으로 온갖 욕설을 떠올리려고 했을 때, 다시 한번 언니 방의 문이 열렸다.

(어……?)

이번엔 하루나를 향해 똑바로 다가왔다.

"하루나."

오랜만에 언니에게 이름이 불렸다.

언니는 소심하게 눈썹을 늘어뜨리고서, 어째선지 자신의 눈치를 보는 것처럼 쭈뼛쭈뼛 물었다.

"화장실, 갈래?"

……………. 길고 긴 침묵 끝에 하루나는 고개를 끄덕였다.

"갈래."

그리고, 어쩌다 이렇게 된 걸까.

지금 하루나는 언니 방바닥에 이부자리를 깔고서 언니 옆에 나란히 누워 눈을 감고 있었다.

방금까지『그 영화 진짜 무섭지』『나도 봤는데』『촬영 중에도 뭔가 심령현상 같은 게 일어났었대』라며 마치 위로해 주려는 것처럼 쫑알대던 언니는, 내가 아무런 대답도 해주지 않았더니 얼마인 가 입을 디물었다.

꼬마전구 하나 켜져 있지 않은 어두운 방.

그런데 바로 옆에 언니가 있다는 사실 하나만으로 아까까지 느꼈던 공포심이 신기하게도 씻은 듯이 사라졌다.

저런 언니한테 도움을 받았다는 사실에서 오는 한심한 자기 자신에 대한 분노도 있긴 했다. 하지만 그뿐만이 아닌 무언가가, 말로는 표현하기 어려운 무언가가 가슴 속에 있었다.

늦은 시간 탓에 금방 눈꺼풀이 무거워져 온다. 몸이 나른한 호수 속에 가라앉아 간다.

(…….)

어둠 속에서 가만히 응시해 봐도, 침대 위에서 잠든 언니의 모습은 보이지 않는다.

(언니.)

마음속으로 중얼거린 그 호칭은, 왠지 이젠 그리운 느낌이 들었다.

그날 이후에도 하루나와 언니 사이에 특별한 대화는 없었다.

그렇지만 언니가 이제 은둔형 외톨이에서 벗어나고 싶다고 하루나에게 고개 숙여 부탁했을 때, 도와줘도 괜찮겠다고 생각했던 건 그날 밤의 일이 있었기 때문일지도 모른다.

드디어다.

여동생의 완고한 가면을 벗겨내기까지, 이제 앞으로 한 걸음.

하지만……. 모든 게 끝나고 난 다음 돌이켜 봤을 때, 왜 나는 이렇게까지 필사적이었던 걸까, 하는 생각이 들었다.

그야 여동생이 위태로웠으니까. 언니로서 발 벗고 나서는 것도 당연한 일이다.

지금까지 몇 번이나 도움을 받았고, 그만큼 갚아야 할 은혜도 잔뜩 있다. 여동생이 없었더라면 나는 고등학교 데뷔를 이루지 못했을 테고, 퀸텟 친구들과 알게 될 일도 없었겠지.

그 말은 즉, 마이와 연인이 되는 일도, 사츠키 양과 2주 동안 계약 언인이 돼서 친해지는 일도, 아지사이 양의 가출에 따라가는 일도, 카호 쨩과 코스프레 이벤트에 출장하는 일도 없었을 거라는 뜻이다.

지금의 나를 만든 그 대부분의 경험, 그걸 손에 넣을 수 없다는 뜻이나 진배없다.

아마오리 레나코라는 인간은 다시 말해, 아마오리 하루나의 손에 의해 태어났다고 표현해도 결코 과언이 아니다.

이렇게 사실을 열거해 보니까 내가 여동생에게 보답하려 하는 것도 당연한 일처럼 느껴진다.

거기에 더해 여동생이 등교 거부를 했던 원인. 그리고 지금도 반에서 누구와도 대화하려 하지 않는 이유가 짐작건대 나와 관련이 있는 것 같으니 더더욱 그렇다.

하루나가 혼자 멋대로 저지른 짓이라 해도, 이미 알게 된 이상 그냥 못 본 척 넘길 수는 없다.

이쯤 되면 이제는 대의나 마찬가지다. 이런데도 행동에 나서지 않는다고? 그게 사람이냐? 라는 수준!

그렇기는 한데…….

어쩐지 그런 이유들이 내게는 확 와닿지 않았다.

『받은 게 있으면 그만큼 돌려줘야 하는 거야』는 기본적으로 내 삶의 모토다. 그러니 지금까지 항상 주변에서 내게 베푼 은혜는 어떻게든 두 배 이상으로 되돌려 줄 수 있도록 노력해 왔을 텐데도.

하루나에 한해서는 훨씬 더 어울리는, 내가 느끼는 마음을 나타내기 위한 적절한 표현이 달리 있다는 생각을 떨쳐내기 어려웠다.

개념으로서 가장 유사한 표현은 아마……『사랑』.

하루나의 미래가, 앞으로의 일들이, 언제나 행복하길 바란다.

왜냐하면—— 한 지붕 아래 살며, 앞으로도 나보다 살짝 뒤를 걸으며 살아갈 여동생이 웃으면서 지낼 수 있을지 어떨지는 내 인생의 행복도에도 막대한 영향을 끼치니까.

그렇다면 이 사랑은, 사랑은 사랑일지라도 나 자신을 위한 사랑이구나—? 그래, 정답은 바로 자기애! 같은 느낌…….

가족애나 자매애라고 불리는 감정의 정체가 사실 나에겐 자기애였다는 점은 뭔가, 썩 좋지 않은 결론인 것처럼 들리긴 하지만……그래도 아마, 이게 맞을 것이다.

우리 관계가 어떤 식으로 변하더라도, 몇 번이나 변하더라도, 계속해서 변화하는 와중에도 그것만큼은 변하지 않는다.

자매라는 건 도저히 가족이라고 생각하기 힘들 정도로 머나먼, 그러면서 동시에 남이라고는 생각할 수 없을 정도로 한없이 가까운 생명체니까.

나는 분명 나 자신을 위해 여동생에게 손을 내밀었던 거야.

그러니까.

"하루나."

"응."

세이라 양과 미나토 양에게 얘기를 들었던 그날 밤, 나는 목욕을 마치고 나온 하루나를 불러 세웠다. 헤어 드라이를 마치고 긴 머리카락을 커다란 집게핀으로 묶은 여동생이 내 쪽을 돌아보았다.

올려다보는 구도. 여동생이 나보다 키가 커졌던 건 대체 인제부터였을까.

"왜? 나 지금 할 게 있어서 바쁜데."

완곡한 거절의 의사를 눈치채지 못한 척하면서 나는 바로 용건을 꺼내기로 했다.

크흠. 헛기침을 한 번 한 뒤 양팔을 펼쳤다.

그리고 태양처럼 활짝 웃어 보이며 말했다.

"이번 일요일에 나랑 데이트하지 않을래?"

"……엥?"

마이가 그랬던 것처럼. 여동생의 마음의 문을 열기 위해서 우선은 먼저 다가가는 것부터다. 이번에야말로 절대로 실패할 순 없으니까.

***

쉬는 날은 맑은 날씨라 햇살도 아름답게 비쳤다. 오늘은 데이트하기에 안성맞춤인 날이었다.

그러고 보니 여동생과 같이 놀러 나가던 날은 어쩐지 예전부터 날씨 운이 좋았던 것 같다. 이 녀석은 맑음 소녀의 능력까지 지닌 건가…….

현관에서 기다리고 있자 가벼운 걸음으로 계단을 내려오는 여동생.

"늦잖아ㅡ."

웬일로 몸단장에 시간이 걸린 여동생에게 불평을 해 주려고 돌아보았다. 그리고 나는 깜짝 놀랐다.

"미안, 미안."

하나도 안 미안한 표정으로 한 손을 든 여동생은 한껏 예쁘게 꾸미고 있었다.

물론 여동생은 언제나 센스가 좋았지만, 오늘은 뭔가 더 화사하다.

구체적으론, 화장도 꼼꼼하게 했고 어깨가 드러난 니트를 입고서 머리까지 풀어 내리고 있었다. 평소에는 운동부 소속답게 가지런히 모아 묶은 포니테일이 나름 하루나의 트레이드 마크였는데, 그래서 그런지 머리를 푸니까 인상이 확 달라 보인다고 해야 하나.

목욕을 마치고 나왔을 때 정도밖에 볼 일 없었던 긴 생머리가 찰랑찰랑 흔들린다. 뭐라고 해야 할까, 굉장히 여자애라는 느낌.

"응?"

"앗, 아냐. 뭔가…… 굉장히 멋지게 차려입었구나 싶어서…….."

"이건 특별히 기합을 넣었다는 뜻이 아니거든. 평소에는 시간이 오래 걸리니까 안 할 뿐이지 미리 말해주면 이 정도는 한다고."

가늘어진 눈으로 나를 지그시 바라보는 여동생. 앗, 얘, 내가 사전 연락도 없이 아지사이 양과 사츠키 양을 데려왔던 일을 아직도 담아두고 있었어……!

"마이 선배랑 식사하러 갔을 때도, 더 빨리 말해줬으면 제대로 어울리는 차림을 했을 거거든?"

"으, 죄송합니다."

"뭐, 그다지 상관은 없지만. 공들여 차려입으면 소스라도 튈까 봐 신경 쓰여서 식사에 집중할 수 없을 테니까."

여동생이 어깨를 으쓱이며 신고 나갈 구두를 고르고 있길래, 한마디 거들었다.

"아, 오늘은 좀 걷게 될 수도 있으니까 발에 익숙한 신발이 좋을 것 같아."

"흐응―."

하루나는 평소 신고 다니는 로퍼를 골랐다. 나? 나는 기본적으로 스니커 한 켤레밖에 안 갖고 있어서 딱히 선택지가 없습니다.

"언니는 괜찮아? 저번에 뒤꿈치가 쓸려서 까졌었는데."

"아아, 응. 이제는 길이 들었으니까. 그땐 신세를 졌습니다."

"그래."

다소 쌀쌀맞게 말하고서 척척 신발을 신는 여동생.

나는 문을 열었다. 화창한 날씨가 우리를 맞아준다.

"자자, 그러면 출발하자."

"응—."

우선은 역으로. 역에서 전철을 타면 거기서부터 나들이 시작이다.

"아, 그런데 그 전에."

"응?"

밖으로 나왔을 때 여동생이 멈춰 섰다.

"약속해 줬으면 하는데."

"뭘?"

"특별히 언니랑 데이트에 어울려 주는 거니까."

"으, 응."

먼저 권유한 사람은 난데도 여동생 입에서 『데이트』라는 단어가 나오자 위화감이 엄청나다. 아마 즐거운 바깥나들이 같은 느낌으로 받아들이고 있을 거라고 생각하지만……

"등교 거부 관련 얘기는 꺼내지 말 것. 일일이 귀찮으니까."

"아……."

"못 지키겠다면 나는 여기서 집에 들어가 버릴 건데?"

아직 현관에서 몇 걸음 걷지도 않은 타이밍에 말을 꺼낸 여동생. 내 꿍꿍이속을 바로 간파하고서 미리 못을 박다니, 정말로 빈틈이 없다.

내가 너무 빤히 들여다보이는 걸까……. 갑자기 여동생한테 데이트 권유라니, 수상쩍은 일이긴 해.

"알겠어. 약속할게."

"좋아."

과장되게 고개를 끄덕이는 여동생.

"그럼 똑바로 저를 에스코트해달라고요, 언니."

내게 손을 내미는 여동생.

왠지 그런 식으로 말하니 긴장하게 되네…….

익숙하지 않은 공구를 손에 쥐는 것처럼, 흠칫흠칫 떨면서 여동생의 손을 잡았다.

"최선을 다하겠습니다."

ㄴ 내답은 아무래도 여동생 취향엔 맞지 않았던 모양이다. 어쩔 수 없다는 듯한 표정으로 고개를 살짝 절레절레 젓는다. 큭…… 노력할 테니까!

나와 여동생은 한동안 손을 맞잡고서 역까지 걸었다. 남들이 보기엔 무척이나 우애가 두터운 자매로 보이겠지.

옆에 있는 사람이 동생인 걸 알고 있으면서도, 오늘 여동생은 유난히 빛나는 외모라 나도 괜스레 긴장하게 된다…….

이럴 줄 알았으면 미리 대화용 덱을 짜둘 걸 그랬다. 하지만 여동생 상대로……? 덱의 자유도가 너무 높아서, 결국은 순수하게 내 힘으로 승부하는 꼴이 될 것 같아……!

전철 안에서 손잡이를 잡고 나란히 섰다. 옆에 있는 여동생은 오늘따라 스마트폰을 만지는 일도 전혀 없이 이동 중에도 경치를 구경하거나, 때때로는 내게 시선을 주기도 했다.

"저기……."

"응?"

살짝 고개를 갸웃거리는 여동생. 나와는 다르게 언제나 손질을 게을리하지 않는 머리카락에서 좋은 향기가 풍겨온다.

"……왜, 오케이 해 준 거야?"

"데이트 말이야?"

"응."

"아니 뭐, 그야……."

여동생이 말을 우물거렸다.

……응?

"어? 왜 그래?"

"뭐라고 해야 하나……."

마치 좋아하는 사람한테 『혹시 좋아하는 사람 있어?』라는 질문을 받은 여자애처럼 눈을 마주치려 하지 않는다. 뭔데?! 그건 대체 무슨 리액션?!

하지 말아줘, 그런 의미심장한 태도! 무심코 두근거리잖아!

"그치만 언니…… 니까……."

"어?!"

거짓말이지. 지금까지 아무런 전조도 없었으면서. 이제 와서 갑자기 예상 못 한 특대형 애정 표현을.

　여동생은 볼 터치로 만든 게 아닌, 자연스러운 홍조를 뺨에 띄우며 나를 곁눈질하더니.

　"언니가…… 여자친구한테 차였다는 소식을 인터넷 뉴스로 알았으니까……. 역시 조금 정도는 다정하게 대해주는 편이 좋지 않을까 싶었달까……."

　"………………."

애정 표현이 아닌 특대형 동정심이었다.

　"그런 거 아니거든……?"

　여동생은 『아아 응 괜찮아 오케이 나도 다 알아』라고 말하는 듯한 표정으로 따뜻한 미소를 지었다.

　"응. 그렇구나."

　"진짜 아니거든?!"

　"아무리 그래도 내가 언니의 그 사람 대신이 될 수는 없겠지만, 오늘은 최선을 다해 상냥함을 베풀어 줄 테니까……."

　"배려해서 이름 언급을 피하고 있잖아?! 볼드모트냐고! 괜찮다니까! 언니는 하나도 상처받지 않았다니까!"

　내가 아무리 오해라고 외쳐 봐도, 여동생의 머릿속에선 이미 나는 마이한테 불장난 상대가 되었다가 버려진 불쌍한 여자 취급인 모양이었다.

　이, 이 녀석……! 내가 얼마나 마이한테 사랑받고 있는지 가르쳐주고 싶어……! 나와 마이는 러브러브♡라고……. 진짜 진짜거든……?!

"그러고 보니 안 물어보네."

전철에서 내려서 역의 홈을 걷던 나는 마치 어린아이처럼 손을 붙들린 상태로 따라오는 여동생을 돌아보았다.

"뭐가?"

"아니, 『어디 가는 거야—?』라고."

"데이트잖아?"

"데이트에 그런 미스터리 투어 같은 뜻이 포함되어 있던가……."

"뭔데? 미스터리 투어라는 게."

"어? 으음, 참가자한테 목적지를 알려주지 않고서 떠나는 여행 기획이었지?"

"헤에— 재밌어 보여. 깜짝 카메라 같네."

"으, 응."

평소 여동생이라면 껄렁한 양아치 같은 눈매를 하고서 『그런 건 왜 알고 있는데? 징그러』 같은 소리 한마디쯤 하더라도 이상하지 않을 것 같은데…….

뭔가 적응이 안 되네……. 아니 뭐, 상냥하게 구니 좋긴 하지만. 나는 상냥한 사람을 좋아하니까…….

"항상 이러면 좋을 텐데……."

중얼거리듯이 말하자, 여동생은 살짝 토라진 것처럼.

"아—, 언니 또 쓸데없는 말 덧붙이는 거 봐—."

"어? 미안."

"평소에 언니가 나를 어떤 눈으로 보고 있는지 아주 잘 알 수 있는 발언이네요—."

"사실이잖아!"

"네네, 데이트 포인트 마이너스 1점."

손가락을 척 내민다.

"뭔데, 데이트 포인트란 게……."

"데이트라는 건 상대를 얼마나 즐겁게 해줄 수 있는지가 중요하다고 생각합니다. 설령 평소 캐릭터와는 전혀 다르더라도, 마음에도 없는 아부 멘트라고 해도, 상대를 즐겁게 만들고 설레게 만들기 위해서라면 정당화될 수 있지. 그게 데이트라고 생각하거든요."

"옳은 의견처럼 느껴져……."

"그 점을 염두에 두고서 원 모어."

여동생의 커다란 눈이 나를 가만히 응시했다.

1주년 기념일에 연인이 건넬 선물을 고대히는 여자친구 같은 시선 앞에서, 나는 몹시 당황했다.

"어, 그게……."

이런 멘트, 사실은 창피해서 절대 못 할 말이지만…… 여동생이 『평소 캐릭터와는 전혀 다르더라도』라고 했으니 그 말을 믿고서 어색한 미소를 지었다.

"하, 하루나는 평소에도 귀엽지만, 오늘은 특히 더 귀여운걸."

그 말을 들은 하루나의 리액션은.

진지한 표정이었다.

…….

……무슨 말이라도 좀 해줘!

내 어깨를 토닥토닥 두드렸다.

"데이트 포인트 플러스 2점."

"앗, 만회에 성공했어?!"

"조금만 더 자연스럽게 말했다면 3점을 땄을 거야."

"정진하겠습니다!"

여동생은 조그만 목소리로 "데이트 연습 같은 것도 미리 시켜둘 걸 그랬나……. 하지만 상대가 그 사람이었으니 어차피 차였겠지……" 같은 소리를 중얼거렸다.

마이랑 아직 안 깨졌다고요!

"그래도 뭐."

여동생은 모범적인 여자친구처럼 생긋 웃었다.

"마음에도 없는 아부 멘트라고는 해도, 바로 그 느낌이야 그 느낌. 데이트라는 건 한 마디로, 얼마나 연인다운 일을 즐기냐가 핵심인 역할놀이 같은 거니까."

"……딱히."

"응?"

나는 시선을 피하며 말했다.

"마음에도 없는 소리는, 아닌데……. 내 동생은 언제나 똑 부러지고, 귀여우니까."

"호오오."

여동생이 턱에 손을 대었다.

"3포인트."

"점수를 따려고 한 말이 아니거든?!"

"그『점수를 따려고 한 말이 아니다』라는 대사부터가 점수 벌이용 멘트 같아."

"데이트는 너무 난해해!"

머리를 감싸 쥐었다. 이래선 아무 말도 할 수 없게 된다고.

눈이 휘어지도록 "아하하" 웃는 여동생. 잘 때와 웃을 때만큼은 나이에 맞게 앳되어 보였다. 그럴 때 빼곤 언제나 어른스럽고 고품질, 하이 퀄리티인 아마오리 집안의 미소녀다.

나도 저번에 여동생과 같이 쇼핑했을 때 샀던 옷을 입고 있으니까 나름 잘 차려입었다고 생각하는데…… 뭘까, 이 차이는.

여동생은 무척이나 세련되어 보인다. 옷이 너무 튀어 보인다는 느낌도 전혀 없다. 겉만 보면 벌써 고등학생과 별반 다를 바가 없는데, 오히려 나보다도 어른스럽지 않나……?

뭐, 내게 패션을 가르쳐 주는 하루나 선생님의 수준이 높다는 건 좋은 일이라고 생각하지만……. 격차가 커도 너무 크지 않나 싶다.

"하루나는 있지."

"왜?"

"……역시 사귀는 사람이 있다거나 그래?"

지금까지 자매끼리 이런 얘기를 해본 적이 없었다. 미묘하게 부끄러운 화제다. 여동생도 뺨이 빨개져 있었다.

"뭐, 뭐어?"

"아니, 그치만 뭔가 분위기가 세련된 느낌이라고 해야 하나."

여기서 아무렇지도 않게, 대학생 애인이 있는데? 라는 말을 듣게 되더라도, 나 역시『아하, 그렇구나』라고 납득하게 될 정도로 미소녀 느낌이 뿜어져 나오고 있단 말이야!

부끄러움을 감추려는 건지, 여동생이 마주 잡은 손에 꽈악 힘을 넣었다.

“……없는데.”

“어? 정말로?”

“없어. 있었던 적도 없어.”

후에……. 의외다.

“지금은 부활동이나 친구들, 공부, 취미에 시간을 쓰고 싶으니까.”

만들려고 마음만 먹으면 언제든지 만들 수 있는 애들이 하는 대사야……!

하긴, 실제로 만들 수 있겠지. 오히려 걱정해야 할 사람은 동생과 사귈 사람이다. 아마도 동생은 자신과 비슷하거나 그 이상 가는 스펙을 상대방한테도 요구할 테니까…….

“아아, 그렇구나.”

나는 애써 시원스레 웃어 보였다.

“동생도 사귀는 사람이 생기면 우리 집에 데려와도 돼. 언니도 똑바로 인사를 나눌 테니까.”

“정말로—?”

왜 의심스러운 시선을 보내는 거야? 나, 세이라 양이랑 미나토 양을 처음 만났을 때도 똑바로 행동했었지??

그런데 확실히 듣고 보니…….

"어쩌려나……. 동생이랑 사귀는 애는 분명 뭔가 엄청 갸루 같을 거라는 느낌이 들어. 기가 셀 것 같고 무서울지도……. 겁나네……."

여동생이 소개해 준 미용실 언니 같은 사람이 올지도 모른다. 『언니— 완전 느좋이다. 잘 부탁행~☆』 같은 느낌으로…….

내가 아직 보지도 못한 여동생의 여자친구에게 겁을 먹고 떨고 있자, 동생은 거기서 뭔가 깨달은 것처럼.

"저기……."

"응?"

"……나는 딱히 여자애를 좋아하는 게 아니거든?"

"어?"

듣고 나서 깨달았다.

그러고 보니 나, 여동생이랑 사귀는 사람을 여자라고 가정하고 있었어……?

완전히 무의식적이었다.

"뭐, 언니한테는 그게 당연하게 느껴질지도 모르지만."

"아니라고!"

고개를 붕붕 흔들었다.

"그런 게 아니라고! 나는! 뭐라고 해야 하나! 어디까지나 사귀는 사람이 그랬을 뿐이지! 아니니까! 진짜 아니라니까?!"

"언니도 참, 언제부터 여자애를 좋아하게 된 거야?"

"사이 좋은 자매간의 비밀 얘기 같은 느낌으로 묻지 마! 아니라니깐!"

여동생은 끝까지 내가 얼버무리려 들고 있을 뿐이라고 생각하는 모양이었다. 진짜 아닌데!

그런 대화를 나누는 사이에 우리는 목적지에 도착했다.

역에서 걸어서 10분. 도쿄와는 어울리지 않는 울창한 자연이 우리를 맞이해 주었다.

여동생은 처음 산타클로스를 마주한 어린아이처럼 눈을 반짝반짝 빛내며 들뜬 목소리로 환호했다.

"동물원이다—!"

그렇다, 동물원이다. 후후후.

나를 돌아본 여동생은 그 기세 기대로 내 팔에 안겨들었다. 흐왓.

"우와— 오랜만이야—. 헤에—? 왜 여기야—?"

윽…… 태양 같은 미소녀……. 눈부셔. 여동생의 시선에 사르르 녹아내릴 것 같았다.

"하루나는 옛날부터 동물원 좋아했잖아."

"좋아해!"

그렇다. 여동생은 동물원을 좋아한다.

가족끼리 놀러 왔을 때도, 여동생은 폐장 시간까지 발걸음을 떼질 못했다. 그때는 계속 레서판다 앞에 머물렀던가.

그렇지만 그것도 초등학생 때 얘기니까 여전히 이렇게나 기뻐해 줄 줄은 몰랐다. 귀엽잖아, 이 녀석….

나는 살짝 우쭐해져서 여동생한테 물었다.

"데이트 포인트 벌었어?"

“3만 점!”

“장소 선택이 승패에 차지하는 비중이 너무 높잖아.”

“어서 표 사러 가자, 줄 서서 사자!”

나는 한층 더 득의양양해져서 스마트폰을 들어 올렸다.

“이미 온라인으로 구입해뒀지. 그냥 발권만 하면 돼.”

“언니……! 언니…… 응……?!”

뭐지. 지금 정체를 의심받은 듯한 느낌이 든다. 내용물도 네 언니 맞다고!

“데이트니까, 이 정도는 해 줘야지?”

“너무 우쭐대!”

찰싹찰싹 내 등을 때린다. 연인끼리 장난치는 듯한 적절한 힘 조절은 오히려 간지럽게 느껴질 정도였다.

“그럼 가자.”

“응!”

신이 난 여동생은 그 뒤로도 한동안 내 팔을 꼭 끌어안고 있었다.

……걷기 불편한데……?!

내가 태어나기 훨씬 전부터 있었던 이곳 동물원은 기억 속의 모습과 거의 달라진 게 없었다.

한 손에 지도를 들고 우리는 동물원 안을 돌았다.

“코끼리다! 크다!”

여동생은 어휘력이 벌써 어린애 수준으로 돌아가 버린 모양이다.

“원숭이 가족! 잎을 먹고 있어!”

동물원 안은 나름 붐비고 있었지만, 여동생은 그런 것 따위 전혀 신경 쓰지 않는 기색으로 연달아 울타리에 달라붙어서는 들뜬 환호성을 질렀다.

“저것 봐, 호랑이, 호랑이가 있어! 진짜 죽인다!”

“걱정하지 말렴. 우리 안에 있으니까 죽을 염려는 없단다.”

“엄청 커―! 세 보여! 대박!”

내 실없는 소리에는 반응하지 않고서 여동생은 우리를 향해 “어흥―” 하고 외쳤다.

여동생은 커다란 동물이나 육식동물을 특히 좋아한다. 이유는 『강해 보이니까』라나. 잘 이해는 안 가지만 무슨 느낌인지 알겠다. 그 비일상적인 느낌이 좋은 거겠지.

그건 그렇고, 방금까지 어른스러웠던 동생이 세 살배기 아이처럼 신을 내는 모습에선 상당한 갭이 느껴졌다. 물론 좋은 의미에서.

“아― 굉장하네―, 송곳니. 인간쯤이야 한 방이겠지…… 좋겠다―…….”

넋을 놓고 중얼거리는 여동생.

잠깐. 혹시 호랑이가 부러운 거야? 힘을 원하는 거냐…….

“친구랑 동물원에 놀러 가지는 않아?”

여동생은 게임기만 보면 전부 『패미컴』이라고 부르는 사람을 본 것처럼 웃었다.

"그야 안 가지ㅡ. 어린애 같잖아!"

중학교 2학년은 어린애 아닌가……?!

"다들 카페 같은 데를 가지ㅡ. 기껏해야 수족관 정도?"

"아ㅡ. 듣고 보니 확실히 어딘가 놀러 갈 땐 역시 수족관이라는 이미지가 있어. 왜 동물원은 아닌 걸까."

"동물원은 기본적으로 가족끼리 가는 곳이라서 그런 거 아니야? 걸어 다니면 다리도 아프고, 여름엔 덥고 겨울엔 추우니까. 동물 냄새도 나고."

여동생은 즐거운 듯이 동물원의 단점을 하나하나 꼽았다.

그런 다음 활짝 웃는 미소를 지으며.

"게다가 친구들 앞에선 이렇게 마음 놓고 신을 낼 수 없거든."

"그래?"

"너무 유치해 보이잖아ㅡ."

그거야 뭐……. 나랑 다르게 여동생은 주변의 이미지라는 것도 신경 써야 할 테니까. 평소엔 굉장히 착실한 느낌이니.

"내 앞에선 괜찮아?"

여동생은 진심으로 어리둥절한 기색이었다.

"어? 그야 언니는 언니잖아."

아무런 설명도 없다.

마치 그게 전부라는 것처럼.

내 착각일지도 모르지만…… 뭔가 『가족이니까』 같은 말만으론 정리할 수 없을 듯한 전폭적인 신뢰를 느꼈다.

아냐, 하지만 역시 그건 착각이다. 만약 정말로 나를 신뢰하고 있었다면 진즉에 고민거리도 전부 숨김없이 털어놨을 테니까.

아주 살짝 가슴이 따끔했다.

그런 내 생각은 눈치채지 못한 채, 여동생은 웃었다.

"그렇다고 혼자 오는 것도 좀 그러니까. 오랜만에 와서 즐거워!"

"응…… 다행이네."

정말, 말 그대로 다행이다.

그런데 어째선지 여동생은 나에게 바싹 몸을 기댔다.

"언니는?"

"어?"

갑자기 빤히 쳐다보는 바람에 나는 허둥지둥 양손을 들어 올렸다.

"그야 즐겁지. 나도 동물원 좋아하고."

"그럼 좀 더 즐거운 듯이 굴라고! 자! 빨리!"

"어어?!"

무슨 그런 억지를……. 나는 소심하게 오른손을 들었다.

"이, 이예이~ 즐겁다~……."

노도와도 같은 질책이 날아왔다.

"부끄러워하는 티가 팍팍 나! 동물들도 다 열심히 비즈니스 중이거든? 즐거워 보이지 않는 손님한텐 서비스를 안 해준다고!"

"그건 아니라고 생각하는데!"

"앗! 언니가 즐거워하는 티를 안 내니까 호랑이가 안쪽으로 들어가 버린다! 자자!"

"예이—! 즐겁다—!"

"좀 더 진심에서 우러나오는 미소와 함께!"

"즐겁다—!!"

"시끄러워, 언니. 소란 피우면 호랑이가 안으로 들어가 버리잖아."

"너는 진짜 너너너 진짜."

내가 데이트 포인트를 왕창 깎아주고 싶어…….

"자, 다음은 북극곰! 언니, 이번에도 빈틈없이 웃는 얼굴 부탁해!"

"예이—!"

이래선 연인이라고 해야 하나, 꼭두각시 아니야?

그 후로도 나는 얼굴 근육이 당길 때까지 몇 번씩이나 미소를 강요당했고……. 어쩐지 내 텐션도 점점 이상해져 갔다…….

동물원 안에서 점심을 먹고, 물범을 보러 갔다가.

휴식을 취하면서 가까이서 본 기린의 박력에 놀라고.

나와 동생은 계속 질리지도 않고 사람들 틈 사이를 누비며.

파충류, 조류, 구석구석까지 동물원을 구경했다.

그렇게…… 우리는 시간을 꽉꽉 채워서 동물원을 즐겼다.

어쩐지 눈 깜짝할 사이에 폐장 시간이다.

전에 마이와 오다이바에서 데이트했을 때도, 아지사이 양과 놀이동산 데이트를 했을 때도 그랬지만, 데이트라는 건 기본적으로 눈 깜짝할 사이에 끝나버리고 마는 모양이다.

한 바퀴 쭉 돌아서, 우리는 다시 호랑이 우리 앞으로 돌아왔다.

"그래도 아쉬웠지ㅡ, 언니."

"뭐가?"

"코알라. 좋아하잖아."

"아아, 응."

이곳은 코알라가 없는 동물원이다. 그야 약간 아쉽기야 하지만, 뭐 됐다.

"오늘의 주인공은 내가 아니라 동생이니까."

"지금 멘트는 조금 가식적인 티가 났어. 포인트 0점."

"점수 따려고 한 말이 아니라니깐……."

나는 어처구니가 없어서 웃었다.

"그래도 오늘의 누적 점수는 상당했는걸."

"아니아니, 제대로 세지도 않았잖아."

"글쎄, 어쩌려나."

여동생은 "흐흥"하고 웃었다. 어? 아니아니, 에이 설마……?

의미심장하게 굴던 여동생이 크게 기지개를 켰다.

"그건 그렇고, 제법이잖아, 언니. 의외로 제대로 된 데이트를 즐겼어. 완전 의외. 쇼핑할 때는 그렇게 볼썽사납게 허둥댔으면서."

"쓸데없이 한 마디가 많아."

"평소 집에서 보여주는 한심천만한 모습밖에 못 봤으니까, 진심 너무나도 의외였어."

"두 마디!"

내가 약 오를 만한 포인트를 정확히 알고 있는 여동생이 큰 소리로 아하하, 웃었다. 이 녀석이…….

뭐, 그래도 즐거웠다면 다행이다.

하다못해 데이트하는 동안은 즐거워해 줬으면 한다.

이제부터 즐겁지 않은 얘기를 할 생각이니까.

"있잖아, 하루나."

내가 이름을 부르자 똘망똘망한 커다란 눈이 나를 바라본다.

"왜 그래?"

하교할 시간이 한참 전에 지났다는 걸 알면서도 아직 집에 가고 싶지 않다며 교실에 버티고 있는 듯한 얼굴로 보였다.

"들었어, 학교 얘기."

하루나는 아직까지 옅은 웃음을 띠고 있었다.

"언니, 아침에 나올 때 약속했었지."

"응."

"약속을 깨는 거구나?"

잭방하는 어조가 아닌, 그저 쓸쓸하게 말했다.

가슴의 통증이 한층 커졌다.

그렇지만 나는 고개를 끄덕였다.

"응."

여동생은 체념한 것처럼 한숨을 쉬었다.

"아아―, 왜 그러는 걸까―. 집에 가는 동안 어색해지는데? 하다못해 집에 갈 때까지 참으면 될 텐데. 언니는 정말 그런 면이 있단 말이지. 처세술이 엄청 서툴러―."

하긴 그렇겠지, 라고 말하고 싶은 것처럼 여동생이 웃었다.

"오늘, 꽤나 즐거웠는데. 이것도 저것도 전부 내 입으로 이야기를 하게 만들기 위해서였나. 점수 벌이도, 전부.”

“…….”

여동생은 입을 다문 나를 손가락으로 가리키며 웃었다.

“마지막의 마지막에 누계 포인트 0점이 되어버렸네.”

“그 말대로, 점수를 따려고 한 짓이라는 소리를 들어도 어쩔 수 없다고 생각해.”

나는 조용히 인정했다.

“하지만 조금은 전해졌을 거야.”

“뭐가?”

되묻는 여동생에게 나는 더듬더듬 대답했다.

“그게……. 내가 하루나를, 아주 많이 좋아한다는 마음이.”

내 말에 여동생은 나름 깜짝 놀란 모양이었다.

이번 외출이 예전과 비교해서 명확하게 달랐던 점.

그건 바로 여동생을 위한 데이트였다는 점이다.

지금까지는 항상 여동생에게 도움만 받았다. 미용실이든, 쇼핑이든, 뭐든 마찬가지다. 하루나는 나를 위해 뭐든지 해줬는데, 나는 그런 하루나에게 조금도 보답해주지 못했다.

이래서야 신뢰받지 못하는 것도 당연한 일이다. 입으로 무슨 말을 떠들든 믿어줄 리가 없다. 그래서 나는 하루나의 마음의 벽을 허물기 위해서 행동으로 보여주기로 했다.

결국…… 이것도 내 자기애에 불과하겠지만.

그래도 괜찮아. 하루나는 언제나 내 일부였으니까.

“자, 이거.”

나는 가방에서 조그만 꾸러미를 꺼냈다. 동물원을 돌아다니던 중 여동생 몰래 사 둔 거였다.

건네받은 여동생은 머뭇거리며 꾸러미를 열었다.

키홀더에 매달려 있는 동글동글한 늑대 인형이 나타났다.

"하루나, 이런 거 좋아하겠지 싶어서."

"늑대?"

"아마도."

여동생은 어이가 없다는 듯이 조그맣게 한숨을 쉬고서.

"내 방에 있는 인형, 그거 늑대가 아니거든."

"어? 그랬어?"

"걔는 딩고야."

"몰랐어……."

딩고는 굳이 말하자면 강아지.

호주에 서식하는 들개의 일종이라고 한다. 비슷했는데……!

"반품하고 올까……?"

"이미 벌써 개봉했는데. 됐어, 이걸로."

"넵……."

큭. 폼이 안 사네.

"아, 아무튼, 그런 거니까!"

나는 억지로 화제를 돌렸다.

"약속은 깨트린 데다, 점수 따려고 수작도 부렸고, 참 대책 없는 언니일지도 모르지만, 그렇지만 하루나가 예전처럼 행복하게 지내는 게 아니면, 안 된다고! 그걸 위해서라면 나는 뭐든지 할 테니까!"

오늘은 마지막까지 언니다운 모습을 보여줄 생각이었지만 역시 무리였던 모양이다.

"지금부터 중요한 얘기를 할 거야!"

스스로 결심을 다지는 의미도 담아, 미리 못을 박았다.

여동생은 인형을 양손으로 쥐고서 나를 마주 본다.

괜찮아. 분명 잘 될 거야.

이 순간을 위해 모든 준비를 해왔어. 내 마음도 분명 하루나에게 전해지고 있을 테니까.

긴장된다.

"요전번에 세이라 양과 미나토 양한테 들었어. 하루나가 학교에서 외톨이로 지내고 있다고. 그리고 이것도 들었어. 하루나가 화를 낸 이유는 역시 나를 위해서였다는 것."

"…………."

하루나의 대답은, 없었다.

나는 일방적으로 요구를 들이밀었다.

그게 분명 서로를 위한 일이라고 믿으며.

"이젠 솔직히 말해줬으면 좋겠어. 하루나가 왜 학교에 가지 않았는지. 지금은 왜 스스로 외톨이가 되려고 하는지."

언제나 떳떳하고 바른 여동생이 왜 아무한테도 말 못 할 만한 행동을 하고 있는지.

"가르쳐줘, 언니한테."

팔짱을 낀 하루나는 딱 한순간 눈을 감더니.

“하아.”

한숨을 쉬었다.

감도는 분위기가 변했다.

“그래, 그렇구나. **결국 들켜버렸나.**”

원래라면 단념해야 할 상황.

진범이 탐정에게 주절주절 자신의 범행 동기를 털어놔야 할 것 같은 장면인데도, 여전히 하루나의 목소리는 낙관적이고 불성실한 울림을 띠고 있었다.

“좋아. 거기까지 들켰다면 가르쳐 줄게. 단, 뭘 하려고 하느냐가 아니라, 왜 하려고 하는지만 말할 거야.”

빙빙 둘러 말하는 말을 듣자, 내 미간에 주름이 잡혔다.

“······응.”

그렇다 해도 하루나의 이야기를 듣고 싶었다.

하루나는 인형을 한 손에 움겨쥐면서 웃음을 흘렸다.

“언니가 아싸였다는 사실을 들키면 난처하단 말이지.”

“······뭐가?”

“그치만 한번 생각해 봐. 나는 언니를 올바른 길로 되돌려 놓기 위해서 그렇게나 온갖 노력을 다했었잖아? 그러니까 조금 정돈 이득을 볼 권리는 있지 않겠어?”

이득······? 이득이라니?

“무슨 뜻이야?”

“언니가 엄청난 인싸고, 반에서도 인기인인 데다 유명인과 친구. 그런 언니의 여동생이라면, 나도 특별한 사람. 어때?”

근거 없는 기분에 떠밀리면서, 나는 동생의 말을 부정했다.

"거짓말이야. 항상 나한테 그러잖아. 호랑이의 위세를 등에 업은 여우 같은 짓이 제일 꼴사납다고."

"나도 결국은 언니 여동생이었다는 뜻이야."

"……그게 사실이라면 들켰을 때 좀 더 켕기는 게 있는 표정을 짓겠지."

"뭐 어쩔 거냐는 식일 뿐일지도 모르지."

"못 믿겠어."

"그럴 줄 알았어."

만약 이게 연기가 아니라 진짜 하루나의 속내였다면 나는 지금까지 같이 사는 동안 하루나에 대해 조금도 몰랐다는 뜻이 된다.

그럴 리가 없다.

"이미 다 들켰잖아."

나는 하루나에게 따져 물었다.

"미나토 양도 말했잖아. 내가 중학교 때 아싸였다는 얘길 들었다고. 미나토 양네 언니는 예전 같은 반 애였고…… 그러면 다들 하루나가 무슨 소릴 하든 이미 바로잡기는 늦은 거 아냐……?"

"그러니까 언니는 그런 하찮은 소문 정도는 날려버릴 수 있을 정도로 노력해 줘야지."

마치 나에게 응원을 보내는 것처럼 주먹을 꾹 쥐는 하루나.

그 능청스러운 말투를 들으며, 아, 하루나는 그저 가면을 바꿔 쓰고 있을 뿐이구나, 하고 느꼈다.

저런 논리가 정말 통할 거라고 생각하는 걸까.

“이제 와선 불가능한 얘기잖아! 왜냐하면 미나토 양의 언니, 나시지 코마치는…….”

나를 따돌렸던 장본인이니까.

나와 하루나가 무슨 소리를 하든 소용없을 테니까.

“……미나토네 언니가 왜?”

눈이 가늘어진 하루나가 흉흉한 기색을 내뿜었다.

나는 순간 주춤했다.

황급히 이야기를 얼버무렸다.

“아니, 그게…… 예전 같은 반 애가 얘기를 퍼트리면 손 쓸 도리가 없다니까.”

“왜 바로 그렇게 단정 짓는데? 언니는 항상 그런 식이잖아, 자기는 불가능하다는 둥, 그런 건 이상하다는 둥.”

하루나는 팔짱을 끼고서 나를 마주 보았다.

“해보지 않으면 모르는 거야. 니는 한 발짝도 물러나지 않을 거고, 끈질기게 버티면 결국 이길 게 분명해. 그러니까 내 방해는 하지 말아줘.”

하루나가 이대로 조용히 있으면, 혹은 내가 평소대로 학교생활을 보내기만 하면 정말 소문이 가라앉는 걸까.

만약 소문이 가라앉지 않는다면.

내가 예전엔 아싸였다는 게, 중학교엔 물론이고, 아시가야 고등학교에도 알려진다면.

퀸텟 친구들은 변함없을지도 모른다. 하지만 주변 반응은 어떨까.

한때 따돌림당해서 등교 거부까지 했던 아이. 그런 식으로 소문이 퍼지면 퀸텟이라는 그룹에 속해 있다 하더라도 지금까지 나를 존중해 주던 사람들은 떠나갈…… 지도 모른다.

구기 대회 때처럼 나를 치켜세워 주던 친구들이, 전부 없어진다.

뒤에서 험담을 떠들고, 아싸 주제에 거들먹거린다고 대놓고 면박을 주고.

주눅 든 심정으로 지내게 될지도 모른다.

나는 사람의 선의를 믿지 않는다. 괜찮을 거라고 낙관적인 마음을 먹을 순 없었다.

사람들이 아무리 그건 나쁘다고 나무라도, 세상에는 핵쟁이들이 만연하고, 일부러 랜선 뽑기를 하는 사람, 상대방을 향해 채팅창에 욕설을 날리는 사람, 같은 팀한테 온갖 폭언을 하는 사람도 사라지질 않는다.

파고들 틈을 보이는 순간, 세상의 악의는 송곳니를 드러내고 달려든다.

소중한 친구들이 나를 이해해 줄 테니까 괜찮아! 라고 굳센 마음으로 살아갈 수 있다면 얼마나 좋을까.

적어도 나는 불가능하다.

하지만.

"하지만, 이대로는, 하루나가……."

"언니가 내 걱정을 하는 건, 백 년은 일러."

하루나는 항상 그렇게 말한다.

여유로운 태도로, 자기는 할 수 있다, 자기는 언니와는 다르니까, 라고.

그렇지만 이 순간, 나는 드디어 그 말을 의심할 수 있게 되었다.

사실은 어땠을까.

나에게 부담을 주지 않으려고, 전부 자기 속에 꾹꾹 눌러 담아 왔던 게 아니었을까.

여태까지, 계속.

『됐으니까 자기 일만 신경 쓰라고. 언니는 이왕 고교 데뷔한 다음 좋은 친구를 잔뜩 사귀는 데 성공한 거니까. 나 말고도 신경 써야 할 게 얼마든지 있잖아.』

둘이서 같이 들어간 욕조 안에서, 하루나는 그렇게 말하며 웃었다.

언제나처럼 나를 놀리고 있을 뿐이라고 생각했는데…… 사실은 그게 아니었던 게 아닐까.

나는 하루나의 손목을 붙잡았다.

이 몸으로 모든 불이익을 전부 받아내게 된다고 해도. 내 인생이 조금 살기 힘들어지는 정도로 하루나가 올바른 길로 돌아올 수 있다면.

"뭐, 뭔데?"

"그러면 나, 내일 학교에서 말할 거야."

"……뭐?"

나는 하루나의 눈을 보며 똑바로 말했다.

"내가 중학교 때 아싸였고, 등교 거부를 했었다고."

그 말이 떨어지자마자.

하루나에게 멱살을 잡혔다.

"무슨 소릴 하는 거야?"

내가 진심으로 하는 말이라는 걸 깨달은 거겠지.

바로 전해지는 걸 보면 우리는 자매구나 싶다.

겁먹은 심정을 감추면서 하루나의 시선을 되받았다.

"그렇게 하면 더 이상 하루나가 고집을 피울 이유도 없어지겠지."

하루나의 계획은 전부 물거품으로 돌아간다.

"바보 아니야. 그런 건 아무도 바라지 않아."

얼굴을 바싹 가져다 대고서 윽박지른다.

한 발짝이라도 물러서면 그대로 삼켜질 것만 같은 기백이다.

"나도 마찬가지로."

점차 빨라지는 심박수는 별개로, 내 머리는 차갑게 식어갔다.

"하루나한테 부탁하지 않았잖아."

"나는 자신을 위해 하는 행동이야! 언니는?! 그게 아니잖아! 자기한테 아무런 이득도 없잖아!"

"있어."

딱 잘라 말했다.

"하루나에게 진 빚을 조금이나마 갚을 수 있어."

"바보 아니냐고!"

어깨를 밀치는 손길에 나는 그대로 엉덩방아를 찧었다. 산 지

얼마 안 된 옷이 더러워졌다.

　여동생은 그런 것 따위 눈에 들어오지 않는 것처럼 노성을 질렀다.

　"그딴 자기희생은 내가 싫어!"

　"그러면 하루나는 어째서."

　"……뭐?"

　"전부 자신을 위한 행동이라니, 거짓말이잖아. 하루나는 나 같은 녀석이 없어도 뭐든지 할 수 있잖아. 나를 위해 자기를 희생하고 있는 건 하루나잖아?"

　"아니라고! 언니 따위를 위해 내가 그렇게까지 할 리가 없지!"

　격앙된 하루나의 눈에선 불길이 타오르는 것만 같았다.

　"용서 안 할 거니까. 그딴 짓 했다간 절대로 용서 못 해."

　불똥을 토해내는 것처럼 으르렁대는 동생.

　하루나의 불같은 성미는 내 예상을 아슬아슬하게 웃돌았던 모양이다.

　"불 질러 주겠어."

　"뭐……?"

　무슨 소리를.

　"언니가 자기 입으로 폭로하면 나는 집에 불을 질러 버릴 거야."

　"잠깐, 무슨."

　벌떡 일어서서 저도 모르게 하루나의 어깨를 붙잡았지만, 바로 뿌리친다.

　"난 진심이니까."

난 지금까지 단 한 번도 진심으로 화를 내는 하루나를 본 적 없었던 걸지도 모른다. 마치 손가락이 닿기만 해도 바로 숯처럼 타버릴 것 같은 끓어오르는 격정을 마주했다.

왜 그렇게까지.

"진심이니까."

그날, 하루나는 먼저 돌아갔다.

쐐기처럼 박힌 분노의 말은, 내 심장을 계속해서 태우고 있었다.

*** *** ***

하루나와의 추억은 싸웠던 기억뿐이다.

어렸을 때부터 쭉. 나이가 비슷한 자매라면 어느 집이나 마찬가지라고 들었지만, 하루니는 아무튼 성격이 괴격해서 자기가 먼저 양보하는 법이 없었으니까.

내가 쉽게 스스로를 굽히는 법을 배울 때까지, 아마오리 자매는 끊임없이 충돌했다.

하루나한테 귀염성이 있었던 시절은 정말 어렸을 때 정도. 그 이후로는 계속 주도권을 빼앗기기만 했다.

툭 하면 까칠한 소리를 던져대고, 패션이나 화장에 훈수를 두고, 남을 바보 취급하고, 똑 부러지는 여동생과 비교당해 울적해지고.

자매 같은 건 진짜, 좋은 점이라고는 하나도 없다.

친구와는 다르게 가족은 집에 오면 꼭 마주치는 데다 쉽게 떨어져 지낼 수도 없으니까, 어떻게 할 수 없는 거리감에 언제나 고통받았다.

그런데도…….

어째서 이렇게까지 떨어질 수가 없는 걸까.

죽이고 싶을 정도로 밉다가도, 왜 다음날엔 누구보다도 사랑스럽다고 느끼게 되는 걸까.

아마오리 하루나. 내 하나뿐인 여동생.

피를 나눈 내 분신.

뭐가『절대로 용서 못 해』야.

그건 내가 할 소리라고.

나도 한 가지 더 깨닫게 된 사실이 있다. 바로 하루나가 내 여동생이듯이, 나도 하루나의 언니라는 사실.

내 안에 이 정도로 강렬한 분노의 감정이 잠들어 있을 줄은 몰랐다.

이제 이건 자매 싸움이다. 지금까지의 모든 것을 불태워 재로 만들 정도로, 일생일대의 자매 싸움이다.

뭘 하려는 작정인가, 혹은 누굴 위한 일인가, 그런 세세한 사항까진 모르겠지만.

이유 따위 필요 없다. 이제 아무래도 좋다.

진심이구나, 하루나는.

알겠어. 그렇다면 나도 하고 싶은 대로 해주지.

진심으로 해주겠어.

　　＊＊＊

　하루나와 동물원 데이트를 했던 게 왠지 오래전 일처럼 느껴진다.

　실제로는 바로 다음 날.

　점심시간 옥상에서 나는 퀸텟 친구들 전원을 불러 모았다.

『동창회?』

　마이와 아지사이 양과 카호 짱의 목소리가 하모니를 이뤘다.

"응."

　어제부터 뱃속에서 마구잡이로 날뛰는 짜증의 덩어리를 어떻게든 최대한 태도에 드러내지 않으려고 신경을 쓰면서 억지로 굳은 미소를 지었다.

"그 전에 모두가 들어줬으면 히는 얘기가 있이."

　대답을 기다리면 겁을 먹게 된다. 그래서 나는 단숨에 쏟아내기로 했다.

"사실은 나, 중학교 때는 등교 거부 기질이 있던 아싸였어."

　우선 나는 네 사람에게 내 과거 이력을 숨김없이 털어놓았다.

　그러자.

"엑?!"

　먼저, 카호 짱이 커다란 눈을 동그랗게 뜨고서 깜짝 놀랐다.

　……먼저, 라고 하긴 했지만.

　반응은 거기서 끝이었다.

185

······················어라?!

"그랬어요, 아지사이 양!"

"아, 그, 그랬구나."

콕 집어서 말하자 아지사이 양은 끄덕끄덕 고개를 움직였다.

목소리조차 내지 못할 만큼 충격적인 사실을 듣고 최대한 받아들이려고 애쓰는 표정…… 이라고도 볼 수 있겠지만……. 아마 그건 아니겠지……!

실화야? 나, 근본부터 인싸인 캐릭터를 연기해 왔을 텐데…….

"왜?! 어째서?! 레나 짱은 예전부터 쭉 인싸 중의 핵인싸 아니었어?!"

진심으로 깜짝 놀라는 사람은 카호 짱뿐이다.

물론 그렇다고 『후후, 어때 속았지♡』라며 으스대고 있을 상황은 아니었다. 나는 쓰레기처럼 거짓말을 거듭하며 카호 짱을 속여왔던 거니까.

"앗, 네. 저기 그게…… 정말로 드릴 말씀이 없습니다…….'"

"어째서?! 어째서 어째서?! 어째서—?!"

"으으."

분노의 힘을 원동력으로 밀어붙이면 되지 않을까 했는데 안 될 것 같다. 나는 어디까지나 여동생한테만 화가 난 거니까. 카호 짱의 신뢰를 배신했다는 사실은 괴롭다. 몸이 찢어질 것 같다.

그 타이밍에 사츠키 양이 카호 짱의 머리에 손을 얹었다.

"카호가 계속 그 상태여서야 점심시간이 끝나겠어. 추궁은 나중에 실컷 하도록 해. 그래서?"

“아, 음…… 죄송합니다, 일단 무릎부터 꿇는 게 좋겠죠……?”

“그런 건 됐어. 그래서?”

아직 더 따져 묻고 싶은 것처럼 보이는 카호 짱은 내버려 둔 채, 나는 사츠키 의장의 지시대로 하려던 얘기를 계속 이어가야 하는 모양이다. 가슴이! 아파!

하지만 이것도 나에게 내려진 벌……? 역시 거짓말 같은 건 할 게 못 돼……!

“그래서, 그…… 동생이 고집을 부리는 이유는 분명 나 때문이라…… 그렇다면 이런 건 어떨까, 하는 생각이 떠올라서.”

내가 세상 사람들에게 커밍아웃하는 방법은 막혔다.

집에 불을 지르겠다는 말이 설령 단순한 위협에 불과하다고 해도, 내 동생이라면 저지를지도 몰라…… 하고 기세에서 눌린 시점에서 이미 내 패배였다.

그렇다면 어떻게 할 것인가.

친구들을 바라보며 입을 열었다.

“과거를, 없었던 일로 만들자.”

지금까지 몇 번이나 스스로 되뇌었다.

바꿀 수 있는 것은 미래뿐. 과거는 지워지지 않는다고.

하지만 정말로 그럴까?

동생은 이렇게 말했다.『왜 바로 그렇게 단정 짓는데? 언니는 항상 그런 식이잖아, 자기는 불가능하다는 둥, 그런 건 이상하다는 둥. 해 보지 않으면 모르는 거야』라고.

그 녀석이 한 말에 영향을 받는 건 배알이 뒤틀리지만…… 확실히 그 말대로다.

"아싸였던 과거가 사라진다면 동생이 하려고 하는 짓은 자연스레 쓸모없는 짓이 된다는 계산입니다."

나는 사츠키 양 흉내를 내며 웃었다.

"거 꼴 좋다—!"

아지사이 양이 부드럽게 나무랐다.

"레나 쌍, 그런 말투는 좀……."

"앗, 넵……."

나는 즉시 얌전해졌다. 나는 어디까지나 여동생한테 화가(이하 생략).

지금까지 상황을 지켜보고 있던 마이가 오늘도 변함없이 아름다운 목소리로 대화를 이었다.

"그렇지만 어떻게 할 생각이지? 타임머신이라도 만드는 건가?"

"좋은 생각이네, 그거. 그 김에 나와 마이가 만나지 않았던 세계도 보고 싶어."

"하하."

마이가『하하, 얘도 참』이라는 표정으로 사츠키 양을 보며 웃었다. 아마 농담으로 한 소리가 아니었을 거라고 생각한다.

"아무리 그래도 타임머신을 만들 순 없는 노릇이라."

아니, 그보다 만약에 과거로 돌아가서 아싸였던 아마오리 레나코를 구해냈다고 해도, 그때는 스스로 달라지겠다고 마음먹고 아시가야 고등학교에 입학할 필요도 없어져 버리니까. 친구들과 만나지 못한 내 인생이 지금보다 행복하겠냐고 물으면, 역시 그건 아닌 것 같다.

"그래서 이용하려는 게 이거입니다."

여기서 처음 이야기로 돌아오게 된다.

"동창회 초대장……?"

서랍에서 꺼내 온 초대장을 보고서 고개를 갸웃거리는 아지사이 양에게 설명했다.

"중학교 시절 나는 까놓고 말해 엄청 존재감이 희미해서, 아마 아무도 나를 기억하지 못할 거라 생각해."

네 사람 앞에서 그 사실을 인정하는 데에도 상당한 용기가 필요했지만 어떻게든 해냈다. 이건 틀림없이 분노의 힘 덕분이다.

"그러니 인상을 덧씌우는 거야. 엄청 화려하게 고등학교 데뷔를 이룬 모습을 과시함으로써『그러고 보니 아마오리는 중학교 때부터 이런 느낌이었던 것 같기도 하고……』라는 인식을 심어주려고 합니다."

나는 뭔가 지적당하기 전에 손을 쭉 내밀었다.

"억지라는 건 잘 알아! 하지만! 앞으로 소문이 더 퍼지지 않도록 아예 소문이 날 여지를 없앤다! 이것이 제가 생각하는 타임머신입니다!"

네 사람은 서로 얼굴을 마주 보았다. 어떻게 해야 좋을지 고민하는 것 같았다.

그랬을 때 의외의 인물에게서 찬성의 목소리가 나왔다.

"좋은 생각이야."

사츠키 양이었다.

"이럴 수가…… 남의 의견을 들으면 일단 부정부터 하는 게 생활 패턴의 일부로 자리 잡은 사츠키 양이 내 의견을 지지하고 있어……?! 백 년에 한 번 있을까 말까 한 기적…….”

"역시 반대하기로 할까.”

"아뇨! 이유를 들려주신다면 정말 감사하겠습니다!”

사츠키 양은 마지못한 표정으로 입을 열었다.

"인간의 기억이란 애매모호하니까. 과거를 통해 현재 모습을 추측하는 것보다, 현재 모습을 보고 과거를 지어내는 사람이 훨씬 많아. 왜냐하면 현재는 확실하게 눈앞에『존재』하니까. 사실 여부보다도 중요한 건 오히려 인상. 과거를 바꾼다는 건 과장된 표현이겠지만, 타인의 기억에 한해서는 가능한 일이겠지.”

그러나 사츠키 양은 "물론” 하고 덧붙였다.

"그럴 정도로 강렬한 인상을 줄 수 있다면 말이지만.”

"감사합니다! 그렇게 말씀해 주신 덕분에 왠지 자신감이 샘솟기 시작했어요!”

그리고 인상을 덧씌운다는 의미에선 내게 승산이 있다.

왜냐하면 나는 인싸라는 점에 있어선, 하늘에 찬란하게 빛나는 별과 같은 친구들을 가지고 있으니까.

"그러니까…… 모두에게 부탁할게. 내 고집쟁이 여동생에게 본때를 보여주기 위해…… 힘을 빌려줄 수 없을까?!”

나는 필사적으로 고개 숙여 부탁했다.

네 사람을 지금까지 속인 주제에 뻔뻔스러운 부탁이라는 건 안다. 하지만 내가 아는 한 이 친구들만큼 의지할 수 있는 사람도 없으니까.

"돕는 거야 좋지만."

가장 먼저 입을 연 사람은 아시가야의 천사, 아지사이 양. 제 인생은 항상 당신에게 구원받고 있습니다……!

"어떻게 하면 되는 걸까?"

"간단하잖아?"

거기서 카호 짱이 끼어들었다.

"마이마이나 사 짱이나 아 짱이『내가 아마오리 레나코다뿅!』이라고 하면서 동창회에 대신 참가하면 되지 않겠어?"

"아무리 그래도 그거에 속진 않을 것 같은데?!"

아지사이 양이 카호 짱에게 힘껏 태클을 걸었다. 천사는 태클 거는 모습도 귀여웠다.

"안 되려나. 목에 이름표를 걸고 있어도?"

"안 될 거야…… 내화가 맞물리지도 잃을 테니까……."

"인이어 마이크를 준비하면 괜찮지 않을까? 스파이 대작전 같아서 두근두근할지도."

"무리야…… 졸업한 지 아직 1년밖에 안 지났고……."

의견을 제시하는 척하면서 연이어 농담을 쏟아내는 카호 짱에게 아지사이 양이 난처한 표정으로 성실하게 계속 태클을 건다. 그 광경은 아시가야 평화의 상징이었다.

계속해서 지켜보고 싶은 마음은 굴뚝 같지만, 두 손 든 아지사이 양이『그럼 그렇게 하자!』라고 자포자기 상태가 되어서야 곤란하다. 나는 조심스럽게 제지했다.

"카호 짱의 마음은 정말로 고맙지만……. 그래도 그런 게 아니라."

"아니라?"

내가 무슨 말을 하고 싶은지 정돈 전부 알고 있다는 표정으로 마이가 미소지었다.

"으……. 모두에게 실컷 의지할 생각으로 가득한 주제에 이런 소릴 하는 것도 너무 좀 그렇지만……. 이번만큼은 역시 내가 직접 해야 한다고 생각해……."

"말은 이번만큼이라고 하지만, 앞으로도 너는 탐욕스럽게 친구들의 힘을 빌리려고 할 게 뻔하다고 생각하는데."

사츠키 양의 날카로운 지적이 가슴에 박혔다. 그렇겠죠!

"그치만!"

나는 아예 뻔뻔스럽게 나갔다.

"하고 싶습니다! 제가!"

가슴에 손을 대고서 외쳤다.

"왜냐하면 이건 여동생이 저에게 건 싸움이니까요!"

나도 알고 있다. 제멋대로인 소리라는걸.

아지사이 양이 쿡쿡 웃었다.

"레나 짱한테도 그런 면이 있었구나."

"으……."

하지만 그건 나쁜 의미로 한 말이 아니었던 모양이다. 아지사이 양은 상냥하게 눈꼬리를 접었다.

"나도 이해해. 가족에겐 자기도 모르게 고집을 부리게 될 때가

있지. 레나 짱이 하루나 짱을 어떻게 생각하고 있는지 알 수 있게
돼서 기뻐.”

“확실히. 때로는 목적을 이루기 위한 수단에도 고집하고 싶을
때가 있지. 이 사람에겐 결코 지고 싶지 않다고 의식하는 라이벌
과 경쟁할 때라거나.”

마이의 시선을 받은 사츠키 양은 어깨를 으쓱했다.

“뭐, 레나찡이 제멋대로 구는 거야 하루이틀 일이 아니고 말이
지. 양손에 하나씩 특대형 꽃다발을 쥐겠다고 한 시점부터.”

그 말을 듣자 내 얼굴이 뜨거워졌다. 마이와 아지사이 양은 즐
거운 듯 웃고 있었다.

“그런데 그렇게까지 말한다면 우리한테 부탁할 일은 이미 정한
모양이네.”

“응.”

마이의 말에 고개를 끄넉였다.

선명한 인상을 남기면서, 동시에 동창회라는 고난도 던전을 공
략하기 위해 필요한 것. 그건 레벨일 수도 있고, 강력한 스킬일
수도 있겠지만, 그런 걸 하루아침에 익힐 수는 없을 테니까.

검과 방패와 갑옷과 장신구. 즉, 본인이 가진 능력과 관계없이
손에 넣을 수 있는 최강의 장비——.

“여러분.”

나는 그 자리에 무릎을 꿇고서 고개를 숙였다.

“저를…… 최강의 나로 만들어 주세요!”

***

11월 모일.

동창회는 전세 낸 동네 이탈리안 레스토랑에서 열렸다.

입식 형식으로 꾸민 건, 개개인이 자유롭게 돌아다니면서 얘기를 나누라는 배려다.

동창회란 기본적으로 간사의 의욕 여부에 따라 언제 열릴지가 정해진다고 한다. 중학교를 졸업하고 겨우 1년 만에 동창회가 열린 걸 보면, 간사를 맡은 애는 상당히 의욕이 넘치는 축에 드는 모양이다. (나는 간사를 맡은 애를 기억하지 못했지만…….)

애들 대부분이 졸업한 동네를 벗어나지 않았던 점도 있어서 출석률은 상당히 높았다. 아주 조금 어른이 된 모습으로 나타난 옛 친구들은 1년의 세월을 지나 근황 보고나 추억담으로 꽃을 피우고 있었다.

그러던 중—— 또각, 또각, 하는 구둣발 소리가 울렸다.

일정한 박자로 리듬을 새기는 발소리는 마치 세레머니의 시작을 알리는 박수 같았다.

레스토랑 문이 열리고, 참가자의 시선이 한 곳에 몰렸다.

그곳에 서 있는 사람은 멋지게 차려입은 한 명의 소녀.

술렁이는 옛 반 친구들을 향해 **소녀는 꽃다발처럼 웃었다.**

"다들, 오랜만이네."

몰라볼 정도로 훌륭하게 달라진 아마오리 레나코—— 바로 나였다.

＊＊＊

대체 나에게 무슨 일이 일어났는가, 처음부터 설명하지. 끼릭 끼릭끼릭……. (시간을 되감는 소리.)

당연하지만, 겨우 1주일 가지고 외모뿐 아니라 내용물까지 프리티 우먼으로 변신하는 건 리처드 기어에게 프로듀스를 받는다고 해도 불가능한 일이라, 전부 속 빈 강정 꼴이다.

하지만! 옷이 날개라는 말도 있다! 옷맵시가 번듯하면 사람도 번듯해 보이는 법이다! 그러면 별로 상관없잖아! 오늘 하룻밤만 그럴듯하게 보일 수 있으면!

우선은 갑옷이다.

"동창회에 나가기 위한 차림이라."

나를 포함한 퀸텟 네 사람은 마이네 집에 발을 들였다. (사츠키 양은 아르바이트 때문에 결석.)

"와! 굉장해!"

폴짝폴짝 뛰는 카호 짱은 당근밭을 마주친 귀여운 토끼 같았다. 잘됐구나, 마이 짱네 집에 놀러 와서…….

"하나부터 열까지 전부 커다래! 마이마이는 혹시 거인족?! 사실은 키가 4미터쯤 되는 거야?! 그래서 필요한 거야? 이런 공간이!"

"살짝 바보 취급하는 거 아니야?!"

나도 모르게 태클을 걸고 말았지만, 마이는 싱글벙글 웃고 있었다.

"이렇게나 친구들을 잔뜩 집에 초대하다니, 오늘은 행복한 날이야."

"마이마이만 괜찮다면 나 매일 올 건데~!"

"그거 좋은걸."

카호 짱이 기쁜 듯이 마이의 팔을 끌어안았다. 매일 올 거야? 카호 짱……. 아니, 그래도 되긴 한데……. 그냥…….

"아, 혹시 셀카 찍어도 돼?"

"상관없어. 다만 SNS에 올리는 건 자제를 부탁해도 될까?"

"물론이지! 한순간의 인정욕구를 채운답시고 마이마이의 신뢰를 배신하는 쪽이 압도적으로 손해인걸!"

"굉장히 타산적이네."

그럼 셀카를 찍어봤자 의미가 없잖아…… 라고 생각했지만, 사진 폴더에 예쁘고 근사한 사진이 있으면 스크롤을 내릴 때마다 눈에 들어오기만 해도 『기분이 업 된다』는 모양이다.

나는 찍어둔 사진을 다시 열어보는 습관이 없어서, 그런가……? 싶었다. 요즘 젊은 애들 문화는 잘 몰라서요…….

아니, 그래도 확실히 챔피언을 따냈던 순간의 화면을 스크린샷으로 찍어서 나중에 다시 열어보기는 했구나. 확실히 기분이 업 되지……! 우리는 똑같네, 카호 짱.

"그리고 여기가 내 드레스룸이야."

"와아……."

이번에 감탄의 목소리를 흘린 사람은 아지사이 양.

카호 짱과 둘이 함께 눈을 반짝반짝 빛내고 있었다.

“대단하네, 정말로 대단하네~!”

“마이마이의 드레스룸……! 이건 구경시켜 주는 것만으로도 돈을 받아도 될 정도잖아!”

“한 벌 한 벌마다 보관에도 공을 들였고…… 모델은 굉장하구나~…….”

“여기 있는 옷들, 전부 마이마이한테 입혀보고 싶어!”

“그치~!”

꺄르르 신이 난 두 사람의 리액션은 마치 최애 아이돌과 악수하는 소녀 팬의 반응 같아서 엄청 귀엽긴 한데…….

뭔가 이런 상황에서 같이 신을 내지 못하는 나는 여고생으로서 중요한 무언가가 결여되어 있는 거 아닌지……? 나, 양산형 여자조차 되지 못한 거야……?

아, 아니야! 사람마다 좋아하는 게 다른 건 당연한 거잖아! 그게 다양성이란 거야!

나도 이 방이 마이의 PC룸이었다면, 와~ 뭐야 그 CPU 벤치마크 점수 쩔잖아~! 혹은, 그래픽 카드 성능 덕에 프레임 레이트가 이렇게 안정적이라니 8K 모니터 최고~! 라면서 눈을 반짝였을 걸! GIRL! 똑같다고!

내가 알 수 없는 대항심을 불태우는 동안 마이는 드레스룸 한쪽 구석으로 다가갔다.

“화려한 옷차림을 원한다면 이 부근에서 고르는 게 좋겠는걸.”

이미 점찍어 둔 옷 카테고리가 있는 모양이다. 감사합니다.

“그런데 마이마이랑 레나찡은 키가 10센티 가까이 차이 나지 않아? 괜찮아?”

“물론이야. 다소 사이즈나 허리 부분은 조정할 필요가 있겠지만. 레이어링을 활용해서 스타일 업 효과를 노리거나, 톤 온 톤 코디를 시도함으로써 세로 라인을 강조할 수도 있어.”

“맞아맞아, 그러네. 와~ 신발 고르는 것도 기대돼~. 어떤 디자인으로 해볼까나~.”

그렇구나.

카호 짱과 마이, 아지사이 양이 즐겁게 대화를 나누는 모습을 쇼핑에 따라온 아빠 같은 심정으로 지켜보았다. 패션 레벨 격차가 너무 커. 나는 여고생이 아니었을지도 모르겠네.

“예를 들면, 이런 거지.”

마이가 손에 든 옷은 그야말로 영화 속 공주님이 걸칠 법한, 치맛자락이 확 부풀어 오르는 완벽한 드레스였다.

“근사해~!”

공주님을 동경하는 작은 소녀 같은 웃음을 지으며 아지사이 양이 손뼉을 쳤다.

“아니 너무 과하지 않아?!”

그냥 동창회인데?! 서양 쪽 졸업 댄스파티가 아니거든?!

“예를 들어 좀 더 사람들의 시선을 사로잡고 싶다면 이런 것도 있어. 틀림없이 사교계의 주역이 될 수 있겠지.”

마이는 이어서 가슴 부분과 등 쪽이 크게 파인 새빨간 드레스를 보여줬다.

“와아, 예쁘다! 응, 아주 좋은걸!”

"잠깐! 잠깐!"

큰일이야, 아지사이 양까지 폭주하기 시작했어!

평범함의 기준이 이상한 마이나 분위기만 타면 말릴 수가 없는 카호 짱은 그렇다 쳐도, 아지사이 양은 태클 담당이니까! 맡은 바 역할을 충실하게 수행해 주지 않으면 내가 흐뭇하게 지켜볼 수가 없잖아!

"후후후. 그럼 내 비장의 드레스를 공개하도록 할까."

"꺅― 꺅―. 레나 짱 어서 입어 봐 레나 짱!"

"무리라니까! 애초에 허리가 안 들어간다고!"

아지사이 양이 팔을 쭉쭉 잡아당겼다. 이, 이런 아지사이 양은 본 적이 없어……!

아름다운 의상엔 여고생의 마음을 홀리는 효과가 있나……?!

"카호 짱! 같이 좀 말려줘! 부탁합니다!"

그런 우리의 우당탕탕 소동을 카호 짱이 찰칵, 하고 사진으로 찍었다.

"재밌네."

"카호 짜앙―!"

이렇게 한바탕 난리를 피우며…… 나는 동창회에 입고 가더라도 자연스럽게 보일 고급 브랜드 의상을 마이에게 빌리는 데 성공했다.

전설의 갑옷 겟!(?)

다음은 방패다.

온몸을 빈틈없이 지켜 줄 갑옷이 마이에게 빌린 아름다운 의상이라면, 방패는 주로 급소를 노리는 적의 공격을 방어할 때 쓰는 도구.

급소란 바로 얼굴.

그런고로 오늘 나는 카호 짱과 함께 아지사이 양네 집, 세나 가를 방문했다.

거실 탁자 위에는 아지사이 양의 컬렉션, 빛나고 있는 온갖 종류의 다양한 작은 병들과 용기에 담긴 메이크업 도구들이 꽉꽉 채워져 있었다.

"짜, 짜잔~."

아지사이 양은 어딘가 쑥스러운 기색으로 양팔을 벌렸다.

"말은 이렇게 해도 마이 짱의 드레스룸을 본 다음이라 그다지 도움이 되지는 않을지도 모르지만…… 취미로 모으고 있을 뿐이기도 하고……."

지금 눈앞에 있는 사람은 드레스의 광채에 눈길을 빼앗겼던 천사 여고생이 아닌, 제대로 분별을 갖춘 아지사이 양이다. 그렇다면 나는 최선을 다해 아지사이 양의 마음을 케어해 줘야 한다.

"그렇지 않아요!"

나는 누구보다도 힘껏 주먹을 움켜쥐고서 웅변을 토했다.

"아지사이 양에게 화장을 배울 수 있다니, 이건 복권에서 1등을 100번 연속 당첨되는 것과 맞먹는 슈퍼 행운이라고요! 저는 너무나도 행복합니다!"

살짝 뾰로통하게 뺨을 부풀리는 아지사이 양.

"어휴…… 레나 짱은 항상 과장해서 말한다니까…….”

후후후. 얼마 전에 나였다면 어라? 찬사가 전해지지 않아? 싶은 생각에, 라임을 맞춰서『아지사이 양 리얼로 리스펙트! 언제나 최고의 천사 리퀘스트!』라며 거듭 칭찬을 퍼부었겠지만. 이제 지금은 아지사이 양이 하는 말이 그대로의 의미만은 아니라는 걸 알게 됐으니까.

지금만 봐도, 뺨에 살짝 홍조가 피어 있거든. 기뻐하고 있는 거겠지? 훗, 귀여운 여자.

……부끄러워지기 시작했네……. 안 되겠어. 쑥스러워서 아지사이 양의 얼굴을 똑바로 못 보겠어.

한편 카호 짱은 세나 가의 동생들과 게임 중이다.

“좋아, 지지 않겠어~!”

누나가 메이크업을 가르쳐주는 동안, 카호 짱이 남동생들을 전담 마크하며 붙들고 있다.

뭐, 아지사이 양의 동생들에게서 신뢰를 얻어내는 건 힘들겠지만, 열심히 해 봐. 나는 게임을 잘하는 누나로서 그 둘에게 인정을 받았지만 말이지. 나는 말이야.

“어디 보자―, 그럼…….”

아지사이 양의 가냘프고 고운 손가락이 강아지 꼬리처럼 흔들리며 작은 병 하나를 집었다.

“먼저 베이스부터 해볼게. 마이 짱이 고른 옷에 어울리도록 평소보다 조금 하이라이트를 밝게 하거나 눈매를 강조하면서 밸런스를 잡아보자.”

"네!"

싱글벙글하며 고개를 끄덕이자마자.

"그럼, 눈을 감아 줄래?"

"네! ……네?"

아지사이 양의 얼굴이 눈앞 가까이 다가온다. 아니, 저기……?
무, 무슨 뜻?!

"아, 그게……. 내가 레나 짱에게 메이크업을 해 주면서 가르치
는 방식을 생각했는데…… 아니었어?"

앗, 그런 뜻?! 교육을 받으면서 내가 직접 하는 줄 알았어!

"아뇨, 그걸로 괜찮습니다……!"

아지사이 양의 생각에 오류 따위는 없다. 나는 100퍼센트, 일
절 아무런 저항 없이 아지사이 양의 말에 순순히 따르기로 했다.

"그럼…… 눈을 감아 줄래?"

"네……? 넵……!"

이거 안 되겠어! 저항이 퐁퐁 샘솟아! 그치만 부끄러운걸!
GIRL!

"눈, 절대 뜨면 안 되니까……?"

몸부림치고 싶어! 눈을 감고 있는데 눈앞에서 아지사이 양의
목소리가 들려서! 위험해!

키스했을 때의 기억이 무한히 되살아난다!

"헷헤—! 내 승리—! 핫하하하, 8년은 이르다고—!"

"이게—!"

"다음 판은 이길 거야—!"

아아…… 여기가 거실이라 다행이다…….

카호 짱과 동생분들이 계셔 주셔서 다행이야. 아지사이 양의 방에서 단둘이서만 있었다면 나는 정신이 나가 버렸을지도 모른다.

아지사이 양의 손이 내 뺨에 얹힌다.

얼굴이 움직이지 않도록 고정되고, 스윽스윽, 베이스 화장이 진행된다.

"으음…… 살…… 짝……. 괜찮아? 레나 짱. 아프진 않아?"

"……네, 넷. 괜찮, 습니다."

"후후. 그래."

정신 나갈 것 같아!

안 되겠어! 주변에 다른 목소리가 들리든 아니든 상관없어! 아지사이 양이 화장을 해주는 건 안 됩니다! 간질거려서 머리가 폭발할 것 같아!

"앗, 요 녀석! 그거 내가 모르는 테크닉―! 반칙이야! 반칙―!"

"헷헤―!"

떠들썩한 게임 음악이 들리는 와중, 나는 신음을 참는 게 고작이었다.

그치만 목소리가 가까운걸! 코앞에서 정면으로 들여다보고 있는걸!

여기서 눈을 뜬다면 나는 그대로 돌이 되어버릴지도 모른다.

"왠지 레나 짱, 주사를 맞기 직전인 꼬맹이들처럼 됐는데……?"

윽…… 너무 눈을 세게 감았던 건 부자연스러웠나……?!

"시, 신경 쓰지 않으셔도 됩니다……!"

우물거리며 대답했다. 아지사이 양은 걱정스러운 듯이.

"정말로 괜찮아? 참고 있는 거 아니야? 간지러워?"

뭐, 꾹꾹 참고 있기는 한데요……. 그렇다고 싫어하는 것처럼 보이는 것도 별로지! 나는 어떻게든 입꼬리만을 꾸우욱 끌어올렸다.

"아, 아무렇지도 않아요. 저는 신경 쓰지 마시고 마음 내키는 대로 해주세요. 헤헤, 헤헤헤."

"응!"

나는 미용실에서『신경 쓰이는 부분이 있으신가요?』라는 질문에 한 번도 제대로 대답할 수 없었던 사람. 자백제를 먹인다 해도『괘, 괜찮습니다』같은 대답만 술술 내뱉을 게 확실하다.

하지만 내용이 어떻든 대답만 또박또박하면 된다. 그럼, 아 이 사람은 진짜 신경 쓰이는 점이 있으면 분명히 말하겠구나, 같은 인상을 상대에게 심어줄 수 있으니까. 한번 그렇게 인식하고 나면 어떤 말로 대답하든 괜찮다. 어쨌든 서짓말을 한 건 아니니까! 인간의 의식이란 주관적이고, 결국 상대가 어떻게 받아들이냐가 전부거든!

그렇게 갈팡질팡하는 동안에도 아지사이 양의 손이 내 눈가, 눈꺼풀, 입술 위를 더듬었다. 평범하게 살아간다면 남에게 닿거나 누군가 만질 일이 없는 부위에 아지사이 양의 손가락이…… 손가락이……! 게다가 계속 부드러운 손길로…….

예전에 아지사이 양과 백화점에 갔을 때 메이크를 받았던 적도 있었지만…… 그땐 전문가의 손길이었기 때문에 거리감에 두근두근 설레는 일은 없었다.

아니, 예쁜 언니였으니까 솔직히 두근거리긴 했지만. 그래도 어차피 비즈니스 메이크였으니까…….

코스프레를 했을 땐 카호 짱에게 메이크를 받았지만, 그건 직후에 있을 코스프레라는 이벤트가 주는 긴장감에 지배당한 탓에 그다지 거리 같은 건 신경 쓰이지 않았고…… 게다가 카호 짱의 메이크업은 정성 들여서 한다기보다는 팍팍! 한다는 느낌이었으니까…….

눈앞에 있는 사람은 아지사이 양이다. 내 여자친구고, 키스를 했던 사람이다.

큰일이다. 어지러워. 의식했더니 더 버티기 힘들어졌어.

"조금만 더, 조금만 더 하면 되거든—?"

"네에."

거의 입술을 움직이지 않고 복화술처럼 대답했다.

아지사이 양의 조그만 숨결을 느끼며 견디길 대략 20분(정말로? 5시간 정도 지난 거 아니야?). 마침내 아지사이 양이 "끝났어"라며 어깨를 두드려 주었다.

눈을 떴다.

"자, 어때?"

아지사이 양이 건네준 거울을 들여다보았다. 그러자…….

"이게, 나……?!"

비포 애프터다.

귀여운 이미지보단 굳이 말하자면 미인상으로 부탁했던 내 요청대로, 평소보다 빠릿빠릿하게 올라간 속눈썹과 선명한 아이라

인, 입술은 짙은 붉은색, 하이라이트로 코가 오뚝해진 아마오리 레나코. (풀 메이크업 장착형)

분명 익숙한 내 얼굴일 텐데도 전혀 다른 인상을 주는 내가 있었다.

"아주! 훌륭하게 잘 됐다고 생각해요!"

"호오, 어디 보자."

카호 짱도 다가왔다. 내 턱을 잡고서 좌우로 이리저리 움직여 본다. 으엑.

"좋은데! 아 짱도 참, 센스쟁이!"

"에이~ 타고난 얼굴이 예뻐서 그래."

에헤헤, 하고 수줍게 웃는 아지사이 양. 너무 귀엽다. 압도적인 타고난 귀여움.

일단 찍어둘게, 라면서 아지사이 양이 전후좌우로 내 얼굴을 사진에 담았다. 미용실에서도 종종 하는 일이다. 나도 새로운 장비를 입수했을 땐 그래픽 디테일을 구경하려고 3D 모델을 이리저리 회전시켜 보니까. 그거랑 마찬가지다.

뭐, 원본과 비교하면 내 얼굴이 달라진 건 사실이지만, 얼마나 더 나아졌는지는 솔직히 잘 모르겠지만요……. 아지사이 양이 좋다고 말했으니, 아마도 이게 베스트라는 뜻이겠지…….

아무튼 아지사이 양의 메이크업 타임을 버텨냈다고!

"그럼, 당일에도 이렇게 부탁하는 걸로!"

내가 방긋 웃으며 말하자.

"아니, **아직 안 돼.**"

“어?!”

의욕으로 입가가 딱딱하게 굳은 아지사이 양이 클렌징 시트를 슥 뽑아 손에 쥐었다.

“이 외에도 몇 가지 패턴을 시도해 봐야 해. 레나 짱한테 부탁받은 거니까.”

“이미 완벽하다고 생각하는데요!”

“안 돼.”

도리도리 고개를 젓는 아지사이 양의 눈은 진심이었다.

“나는 레나 짱의 잠재력을 아직 전부 끌어내지 못했는걸.”

“아지사이 양?!”

어떻게 된 거야? 신형 로봇에 탑승한 파일럿 같은 대사라니, 아지사이 양답지 않은데?!

“나 최선을 다할게, 레나 짱. 레나 짱을 이 세상에서 가장 멋진 여자애로 만들어 줄 테니까…… 나, 노력할 테니까!”

꽈악 주먹을 쥐는 아지사이 양.

그 눈빛에는 강한 책임감이 깃들어 있었고…….

“…………자, 잘 부탁드립니다…….”

나는 쥐어 짜내듯 그렇게 말할 수밖에 없었다!

메이크업을 받는 동안 카호 짱이 동생들과 깍깍거리며 신나게 게임을 하는 목소리가 들려온다. 그게 왠지 살짝 부럽게 느껴지는…… 않았으니까! 조금도!

갑옷은 손에 넣었다. 방패도 완벽하다.

그리고 이번엔 장신구다.

비유하자면 장신구는 능력치를 강화하거나, 특수한 스킬을 부여하는 장비다. 갑옷과 방패로 외모를 가꾼 나에게 지금 가장 필요한 스킬은?

바로 자신감이다.

물론 외모를 단정하게 가꿨으니, 주변에서 느끼기엔 자신감이 넘치는 것처럼 보이는 효과가 나지 않을까 기대하고 있다. 하지만 겉모습 이상으로 내용물까지 인싸처럼 보이기 위해서는 내면에서 솟아 나오는 근거 없는 자신감이 필요하다.

하지만 하루아침에 성격을 교정한다니 그거야말로 불가능한 일이다.

그렇다…… 치트라도 쓰지 않는 한!

"그렇게 됐으니 카호 짱!"

나는 두 손을 모으고서 고개를 숙였다.

이곳은 카호 짱의 방. 이번엔 카호 짱과 나, 단둘이다.

"다시 한번 저를 위해 최면 음성을 만들어 주세요!"

"고렇구만…… 그렇게 나오셨구려…….”

내 앞에 앉은 카호 짱은 전부 다 이해했다는 것처럼 끄덕였다.

"어쩐지. 그래서 나랑 둘이서만 만난 거였어.”

"뭐, 역시 남들 앞에서『최면 음성』같은 소리를 할 수는 없으니까…….”

"말해도 상관은 없는데 아 짱은 진심으로 걱정해 줄 것 같아.”

"그럼 싫어!"

"의외로 아 짱이 직접 만들어 줄지도 몰라. 최면 음성."

"아지사이 양의 ASMR……?"

상상해 봤다. 아지사이 양이 내 귓가에 『사랑해, 레나 짱……』 이라고 속삭여 주는 모습을. 예를 들어 애완동물인 나를 주인인 아지사이 양이 한없이 우쭈쭈 해주는 **애완동물 레나 짱 귀여워해 주기 편(아지사이 버전)**이라든가……? 머리가 어질어질해진다.

그건………… 너무 야하잖아!!

나도 모르게 외쳤다.

"저는 카호 짱이 좋습니다!"

"어쩔 수 없다냥."

카호 짱은 별수 없다는 표정으로 과장해서 어깨를 으쓱했다.

그 연극 같은 몸짓은 어지간한 미소녀가 아니고서야 어울리지 않겠지만, 카호 짱은 실제로 어지간한 미소녀라서 끝내주게 잘 어울렸다.

"으음─, 하지만 말이지."

그런데 카호 짱은 팔짱을 끼고서 고개를 까딱 갸웃했다.

어, 뭔데?!

"왜 갑자기 탐탁지 않아 하는 건가요?! 제 쪽에서 드리는 정식 의뢰이니만큼 물론 보수도 드릴 텐데요?!"

"아니 뭐, 그 부분은 공짜로도 해 줄 수 있지만."

"공짜?! 엑, 그러는 게 더 무서워! 저한테 대체 뭘 시킬 작정 이죠?!"

카호 짱의 노골적인 시선이 나를 위부터 아래로 죽 훑었다.

히익. 나는 저도 모르게 반사적으로 가슴께를 손으로 보호하듯 가렸다.

"또, 또 촬영회인가요……."

마쿠하리 코스프레 서밋 이후 카호 짱이 코스프레를 권유한 적은 없다.

그야 카호 짱과 함께 노는 건 즐거웠다. 하지만 촬영회는 따지자면 일이다. 일로 하게 되면 아무래도 어깨에 힘이 들어간다. 순수하게 『즐겁다』고 말하기는 힘들어진다.

그렇지만 은인인 카호 짱이 하는 말이라면 따를 수밖에 없어…….

다시 제안이 온다면 열심히 해야지……. 제대로 즐기는 것처럼 보이도록…….

그런데 카호 짱은 그런 내 마음속을 꿰뚫어 본 것처럼.

"레나 짱한테 같이 하자고 꼬실 생각은 별로 없어. 물론 레나 짱이 하고 싶다고 말한다면야 또 다른 얘기겠지만."

나는 꽈아악 어금니를 악물면서 신음했다.

"으으………… 하고, 싶어요……."

"무슨 『하고 싶다고 말한다면야 또 다른 얘기겠지만~? ㅋㅋ 나야 뭐 어느 쪽이든 상관없거든? ㅋㅋ 힐끔힐끔ㅋ』같은 음흉한 뉘앙스가 아니었다고!"

이번 태클은 진심이었다. 아무래도 진짜 아니었던 모양이다.

"그럼……?"

"레나찡, 요즘 여자친구가 대량 발생하는 바람에 뇌내 허용량이 그득그득한 상태였잖아?"

대량 발생이라니 뭔 소리야! 두 명뿐이라고!

아니, 두 명이라는 것도 이상한 소리긴 한데……!

"그래서 코스프레는 그저 순수하게 즐겨주길 원하니까 레나찡이 어느 정도 진정될 때까지 당분간 내가 먼저 권하는 건 자제해야겠다— 싶었어."

"아, 그런 거구나…… 배려에 감사드립니다……."

"후후후. 나는 아싸에게 친절한 인싸거든."

카호 짱이 손을 턱에 대고 손등을 보이며 피스 사인을 그렸다.

자기 입으로 그런 소릴 하다니 싶으면서도, 나는 아싸인데다 카호 짱은 인싸니까 틀린 말은 아니었다.

"게다가 요즘은 나도 조금 인기가 오르기 시작한 걸까…… 싶기도 하고. 이전까진 누군가랑 같이 하지 않으면 사람들을 불러 모으는 것도 불가능하지 않나 고민했었어. 그런데 다양한 사람들이 응원해주는 모습을 보니, 그렇지 않을지도 모르겠다는 생각이 들었으니까."

"오오…….."

카호 짱의 자기긍정감이 상승했어…….

잘됐다. 카호 짱이 스스로를 인정할 수 있게 돼서 잘 됐어.

정말로 잘 됐구나…….

"……뭐야 그 따뜻한 시선."

"아니, 뭐라고 해야 하나……. 감동해서."

"레나찡은 정말로 쉬운 여자다냥……."

어처구니없다는 듯 중얼거리는 카호 쨩. 그런 쌀쌀맞은 태도도 사랑스러워……. 안아주고 싶어져.

"그건 그렇고 나, 레나찡이 원래 아싸였다는 얘기 아직 납득 못했거든?"

"으."

게슴츠레한 눈을 한 카호 쨩을 보며 나는 결국 심판의 순간이 왔구나, 하고 단념했다.

"사실 그때는……."

"아―아―!"

카호 쨩은 갑자기 큰 소리를 질렀다. 쫄았다.

앉은 채로 기지개를 쭉 켠 카호 쨩은 그대로 뒤로 벌렁 넘어졌다.

"나는 인싸 코스프레를 하는 거라고 금방 들켰는데 말이야―! 레나찡은 계―속 나한테 숨기고 있었다니 말이지―! 우정의 비대칭성을 느끼게 되네―!"

"아으아으아으."

"자기 혼자만 계속 폼 잡고 있었다니 쇼크―! 나는 기억하고 있었는데 나에 대해선 깨끗하게 잊어버렸던 아마오리 씨랑 옛날처럼 다시 친해졌다고 생각했는데―! 역시 나만 그렇게 느끼는 거였나―! 완전 쇼크―!"

카호 쨩은 벌러덩 누운 채로 떼쓰는 어린애처럼 팔다리를 버둥거렸다.

으으으으으으으. 하긴 그렇지. 인싸라고 생각했던 사람이 사실은 자기와 동류였다니, 배신당했다! 라는 기분이 들 만도 하겠지…….

"죄, 죄송합니다……."

나는 엎드려 사과했다.

"코야나기 씨가 하신 말씀 전부 다 옳습니다……. 변명의 여지도 없습니다……."

"안 돼."

"앗……."

끝이다. 나와 카호 짱의 우정은 여기까지……?

"변명해 줘."

"어?!"

벌떡 몸을 일으킨 카호 짱이 묘하게 끈적한 시선을 보냈다. 그러더니 손을 내민다.

"자, 변명. 해봐."

"저기……."

명령을 받은 이상, 내게 거부권은 없나.

양심의 가책을 품고서 쭈뼛쭈뼛 입을 열었다.

"나…… 중학교 때 조금 안 좋은 일이 있어서…… 그래서 등교 거부를 하게 됐거든. 그런 볼품없는 나 자신을 전부 버리고 싶어서, 고등학교에서 새로 시작하겠다는 결심을 하게 됐고……."

카호 짱은 가만히 나를 응시했다.

"그때 만나게 된 퀸텟 친구들은 다들 반짝반짝 빛나고 있어서 내가 동경하는 모습이라…… 물론 카호 짱도 그랬어. 카호 짱이 콘택트렌즈를 끼고서 열심히 인싸 코스프레를 하고 있다는 얘기를 들었을 때도 대단하다고 느꼈으니까……."

"욕실에서 실컷 농락당했지만."

"그 점에선 정말로 변명의 여지가 없습니다!"

바닥에 닿을 정도로 머리를 숙였다. 이번엔 변명해 보라는 말이 나오지 않아서 다행이다. 『주도권을 계속 빼앗기기만 하는 게 분해서 복수하고 싶었어!』라고 말하면 분명 삐지겠지.

"그러니까 요약하자면……. 열심히 하는 친구들에 비해 나는 뭘 하는 걸까, 싶은 기분이 들어서 차마 말하지 못했어……. 내 초라한 부분을 보여줬다가 미움받고 싶지 않았다고 해야 하나……."

"……음."

카호 쨩은 팔짱을 끼고서 고개를 한 번 끄덕였다.

"알겠어."

그 말은 어떤 의미일까.

"사실은…… 나도 덤벙대는 실수만 안 했더라도 인싸 코스프레라는 걸 평생 아무한테도 말하지 않을 생각이었으니까."

카호 쨩이 입을 비죽 내밀었다.

"마이마이도 그렇고 다들 레나찡이 옛날 일을 털어놨을 때 아무것도 물어보지 않았잖아?"

"그건 아마 모두 내가 예전엔 아싸였다는 사실을 다 알고 있었으니까 굳이 물어볼 필요도 없었던 게 아닐까……『새삼 무슨 소리야? 당연히 보면 바로 알지ㅋㅋ』같은 심정이었으니까 그랬던 게……."

실제로도 사츠키 양에게 솔직히 밝혔을 땐 비슷한 말을 듣기도 했고…….

그런데 카호 쨩은 고개를 저었다.

"그런 게 아니라 레나찡이 말하고 싶지 않아 하는 것 같으니 억지로 캐묻지 않겠다는 제스쳐였다고 생각해."

"그런가……?"

"응. 사실 나도 그렇게 해야 한다는 거야 알고 있었지만……."

미간을 찌푸린 카호 쨩은 입을 우물거리더니 무언가를 말하려다가.

결국 입을 다물었다.

"…………뭐, 그렇게 된 걸로 치자! 그러니까 됐어! 괜찮습니다, 이젠!"

"엑……."

갑자기 덩그러니 남겨진 기분. 판결이 내려지지도 않았는데 다들 재판장에서 우르르 나가버린 느낌이었다.

"그, 그치반."

"됐어! 여기서부턴 내 개인적인 감정의 문제니까!"

"어, 어어……?"

잘 이해가 안 가는데…… 애초에 이 얘기는 하나부터 열까지 개인적인 감정이 얽힌 문제 아니었나……?

그래서 카호 쨩이 여전히 풀리지 않는 응어리가 남았다면 서로 이해할 수 있을 때까지 대화를 나누는 게 좋지 않을까…… 싶었지만.

하지만 카호 쨩이『이제 됐어』라고 말했는데 내가 굳이 끄집어내는 것도 단순한 자기만족이라는 느낌도 들고…….

그렇지만 여기서 그냥 물러서는 것도 좋지 않은 것 같아서 입을 열었다.

"저기…… 그게…… 혹시 마음에 걸리는 점이 있다면 뭐든 말해 줄래……? 나는 카호 짱을 소중한 친구로 여기고 있으니까……."

최선을 다해 마음을 전한다.

"카호 짱을 좋아하니까……. 카호 짱이 나와 함께 있을 때, 조금이라도 불편한 기분을 느끼는 건 싫으니까…… 내가 할 수 있는 일이라면 뭐든 할 테니까, 응?"

"……."

카호 짱은 잠시 생각한 다음 양팔을 버둥거렸다.

"큭!"

"어? 뭔데?!"

"아무것도 아닙니다."

갑자기 퉁명스러워진 카호 짱. 대체 뭔데?!

"아무것도 아닌 게 아니잖아?!"

역으로 나에게 찜찜한 마음을 안겨줘서 짜증을 풀려는 목적이라면야, 내게 내려진 벌로서 달게 받아들이겠지만…….

"그렇다면! 레나찡!"

갑자기 들이미는 손가락에 주춤했다.

"네, 넷."

"레나찡은 이제부터 내가 하는 질문에 솔직히 대답할 것! 질문은 세 번! 그걸로 전부 용서해 줄게! 알겠지?!"

세 번…….

나는 눈을 끔뻑였다. 그래도 이제는 정말로 카호 짱에게 숨기고 있는 게 없다. 거의 다 들켰을 터다. 아마도…….

그런 걸로 서로의 앙금을 없앨 수 있다면 나로서는 고마울 따름.

"응, 알겠어."

진지한 눈빛으로 끄덕였다.

그러자 카호 짱도 마찬가지로 진지한 표정을 짓고서.

"그럼 첫 번째 질문."

"네."

"레나찡, 벌써 마이마이나 아 짱이랑 섹스했어?"

야!! 음담패설이잖아!!

"안 했는데요?! 안 했는데 뭐 문제라도?!"

새빨개졌을 게 분명한 얼굴로 외치는 나에게 카호 짱은 "흠"하고 끄덕였다.

"보아하니 성실하게 대답해 줄 모양이네. 그럼 두 번째."

뭔가 마치 내가 솔직하게 대답할지 시험해 봤다는 듯한 말투인데, 그런 거였다면 꼭 그런 질문이 아니라도 괜찮지 않았나요……? 코야나기 카호 씨……?

그러자 카호 짱은 천천히 노트북을 폈다.

"어디 보자, 레나찡의 요청에 부응해 볼까. 자신감을 붙여 주는 최면 음성이랬지."

……응?

딱밤 맞기 3초 전 같은 표정으로 카호 짱을 올려다보았다.

"질문은? 아직 첫 번째 질문밖에 안 했는데, 이제 끝이야?"

“남은 두 개는 키핑해둘게.”

“키핑도 있어?!”

“언제 질문하겠다고 말한 적 없는걸요~.”

“상관이야 없지만…….”

용서를 구하는 입장인 나로서는 아무 말도 할 수 없었다.

카호 쨩은 고속 충전으로 회복을 마친 듯한 얼굴로 히죽거렸다.

“레나찡이 복권 1등에 당첨되자마자 은행 계좌 비밀번호를 물어봐야겠다~.”

“아무리 그래도 그렇게까지 하면 우정을 유지할 수 있을지 불안하다고!”

“히힛☆”

“귀엽기는 한데!”

그런 식으로 얼버무리기 있냐고. 귀엽다는 이유만으로 나는 더 이상 아무 말도 할 수 없게 된다. 귀여움이란 불합리해.

“그래서 하던 얘기로 돌아와서 최면 음성 말인데.”

“네…….”

“레나찡이 놀라울 정도로 최면에 잘 걸리는 쉬운 여자라고 치고.”

“네.”

뭐, 그렇지는 않지만요. 어디까지나 가정이니까 토를 달진 않겠지만.

“아마 앞으로 인생에서 최면에 걸릴 수 있는 횟수는 딱 한 번 정도밖에 안 남았을 거야.”

“…………어?!”

뭔가 뜬금없이 마지막이라는 선고를 받았다.

“그야— 최면은 하면 할수록 내성이 생기거든. 똑같은 타입의 최면을 여러 번 반복해서 거는 건 무리야. 레나찡은 전에도 자기 긍정감을 높이는 최면을 받기도 했고.”

“그치만 카호 짱은 계속 스스로한테 최면을 걸고 있지 않아?”

“나는 반복이 아니라 조건을 달아서 고정해 둔 거니까. 이것도 계속 지속하지 않으면 언젠간 효과가 없어질 거야. 레나찡은 저번에 최면을 받았을 때 이후로 상당히 시간이 지나기도 했으니까.”

“다시 말해…….”

“그렇게 마음대로 되진 않는다는 뜻.”

그럴 수가…….

“앞으로도 평생 인생의 기로에 서게 될 때마다 카호 짱님께 의지하는 건 불가능하다는 뜻……?”

“그거야 당연한 소리지—! 나는 레나찡의 전속 포켓몬 트레이너가 아니라고!”

“큭…….”

이를 악물었다. 내 인생 설계가……!

확답을 들으려는 듯 카호 짱이 거듭 물었다.

“그러니까 괜찮겠어? 라는 거지.”

“? 뭐가?”

“인생에 한 번 남은 중요한 기회. 지금 사용해도 괜찮겠어?”

“으…….”

그렇구나, 그렇게 되는 건가.

실제로 지난 촬영회 때는 (스스로 떠올리기만 해도 몸부림치고 싶을 정도로) 눈부신 효과를 발휘했던 최면 음성을 앞으로 인생에서 두 번 다신 사용할 수 없다는 건…….

나는 잠시 생각한 뒤 고개를 끄덕였다.

"응, 괜찮아."

"호오—."

"문제없어."

나는 다시 한번 말했다.

"언제까지고 이대로 있을 수 없다는 사실은 나도 알고 있으니까."

말하는 동안 아주 조금 남았던 망설임도 사라져 간다.

"이번엔 여동생을 위한 일이니까 이런 강제적인 수단까지 동원하는 거지만……. 언젠가는 카호 짱이나 친구들에게 의지하지 않더라도 나 자신을 좋아할 수 있고, 인정할 수 있고, 뭐든지 해낼 수 있는 사람이 되고 싶으니까. ……아마 언젠가는."

괜한 말까지 덧붙이면서 이번에야말로 단호하게 고개를 끄덕였다.

"그러니까 괜찮아."

내 말에 카호 짱은 훗, 웃었다.

"오케이—. ……여동생을 위해서란 말이지."

"? 응."

한순간 카호 짱이 쓸쓸해 보이는 표정을 지었던 게 마음에 걸

렸지만, 그 표정은 눈 깜빡할 사이에 사라졌다.

씨익 웃은 카호 짱이 엄지를 척 세웠다.

"그럼 주문한 대로 레나찡을 최강 무적의 프리티 우먼으로 완성시켜 줄 테니까! 목 씻고 기다리고 있어줘!"

"아무쪼록 잘 부탁드리겠습니다!"

믿음직스럽기 그지없는 카호 짱 앞에 넙죽 엎드렸다.

이리하여 나는 장신구를 손에 넣었다.

얼마 뒤 카호 짱이 보내 준 최면 음성은 무려 1시간을 넘는 역작이었고, 이게 내 생애 마지막으로 걸리는 최면이라고 생각하니 나름대로 감개가 느껴지기도 했다.

뭐, 그래도 효과를 떠나서 취미 삼아 듣기만 하는 거야 내 자유니까……. 아니, 딱히 듣지는 않을 거지만요! 안 듣겠지만! 어디까지나 그냥 그럴 수도 있지라는 의미에서! 응!

갑옷, 방패, 장신구. 세 가지 장비를 손에 넣었고…….

최후의 검은…… 사츠키 양.

여기서 다시 한번 모두의 힘을 빌릴 필요가 있었고……. 모든 준비가 갖춰졌다.

마침내 나는 동창회라는 이름의 던전에 도전하게 되었다.

기다리고 있도록! 마왕!

＊＊＊

그리고 동창회 당일.

전세를 낸 이탈리안 레스토랑에 마이가 골라준 최강의 갑옷, 아지사이 양에게 전수한 최강의 방패, 카호 짱의 힘이 깃든 최강의 장신구를 장비한 내가 우뚝 섰다.

아싸였던 과거를 개변하기 위해서 찾아온 것이다.

세련된 명품 지갑(마이한테 빌린 것)에서 회비를 꺼내 건넸다.

나는 술렁이는 학생들 사이를 가로질러, 짐짓 당연하다는 듯 카운터 옆 가장 눈에 띄는 테이블에 자리를 잡았다. 마치 전교생 조회에서 손을 들고 발언하는 것만큼이나 시선이 확 쏠리는 곳.

하지만 지금의 나는 아무것도 두렵지 않다. 최강의 장신구를 착용한 덕분이다.

객관적으로 보면 나는 너무 튄다. 하지만 결코 나쁜 의미로 튀는 게 아니었다. 길거리에 서 있는 마이처럼. 도서관 한구석에서 책장을 넘기고 있는 사츠키 양처럼. 내가 분위기를 사로잡고 있었다. 그러니까 이건 좋은 의미로…… 좋은 의미에서 튀는 거야!

위험해라 위험해. 순간 마음이 꺾일 뻔했다.

아무리 장비를 갖춰 입었다고는 해도 결국 내용물은 나니까요……!

윽, 들려온다. 모두의 마음속 소리가…….

『어라, 아마오리?』『우와, 뭐야 저 꼬락서니. 안 어울려~…….』『그보다 누구야? 쟤한테 초대장 보낸 사람.』『웃겨.』『완전 착각 속에 살고 있잖아ㅋ』

우오오오오오오오! 안 들려! 환청이야!

지금 나는 슈퍼 레이디! 고등학교 데뷔에 대성공을 이뤘다는 과거도 존재하지 않아! 왜냐하면 중학교 시절부터 쭉 반에서 최상위 계급이었던 톱 인싸니까! 그런 마음가짐으로 이 자리에 왔어! 나는 과거를 덧칠할 거야!

마음속으로 자신을 몇 번이고 몇 번이고 채찍질하면서, 나는『흐응? 이런 가게구나. 뭐, 나름 괜찮네』라는 표정으로 서 있었다. 봐, 튀지 않잖아! 두 다리 붙이고 서 있다고!

나약한 마음과 사투를 벌이고 있는 나에게, 중학교 때 반 친구였던 여자애(이름이 기억 안 나!)가 조심스럽게 말을 걸었다.

"저기…… 어쩐지 아마오리 양, 분위기가 달라지지 않았어?"

걸렸구나!

자신감 넘치는 진정한 인싸인 나는 생긋 웃었다.

"어—? 그런가—? 그래도 고등학교 생활은 충실하게 보내고 있을지도. 메일메일이 즐겁거든—☆"

"그, 그렇구나—. 아하하……."

그 아이를 시작으로 몇몇 그룹이 나에게 말을 걸었다.

"그건 그렇고 뭔가 엄청 예쁜 애가 있다 싶었는데 아마오리 씨였잖아."

"나, 처음엔 전혀 못 알아봤어."

여러 남학생 여학생에게 둘러싸여서 웃는 얼굴로 맞장구를 쳤다.

점점 내 주변에 인파가 형성되어 간다.

이 느낌은 바로 얼마 전에 맛보았다.

그렇다, 구기대회 때 퀸텟을 중심으로 반 애들이 집결했을 때와 똑같다. 모두가 내 말을 기다리는 이 기분 좋은 감각.

허나, 오늘의 내 목적은 부둥부둥 떠받들어 주는 기분을 맛보는 게 아니다. 무난하게 알맹이 없는 대화를 나누고 있을 틈은 없었다.

"아아, 이거? 맞아, 모델 일을 하는 친구가 골라준 거야☆(※거짓말 아님) 걔는 엄청 센스가 좋아서 이번에 같이 시부야 히카리에로 쇼핑가기로 했어—☆(※이건 거짓말입니다…….)"

평소 내가 진저리나게 싫어하던 리얼충 어필. 내 인생 최고—☆라며 반짝반짝함을 어필하는 짓을 반쯤 강요하듯 거듭했다.

아마 말하면 화를 낼 테니 말하진 않겠지만, 내가 연기하는 캐릭터의 모델은 요우코 짱이다.

요우코 짱은 이런 식으로 자기 자랑을 일삼지 않는다는 거야 알지만! 그래도 순정만화 주인공 같은 요우코 짱의 말투는 그야말로 인싸라는 느낌인걸!

"아, 미안해—☆ 모처럼 놀러 왔으니 오늘은 되도록 여러 친구들과 대화를 나누고 싶거든. 나중에 또 보자."

2차 모임 약속이 잡힐 것 같아서 나는 완곡하게 말을 돌리며 영리하게 자리를 피했다. 절대로 도중에 말문이 막히는 일이 없도록, 초조하게 굴다가 가면이 벗겨지는 일이 없도록!

이 스타일을 유지하면서 유일하게 편하다고 느껴지는 건, 일일이 사람의 눈치를 살피며 얘기할 필요가 없다는 점이다.

아무튼 뚜렷한 인상만 남기면 되는 거니까. 나는 차례차례 어렴풋이 기억나는 반 친구들에게 말을 걸었다.

미소를. 화제를. 향기를. 인상을 흩뿌린다.

회색빛 청춘을 다채로운 물감으로 덧칠한다.

구석에서 굳어 있는 여자애들 그룹을 향해 손을 흔들며 다가가 섞여 든다. 당시 우리 반엔 이런 나에게도 말을 걸어주는 애들이 있었다. 히라노 양, 하세가와 양 같은 친구들이다.

하지만 최강 장비를 착용한 내게 날아오는 건 경계심 어린 시선. 더 이상 같은 동료로 봐주지 않는 모양이다. 내가 선택한 루트긴 해도, 아주 조금 서운했다.

『아니 사실은 나도 엄청 아싸라고!』라고 말하며 공감받고 싶은 마음을 느끼면서도……. 하지만 여기서 꺾일 수는 없었다.

"아, 그러고 보니☆ 누구 나시지 양 본 사람 있어―?"

내가 그 이름을 꺼낸 순간, 아이들이 굳었다.

"그…… 오늘은 아직 못 본 것, 같은데……?"

"으, 응, 그러네요, 있다면 저쪽이라거나……."

시끌벅적한 한쪽 구석을 가리킨다.

나는 생긋 웃으며 감사 인사를 건넸다.

"고마워☆"

그 자리를 떠나면서 시간을 확인했다.

나는 동창회 체류 시간을 20분으로 정해뒀다.

카호 짱 말로는 그 이상 시간이 지나면 위장(최면)이 버티지 못한다고 그랬고, 무엇보다 오늘 하루를 위해 미리 외워둔 화젯거리도 바닥을 드러낼 테니까.

흥에 겨워 즐거운 화제를 꺼내거나, 상대방에 맞춰 즉석에서 자유자재로 이야깃거리를 만들어 낼 수 있다면 좋겠지만…… 그러기엔 우선 내 인간력부터가 문제니…….

그런데 동창회에 초대받은 학생은 한 학년 전체. 즉 100명 이상. 출석률이 절반이라고 쳐도 50명쯤 된다. 한 명당 1분씩 대화를 나눈다 해도 거의 1시간이다! 20분이라는 제한 시간은 상당히 무리였던 거 아니야?!

큰일이다, 초조해졌다. 초조해지면 허점이 드러나고 만다.

나는 절대로 유리 구두가 벗겨지지 않도록 침착하게, 공을 들여, 짐짓 여유롭게 가게 안을 가로질렀다.

"저기, 나시지 양 봤어?"

"어? 아, 못 본 것 같은데……?"

그렇구나, 고마워☆라고 인사하고서 다음 사람에게.

"나시지 양, 안 온 걸까?"

"앗, 미안. 잘 모르겠어. 주변 애들한테도 한번 물어볼게."

응, 고마워☆ 미소를 남기고 다음 사람에게.

이상했다.

나시지 코마치는 중학교에선 그야말로 스쿨 카스트의 정점. 여왕님이었다.

그런 타입은 반드시 동창회에 얼굴을 내밀 게 분명하다.

왜냐하면 마음껏 으스대면서 활개치고 다닐 수 있으니까.

초조함이 내 허리를 조여든다.

내가 없는데 시작할 리 없잖아, 라고 당연한 듯이 착각하고 있겠지? 자기가 최고가 아니면 성이 풀리지 않잖아? 그런 식이니까 조금이라도 자신을 거스르는 녀석은 용납할 수 없어서, 그저 조금 눈 밖에 났다는 이유만 가지고 나 같은 애를 몰아세운 거잖아.

그런데 어째서.

뒤늦게 올 가능성까지 고려해서 나도 일부러 30분 늦게 왔는데. 가장 분위기가 무르익었을 타이밍에 얼굴을 내민 다음 나시지 양한테 따끔하게 말해주고서 바로 나올 작정이었는데.

안 되겠다, 보이지 않는다. 마음속 불안감이 점차 눈덩이처럼 커져 간다.

숨이 차오른다. 초조해하면 할수록 최장의 장비가 너덜너덜하게 무너져 내리는 듯한 기분이다.

안 되겠어.

나는 일단 가게 밖으로 후퇴하기로 했다.

이대로는 진척이 없다.

이번 동창회에서 나시지 양을 직접 대면한 다음, 내 소분을 바로잡는 것까지 성공시키면 완벽하다.

계획대로 된다면 중학교에 돌고 있는 내가 아싸였다는 의혹은 미나토 양을 통해 불식시킬 수 있겠지. 소문은 전부 다 거짓말이었다고 미나토 양이 인정하면, 당연히 하루나를 둘러싼 소동도 수습될 터.

하지만 나시지 양이 오지 않아서야 손 쓸 도리가 없다.

이젠 목적의 절반만이라도. 내 인상을 강렬하게 남기는 데에 집중한 다음 퇴각하도록 하자.

계속 남아 있다가 겉만 그럴싸한 가면이 무너진다면, 그 시절에서 하나도 변한 게 없는 내 정체가 까발려질 테니까.

남녀를 불문하고 나에게 말을 거는 아이들. 인파를 헤집고 나아가면서 레스토랑 입구 근처에 도착했다.

산소통 잔량이 얼마 남지 않았다.

그래도 이제 육지가 보인다. 손을 뻗으면 닿을 거리.

"아—마오리—."

내 어깨에 손을 두르는 누군가.

돌아봤다. 그곳에는 밝은 머리색에 키가 큰 여자애가 있었다.

나시지 양은—— 아니었다.

당시 언제나 나시지 코마치 양 곁에 있던 여자애다. 나쁘게 표현한다면, 그 시절 나는 그녀를 나시지 코마치의 똘마니라고 인식했었다.

『거절당했대. 완전 웃겨.』

그렇게 말하며 나시지 양을 비웃었던 여자애.

저도 모르게 몸이 움츠러들고 말았다.

"와— 뭐야뭐야. 아마오리 엄청 몰라보게 달라졌잖아. 나 기억해? 같은 반이었던——."

뒷말은 잘 들리지 않았다.

주변이 소란스러운 걸까, 아니면 머릿속에서 두통이 일 정도로 시끄럽게 울리는 이명 탓일까.

"응, 당연하지☆ 잘 지냈어—? 그나저나 엄청나네—. 겨우 1년 정도 못 봤을 뿐인데 고등학생이 되니 다들 어른스러워졌어—☆"

말하는 거야, 대등하게.

등을 곧게 펴고, 시선을 피하지 않고서.

어차피 나를 기억하지도 못해. 지금 모습으로 덧씌워야 해.

"맞아맞아. 그보다 ○○ 개, 고작 1년 지났는데 동창회를 열다니 진짜 짜증 나지. 짝사랑하던 애가 있었다나 봐. 그런데 고등학교 들어가자마자 바로 남친을 만들었다더라. 웃겨—ㅋㅋ"

"아아, 그런 이유가 있었구나☆ 뭐, 좋잖아, 나는 중학교 친구들과 만나서 기뻤는걸. ○○ 씨도 말은 그렇게 하면서 와줬고."

"그러게. 술이라도 내주면 좋을 텐데, 주스 가지고는 분위기가 안 나지 않아—?"

"아하하. 그럼 안 되지. 아무리 그래도 사람이 이렇게 많은데 어떻게 속이겠어☆"

숨쉬기가 힘들다.

내가 그녀와 즐거운 분위기를 형성하기 시작하자, 이번엔 이곳이 사교의 중심지가 되어 간다.

나시지 양과 한패였던 여자애들이 하나둘씩 모여들었다. 기이하게도 그건 나시지 양이 없다 뿐이지, 그날 나에게 같이 놀자고 권했을 때의 재현 같았다.

"있지, 끝나면 같이 놀러 갈래?"

"───."

내 갑옷에 금이 갔다.

좋네— 라며 뒤에 있는 아이가 맞장구쳤다.

"남자애들도 온다고 그랬으니까. 신나게 놀자고."

내 방패가 깨졌다.

조금만 더 가면 출구인데, 그 몇 걸음이 아득히 멀다.

그녀의 미소가 나를 향했다.

"아마오리도 가자, 잠깐만 어울려 주라."

아무래도 나는 스쿨 카스트의 상류층 여자애들에게 한 수 위라고 평가받은 모양이다. 그때와는 다르게 동료로 인정받았다.

여기서 다 내팽개치고서──옥상으로 도망쳤던 그때처럼──냅다 도주한다면 나 자신을 지킬 수는 있다.

내 장신구가 빛을 잃어간다.

하지만 내 목적은──.

고개를 들고서, 그날과는 다르게, 나는 진지한 표정으로.

"나는."

주변의 시선이 찌르듯 날아들었다.

최강의 장비는 하나도 남지 않았다.

나에겐 이제 아무것도 없다.

아니.

나는 아마오리 레나코다.

내가 이곳에 있다.

과거를 바꾸기 위해서 이곳에 왔다.

"나는 안 가. 갈 리가 없잖아."

지금까지와는 확연하게 달라진 목소리 톤에 주변 분위기는 금이 갔다.

단 한 모금의 산소를 들이켜고서 당당하게 말을 이었다.

"너희들이랑 놀러 가봤자 즐겁지도 않으니까 안 갈 거야. 사람을 바보 취급하면서 괴롭힐 뿐인 사람과 같이 있고 싶을 리가 없잖아. 그게 재밌다고 생각하는 사람들끼리 모여 다니는 게 어때? 나는 단연코 사양이지만."

말 한마디 한마디를 쏟아낼 때마다, 우스울 정도로 적의가 부풀어 오른다.

그럼에도 나는 그저 혼자서 마주 섰다.

"그걸로 무시나 하고, 진짜 한심해. 진짜 한심하거든."

이제 나는 안다. 이 세상엔 수많은 악의가 존재한다는 걸. 알고 있으니 맞서는 것도 가능하다.

지고 싶지 않으니까.

내 등을 밀어준 사람들을 위해서라도. 스스로를 믿는 나 자신을 위해서도.

그 시절과는 다르다.

누군가가 웃었다.

"거절당했대. 완전 웃겨."

그녀는 모든 게 엉망이 됐다는 듯한 눈으로 나를 노려보았다.

"까불지 말라고, 아마오리 주제에——."

멱살을 잡히나 싶었다.

그렇지만 시선을 피하지 않고서 마주 보았다.

"——."

그 직후, 레스토랑 문이 열렸다.

딸랑딸랑, 벨이 울렸다.

사람들의 시선이 모인다. 들어온 사람은 키가 컸다.

마치 모델처럼 늘씬한 완벽한 스타일. 시원스럽고 긴 눈매에, 검은 마스크로 입을 가리고 있다. 예리한 나이프와도 같은 날카로운 분위기를 가진 사람이었다.

키는 175센티미터 이상. 그 사람은 오버핏 후드티 주머니에 손을 찔러 넣은 채, 나를 향해 일직선으로 다가왔다.

"아마오리."

낮고 청명한 목소리는 소란스러운 레스토랑 안에서도 또렷하게 들렸다.

"뭐 하는 거야. 시간 됐어. 가자."

"당신……."

나시지 양의 부하가 꺼낸 말은 주변 소란에 묻혀 지워졌다.

주위에 있던 사람들이 『남친?!』 『우와!』 『멋지다!』라며 환호했다.

"아, 그치만."

내가 잠깐이나마 신경 쓰는 기색을 보인 순간, 그 사람은 내 손목을 붙잡으며.

"됐으니까."

문답 무용이다. 억지로 잡아당겨진 나는 반쯤 고꾸라지듯이 그 사람의 가슴에 안겼다. 꺄악— 하고 새된 환호성이 터져 나왔다.

"저기."

내가 작은 목소리로 그 사람한테만 들리도록 말을 꺼냈을 때였다.

마스크를 내린 얼굴이.

"어——."

내 입술을 덮었다.

이번엔 폭발적인 비명이 터졌다.

그 사람이 다시 고개를 들었을 때, 그곳에 남겨진 건 귀까지 빨개진 나.

나는 마치 변명이라도 하는 것처럼 옛 친구들을 돌아보며, 힘껏 수줍은 미소를 지으면서 작게 손을 흔들었다.

"아, 아하하하…… 그, 그러면 그렇게 됐으니 먼저 가볼게……. 또 보자!"

나시지 양의 부하들은 멍하니—— 그 눈동자에 뚜렷한 선망과 질투의 기색을 띤 채로 마지막까지 돌처럼 굳어 있었다.

레스토랑을 나오고 잠시 후.

"저, 저기저기!"

나는 화장이 망가지는 것도 개의치 않고서 손등으로 입술을 쓱쓱 문지르며 비난의 목소리를 높였다.

"도와주러 와주셔서 감사합니다! 그런데 그렇게까지 할 필요는 없지 않았을까요?!"

"무슨 소리야."

그 사람은 따분한 빛을 띤 눈동자에 나를 비추며.

"할 거라면 철저하게 해야지. 네가 바라는 대로 한 건데?"

"그렇다고 키스까진!"

"입술에는 안 닿았어."

"그렇긴 하지만요!"

입술을 스치듯이 뺨에 했던 키스는 역시 일부러였던 모양이다.

그 사람은 주변에 아무도 없는 걸 확인하고서, 깊이 눌러쓰고 있던 후드를 젖히고, 가발도 벗었다.

"……후우."

눌려있던 길고 검은 머리카락이 활짝 꽃을 피우는 것처럼 바람에 찰랑이며 곧게 흘러내렸다. 한 가닥의 곱슬머리도 없는 그 사람은—— 그녀는 눈 깜짝할 사이에 본래의 미모를 되찾았다.

코토 사츠키.

내 최강의 장비, 검은 바로 사츠키 양이었다.

"첫 키스를 했을 때는 얼굴이 새빨개져서 동요를 감추지 못했으면서…… 나쁜 여자가 되고 말았네요, 사츠키 양……."

"그러게. 바로 근처에 최악의 사례가 있어서 그런 걸까."

대체 누구를 말하는 거지. 마이려나. 카호 짱이려나. 점점 내게 불리하게 흘러가는 느낌이 들어서 화제를 바꿨다.

"그건 그렇고…… 걱정이야 안 했지만 깜짝 놀랄 정도로 잘 어울렸네요, 사츠키 양."

"그렇겠지."

"무슨 저런 자신감……. 칭찬을 백성들이 바치는 공물 정도로밖에 여기지 않아……."

"겸손해하는 편이 나았던 걸까?"

그렇게 말하며 달빛 아래에서 웃는 사츠키 양은 그야말로 여신 같았다.

큭…… 너무 강해……!

사츠키 양은 카호 짱이 빌려준 다양한 남장 용품——10센티짜리 키높이 신발이나 가슴 부분을 타이트하게 감싸주는 튜브 톱 등——을 착용하고서 나를 맞이하러 오는 역할을 부탁했다.

아지사이 양은 너무 상냥한 인상이고, 마이는 얼굴을 알아볼 가능성이 있다. 카호 짱은 키 때문에 박력이 부족하다. 그런 이유로 선택된 사람은 바로 우리의 사츠키 양이었다.

내 입으로 인정하기엔 너무나도 굴욕적이지만…… 결국 이 시대에 사람들에게서 가장 부러움을 사는 요소가 뭐냐고 물으면, 역시 잘 나가는 애인의 유무다.

사츠키 양의 얼굴은 모든 것을 베어 가를 수 있을 만한 위력을 가졌다. 그래서 내 최강의 검이다.

솔직히 말해서 애인 역할을 맡은 사츠키 양이 남자로 여겨지든 여자로 여겨지든 나로선 그다지 상관없었지만, 사츠키 님께서『변장은 하고 싶네』라고 말씀하셨으므로 그렇게 하시라고 했다. 사츠키 님의 미모는 성별을 초월해 삼천세계를 넘나드신다…….

아주 조금이라도 나란히 서고 싶은 마음에 물었다.

"……사츠키 양의 미모의 비결은 뭔가요?"

"유전이야."

"그러다 얻어맞을 거예요?!"

아예 세상 사람들한테 한 대 맞았으면 좋겠다. 아니지, 나를 구해주신 사츠키 님께 이런 소릴 하다니 잘못됐어! 사라져라! 내 마음속 질투의 악마!

아니 그보다, 사츠키 양과 연인이 되면 아까 같은 애인 자랑을 매일같이 즐길 수 있다는 뜻인가……. 터무니없어. 시대에 따라선 사츠키 양을 둘러싸고 국가 간의 전쟁이 벌어질 가능성도 있다. 클레오파트라 사츠키…….

"하지만 내가 구하러 올 필요도 없었던 거 아니야?"

"네?"

"제법 멋진 독설이었어."

아무래도 최면 음성의 효과가 끝나버린 모양인지, 나는 이제와서야 자기가 무슨 말을 했는지 떠올리고는 얼굴이 새파래졌다.

"드, 드, 드, 듣고 있었어요?!"

"뭐 그렇지."

어처구니없어……. 어처구니없다고!

"듣고 있었다면 좀 더 빨리 구하러 와달라고요! 죽는 줄 알았거든요?!"

후후후, 하고 사츠키 양이 웃었다.

"그런 상황에서 그런 말을 할 수 있다면."

사츠키 양이 머리카락을 쓸어올리면서 눈웃음을 지었다.

"우리 그룹에 있어도 좋아, 아마오리."

이번엔 정말로 말문이 턱 막혔다.

"……………저, 아직도 인정받지 못하고 있었던 건가요?!"

떨리는 목소리로 외쳤다.

어쩌면 사츠키 양은 나와 **베스트 프렌드**가 아닐지도……?!

시간이 지나고, 4월부터 지금까지 약 7개월이 지나서야 겨우 퀸텟의 일원으로 인정받았다는 충격도 수그러들기 시작했을 때.

역으로 향하는 길을 걸으며 사츠키 양이 내게 물었다.

"그래서 결과는 어땠어?"

"어디 보자……. 대체로 성공이라고 생각해요. 아싸였던 인상을 덮어씌울 수 있지 않았나 싶은데."

사츠키 양의 키스(미수)는 분명 효과가 어마무시했을 테고.

"뭐, 그 정도로 차려입으면 그럴 만하지."

사츠키 양이 내가 장착한 최강 장비를 바라보았다.

"몰라볼 정도잖아."

"뭐, 모두의 힘을 빌렸으니까요…… 앗, 혹시 지금 저 사츠키 양한테 칭찬받고 있는 거예요?"

탐욕스럽게 칭찬을 갈구하자 사츠키 양은 자랑스러운 표정으로.

"맞아. 과연 마이와 세나와 카호네."

"그렇겠죠! 확실히! 다들 프로의 솜씨를 발휘해 줘서──."

알고 있었다고! 사츠키 양이 순순히 나를 칭찬해 줄 리가 없다는 것 정도는! 그렇지만 세 사람이 대단하다는 것도 사실이다. 퀸텟 친구들이 칭찬받는 건 기쁜 일이라 나는 싱글벙글 웃으며 계속 말을 이어가려 했는데.

"윽……."

갑자기 사츠키 양이 머리부터 성수를 뒤집어쓴 악마 같은 얼굴로 고통스러워했다.

"왜, 왜 그러세요?"

"아니…… 너를 폄하하기 위해서였다곤 해도『과연 마이야』같은 소리는 함부로 입 밖에 낼 말이 아니었어……."

"사람을 칭찬하면 수명이 줄어드는 저주에 걸려 있으셨던가요…… 힘들겠네요……."

내가 동정하듯 말하자 사츠키 양은 "그건 그렇다 치고"라며 머리를 쓸어 넘겼다. 멘탈 전환이 순식간이다. 부럽다. 저렇게 되고 싶냐는 말을 듣는다면 그건 그것대로 미묘하지만…….

"그럼 이걸로 목적은 달성됐다는 뜻이네."

"아……."

나는 멈춰 섰다. 가로등 아래에서 사츠키 양이 나를 돌아본다.

"왜 그래?"

"실은 달성한 목적이, 절반뿐, 이라고 해야 하나……."

스마트폰을 열었다. 작전에 협력해 준 친구들에게서『어땠어?』라는 메시지가 연달아 와 있었다. 메시지에『응, 잘 풀렸어』라고 하나하나 답장을 보내면서.

"사실은 나시지 양이라는 사람과 꼭 만나야 했어요. 그런데 동창회에는 오지 않아서."

"흐응."

사츠키 양은 흥미 없다는 듯이 반응했다.

“그 사람이 너를 등교 거부로 만든 원흉이야?”

“네에, 뭐……. 어라?!”

나는 일단 고개를 끄덕였다가 놀라서 몸을 뒤로 젖혔다.

“어, 어떻게 그걸?!”

사츠키 양이 가진 정보는 내가 고등학교 데뷔를 이룬 아싸였다는 사실과 중학교 시절에 등교 거부를 했다는 두 가지 사실뿐이었을 텐데…….

그런데 사츠키 양은 어려운 퍼즐을 몇 초 만에 풀어낸 정답자처럼 담담하게 말했다.

“점과 점을 선으로 이었을 뿐이야. 안심하도록 해. 아무에게도 말하지 않았으니까.”

“그, 그건 배려해 주셔서 감사합니다…….”

누구누구 때문에 등교 거부를 하게 됐어요, 라는 건 말하기 힘든 사정 중에서도 특히나 말하기 힘들다. (일부러 숨기려고 하는 건 아니야, 카호 짱!) 비난의 화살이 그쪽으로 향할 것 같으니까 그렇다.

나는 마이나 카호 짱이 지닌 강력하기 그지없는 힘을 이용해 복수를 이루고 싶은 게 아니니까…….

사츠키 양은 문득 비스듬히 위로 시선을 올렸다. 그러더니 마치 달에게 묻는 것처럼 중얼거렸다.

“……나시지? 아아, 그렇게 된 건가.”

“어? 알고 계세요?”

“아니. 전혀.”

“?”

오늘 밤은 한층 더 사츠키 양이 무슨 생각을 하는 건지 잘 모르겠다.

“그럼 직접 만나러 가야겠네.”

“그러고 싶은 마음이야 굴뚝같지만…….”

어떻게 하는 게 좋을까. 가령 세이라 양을 통해 나시지 미나토 양에게 연락을 부탁한 다음, 어디 고등학교에 다니고 있는지 물어본다거나?

그런 다음 잠복하고 있다가 붙잡는다면…… 하지만 그럴 경우 외모를 한껏 꾸며 맞선다는 작전은 쓸 수 없다. 나는 원정지에서 불리한 싸움을 강요받게 된다.

지금이라도 동창회 장소로 돌아가 연락처만이라도 물어볼까. 좀처럼 발걸음이 떨어지지 않지만…… 그나마 그쪽이 가능성 있다는 느낌이 든다.

“잠깐만 기다려.”

사츠키 양은 그렇게 말하며 스마트폰을 꺼냈다.

내게 등을 돌리고서 어디론가 전화를 걸기 시작했다.

상대가 받은 모양이다.

“있잖아, 당신.”

사츠키 양은 전화 너머 상대방에게 물었다.

“나시지 코마치에 대해서야. 조사해 뒀잖아.”

“어?!”

나도 모르게 큰 소리를 내버렸다. 대체 누구에게 전화를 건 거야?!

사츠키 양이 쉿, 하고 눈치를 줬다. 윽, 전화를 방해할 순 없지…….

그, 그치만 신경 쓰여……!

"그야 약점을 쥐기 위해서지. 무슨 일이 있었는지는 관심 없어. 지금 필요한 건 정보뿐. 그래. 그런 건 나중에 위쪽에 청구하도록 해."

단편적으로 들려오는 사츠키 양의 말과 태도를 보건대, 아무래도 상당히 무리한 요구를 하고 있다는 걸 짐작할 수 있었다.

괘, 괜찮은 걸까…….

잠시 말다툼이 이어진 뒤에 사츠키 양은 마침내 타협점을 찾아낸 것처럼 끄덕였다.

"그럼 그런 걸로 해줘. 알겠어. 부탁할게."

전화가 끊겼다.

잠시 묵묵히 스마트폰을 만지는 사츠키 양을 향해 조심스럽게 말을 걸었다.

"저기…… 뭐가 어떻게 된 건가요?"

내게 메시지가 도착했다. 보낸 사람은 사츠키 양이다.

메시지에는 내가 찾아 헤매던 사람── 나시지 코마치의 주소가 첨부되어 있었다.

"어?!"

어, 어, 어떻게 된 거야?!

눈이 휘둥그레진 나에게 사츠키 양은 해야 할 일은 전부 마쳤다는 것처럼 등을 돌렸다.

“자, 그럼 내가 해 줄 수 있는 건 여기까지.”

“저기, 그게.”

“나머진 열심히 해봐.”

하고 싶은 말들이 너무나도 많아서 정리가 안 된다.

빠른 걸음으로 자리를 떠나는 사츠키 양의 뒤를 종종걸음으로 쫓아갔다.

“자, 잠깐만 기다려 주세요. 이건…….”

그때 쇼윈도에 비친 내 모습이 눈에 들어왔다.

마이와 아지사이 양, 그리고 카호 짱의 손을 통해 만들어진 역사상 최강의 나.

마치 딴 사람처럼 꾸며진 맵시 있는 모습이 내게 용기를 준다.

바로 나에게, 이런 나라도 진심으로 생각해 주는 친구들이 있다는 걸 가르쳐 주고 있으니까.

갑옷도, 방패도, 장신구도, 검도 없어져도.

우정이라는 이름의 힘이 가슴에 깃들어 있다.

이런 내가 뭘 할 수 있을까.

대답은 이미 정해져 있다.

그야 뭐든지 할 수 있는 게 당연하다. 왜냐하면 여동생을 위해서니까!

“사츠키 양!”

마치 비명과도 같은 목소리가 밤거리를 날았다.

멈춰 선, 그러나 뒤를 돌아보지는 않는 사츠키 양에게.

나는 커다랗게 손을 흔들었다.

"고마워! 나, 열심히 해볼게!"

사츠키 양은 등 뒤로 작게 손을 들었다.

나는 달려나갔다.

유리 구두를 잃어버린 신데렐라. 하지만 아직 이곳에는 내가 있다.

마침내—— 최후의 싸움이다.

*** ***

코토 사츠키는 집으로 가던 도중, 떠올랐다는 듯이 전화를 걸었다.

바로 연결됐다.

『네에…… 여보세요오—…….』

뾰로통한 목소리로 전화를 받은 상대에게, 사츠키는 입을 열자마자 제일 먼저 사과부터 했다.

"미안한 짓을 했어."

『…….』

수화기 너머에서 상대는 나름 깜짝 놀란 것 같았다.

『……이번엔 무슨 바람이 부셨던 건가요, 그거.』

"딱히. 억지 부탁을 했다는 건 알고 있으니까. 일단 감사 인사 정도는 해야지 싶어서. 고마워."

『하아.』

상대── 테루사와 요우코는 불만을 섞어 말했다.

『그건 그렇고…… 당신은 정말로 뭘 하고 싶은 건가요. 우리 일은 저 퀸 로즈의 아가씨와 아마오리 레나코를 헤어지게 만드는 거라고요. 뭐, 지금 저는 90%쯤은 가정부에 가깝긴 하지만…… 너무 딴 길로 새는 일이 많은 거 아닌가요?』

사츠키는 바로 대답하지 않았다.

『당신에겐 당신만의 목적이 있다고 말했었지만…… 아무리 그래도 이런 식이여야 저도 편리하게 이용당하고 있다는 느낌을 지울 수가 없는데요.』

역이 점차 가까워지고, 네온 불빛 아래에서 걸음을 옮긴다.

말을 걸어대는 어중이떠중이들은 무시하면서.

"필요한 일이었어. 지금까지는."

『……필요?』

"그래. 그 여자는 동시에 두 가지 일을 못 하거든. 그래서 일을 진척시키기 위해선 일단 아마오리 주변에서 연애사를 제외한 문제들을 해결해 둘 필요가 있었으니까."

『……뭔가요? 그게 두 사람을 갈라놓기 위한 작전?』

"맞아."

조금의 거리낌도 없이 사츠키는 단언했다.

『……변함없이 주변 사람들 누구나 깜빡 속아 넘어갈 만한 목소리로 딱 잘라 말하네요……. 제가 탐정이라면 당신은 사기꾼인가요?』

"이상한 소리하지 말아줬으면 좋겠네. 그럼 끊겠어."

『앗, 다음에 여유가 될 때 또 이쪽도 좀 도와주세요! 당신이 하는 말이 아니면 이 공주님은 말을 들어 먹질 않는다고요! 정보제공의 대가로서, 알겠죠!』

삑, 전화가 끊어졌다.

멈춰 서있자 쇼케이스에 반사된 자기 모습이 눈에 들어왔다.

검고 긴 생머리의 여성. 그건 신데렐라에게 호박 마차를 만들어 주는 마녀…… 가 아닌, 굳이 말하자면 백설공주에게 독 사과를 쥐어 줄 것 같은 느낌.

(그래. **그때처럼** 아마오리가 만전의 상태가 아니면 아무런 의미도 없어. 시시한 트라우마 따위 빨리 해결하고 오도록 해──.)

바람에 날려 머리카락이 흔들린다.

(연애라는 게 얼마나 멋진 것인가. 아니면 사실은 얼마나 하찮기 그지없는 일인가. 잘못된 건 나인가, 아니면 마이인가.)

쇼케이스 속의 마녀가 희미하게 웃었다.

(──그 대답을 제시하는 사람은 바로 너야. 아마오리──.)

레나코 언니는 옛날부터 요령이 좋은 사람이었다.

그건 두 살이라는 나이 차도 크게 작용하긴 했겠지만, 어렸던 하루나는 그걸 잘 이해하지 못했다. 그저 언니는 대단하구나, 하고 천진난만하게 숭배의 마음을 품고 있었다.

여러 가지 놀이를 잔뜩 알고 있는 만큼, 하루나 주변에서 재미있는 일이 일어나는 계기는 대부분 언니의 아이디어에서부터 시작됐다.

그것뿐만이 아니다. 언니는 특히 하루나에게 다정했다. 둘이 나란히 혼날 만한 짓을 저질렀을 때면 언니는 솔선해서 자기가 부모님께 야단을 맞았다.

언니는『어째서 나만!』이라는 표정을 지으면서도, 하루나가 미안해서 시무룩해져 있으면 웃으면서 이렇게 말해줬다.

"나는 언니니까."

몇 번이고 그 말을 들을 때마다. 그렇게 반복해서 말할 때마다. 하루나의 마음에는 이윽고 어떠한 긍지가 싹을 틔우기 시작했다.

『나는 언니 여동생이니까.』

매일매일 발생하는 눈앞의 문제와 마주쳤을 때, 하루나는 우직하게 노력을 쌓아가는 법을 배웠다.

설령 잘 풀리지 않았다고 해도, 도전해 보지도 않고 변명을 일삼는 사람은 되고 싶지 않아.

왜냐하면 나는, 훌륭한 언니의 여동생이니까.

그러나.

그 고상한 마음가짐도, 항상 잘 풀리지만은 않았다.

오히려 생각대로 되지 않을 때가 훨씬 더 많았다. 초등학교 저학년 때 하루나는 매일 답답함을 느꼈고, 그때마다 불의를 보면 참지 못하고 나섰다.

땅에 쓰레기를 함부로 버린 친구를 꾸짖었더니 말다툼이 벌어졌고, 싸움으로 번졌다.

성실하게 청소를 안 하는 남자애를 선생님께 일렀더니 고자질쟁이라는 별명이 붙었고, 싸움이 났다.

당번 일을 슬쩍 떠넘기는 반 친구에게 걔가 할 일만 그대로 남겨두고서 집에 갔더니 다음 날 그 아이는 울음을 터트렸고, 어째선지 자기가 나쁜 사람 취급을 당했다. 그래서 뺨을 때려줬다.

생각대로 잘 풀리지 않는 일뿐이있다.

나에겐 요령이 없다. 언니처럼 되지 않는다. 그럼에도 미숙한 정의감을 가슴에 품고서 계속 싸워나가던 어린 하루나의 마음은 조금씩 닳아가고 있었다.

어쩌면 나는 훌륭한 언니의 여동생이 될 수 없는 걸지도 모른다.

어느 날 하굣길에 들른 공원.

나란히 그네를 타면서 책가방을 등에 멘 하루나가 언니에게 물었다.

"어떻게 하면 남들에게 미움받지 않을 수 있을까."

자신이 이런 질문을 한다는 것조차, 어쩌면 언니를 실망하게 만들지도 모른다.

불안해져서 언니의 눈치를 보는 하루나를 향해.

언니는 당연하다는 듯이 대답했다.

"나는 하루나를 좋아해."

어른스러운, 더없이 천진한 그 웃음.

"누군가 하루나를 싫어한다 해도, 나는 하루나를 좋아하니까."

가슴이 뜨거워졌다.

"그렇구나."

한 마디, 겨우 그 한마디로.

이렇게 생각할 수 있었다.

"그럼 괜찮으려나."

라고.

반 애들 모두가 자신을 싫어하게 되더라도 단 한 사람, 언니가 자신을 평생 좋아해 준다면야. 그걸로 충분하다고 마음먹을 수 있었다.

그날부터 하루나가 몸에 두르고 있던 갑옷이 사라졌다.

남들과 싸울 필요는 없다. 자신은 그저 올바르게 살아가면 된다. 시비를 거는 녀석에겐 앙갚음을 해주고, 뒤에서 손가락질당하더라도 신경 쓰지 않게 됐다.

훌륭한 언니의 훌륭한 여동생은 될 수 없을지도 몰라.

하지만 내가 정말 좋아하는 언니가 정말 좋아하는 여동생이 될 수 있다면.

어느 정도 시간이 지나자, 어째선지 상황이 호전되었다. 있는 그대로 살아가는 하루나를 좋아해 주는 사람이 늘어났다. 대화하기 편해졌다는 말을 듣게 되었다. 하루나 스스로도 하루하루 점차 답답함이 가시는 걸 느낄 수 있게 됐다.

하루나의 자기긍정감은 이 순간 완성됐다.

앞으로도 하루나가 자신의 태도에 고민할 일은 더 이상 없다.

아마오리 레나코의 여동생, 아마오리 하루나의 이야기는 이걸로 해피 엔딩이다.

단—— 어디까지나 하루나의 행복에 한해서만.

어느새, 하루나와 레나코의 입장이 점차 역전되어 간다.

정말 좋아하는 언니는, 학교에 가지 않게 됐고, 진흙처럼 변했다.

정말 좋아하는 언니는, 마음의 심지를 잃고, 혼자서는 일어설 수 없을 정도로 무너져 내렸다.

시소처럼 이느 힌쪽이 올라가면 다른 쪽이 가라앉는나. 사매란 어쩌면 그런 관계일지도 모른다. 꽃을 피운 하루나의 재능은 시간이 가면 갈수록 언니를 괴롭혔다.

정말 좋아했던 언니는, 여동생을 무시하게 되었다.

『거짓말쟁이.』

좋아한다고 말했으면서.

나를 평생 좋아해 주는 사람 따위 존재하지 않았다. 처음부터 하루나의 착각이었다.

그럼에도.

어쩌면 마음 한구석으론 믿고 있었던 걸지도 모른다.

언니가 다시 한번, 자기 힘으로 일어서서 걸으려고 하는 날을.

왜냐하면 언니는.

내 언니니까.

　주소를 따라 걸어간 곳. 주택가 한 모퉁이에 있는 집.

　나는 태어났을 때부터 쭉 이 지역에서 자랐다. 주소만 있으면 금방 찾아갈 수 있는 여자…….

　그리고 문제는 여기서부터였다.

　겉보기엔 평범한 단독 주택. 하지만 떡하니 걸려 있는『나시지』라는 명패가 마치 액막이 부적처럼 옅게 빛나고 있었다.

　기세 좋게 여기까지 오긴 했지만, 초인종을 누르기엔 어마어마한 저항감이……!

　나는 분명 눈앞에서 화재가 발생하더라도 화재경보기 버튼을 쉽게 누르지 못하는 성격일 거야……. 그치만 뭔가 무서운 길……. 이 세상의 방문 판매원들은 참 대단하지. 모르는 사람 집에 뛰어들 수 있다니, 그야말로 현대의 용사야…….

　어떻게 해야 내가 초인종을 누를 수 있지……?

　그래! 세이라 양을 불러내는 건 어떨까! 그거라면 분명 경계심 없이 문을 열어줄 거야! 명안일지도 몰라!

　안 되는구나. 아직 연락처를 차단한 채였지……. 미안합니다, 세이라 양…… 모든 게 끝나면 마이랑 만나게 해주겠다는 약속도 꼭 지킬 테니까요…….

　이렇게 되면 이젠 내가 직접 초인종을 누를 수밖에 없다. 이럴 거였다면 역 앞에서 선물용 과자라도 사 올 걸 그랬어! 뭐, 선물을 건넸어도 『이걸 왜 주지?』라는 느낌이 들겠지만!

우오오오─! 삼라만상의 용기를 관장하는 신들이여! 제게 힘을 빌려주소서─!

에잇!

초인종을 눌렀어!

누르고 말았어.

누군가가 무시무시한 힘으로 내 팔을 잡아당겼다. 여기서 빨리 도망가자! 라고 속삭이는 수수께끼의 목소리. 그 정체는 바로 나의 나약한 마음이다.

그럼 안 돼…… 그치만 여기서 도망치면 벨튀범이 되어버리는 걸……! 전과자는, 되고 싶지 않아……!

폭풍이 치는 바다에서 보트 파편에 매달린 기분으로 나는 그 자리에 우두커니 서 있었다.

도저히 가만히 있기 힘든 시간이 흐르고, 인터폰으로 대답이 들렸다.

『네.』

그 목소리는………… 아마도 미나토 양!

나는 카메라를 향해 헤헤헤, 하고 웃으면서 손을 들었다.

맞는 건가? 이 리액션.

"안녕하세요, 아마오리 레나코입니다."

『어라…… 어째서?』

너무나도 당연한 의문.

"사실은 저기, 얘기하고 싶은 게 있어서요……."

『어어…… 잠깐만 기다려 주세요.』

잠시 후 현관문이 열렸다.

실내복 차림의 미나토 양이 명백하게 의심하는 태도로 서 있었다.

"언니, 어떻게 우리 집을……?"

"그건 그, 왜, 같은 반이었으니까!"

"……그렇군요?"

턱에 손을 대고서 미간을 찌푸리는 미나토 양. 납득 못 한 것 같아!

됐어! 내 목적을 위해서는 굳이 미나토 양을 납득시킬 필요는 없으니까!

나는 현관에서 서서 미나토 양과 얘기를 나눴다

"사실은 오늘 중학교 동창회가 있었거든."

그렇게 밀하자 미나토 양의 표정이 딱딱하게 굳은 듯한 느낌이 들었다.

"그래서 그런 차림을."

"맞아맞아맞아. 그래서 있지, 그게, 오랜만에 얼굴이 보고 싶어졌다고 해야 하나, 생각이 나서! 나시지 양은 어떻게 지내고 있으려나— 하고!"

미나토 양의 경계 레벨이 한 단계 더 상승한 것 같다.

"만나러 왔다는 뜻?"

"미리 연락은 안 했으니까, 혹시 집에 있다면 말이지만!"

방긋, 나는 인싸의 잔재와도 같은 미소를 띠면서 미나토 양에게 두 손 모아 부탁했다.

"응? 어때? 갑작스러운 얘기라 미안하지만!"

미나토 양의 반응은…… 역시 떨떠름했다.

"그건, 그렇지만…….."

으으! 나는 남의 권유를 거절하는 게 서툰 여자지만, 동시에 남이 거절하는데 끈덕지게 계속 부탁하는 데에도 서툰 여자! 하지만 서툴다고 해도 그 이유만으로 안 하고 살아갈 수는 없으니까!

"자, 잠깐 나시지 양한테 물어보는 건 어때! 아마오리 레나코가 찾아왔는데―, 이렇게!"

그저 간절히 부탁했다.

이것도 상당히 도박이긴 하지만……. 그래도 그녀가 내가 아는 나시지 양이라면 문전박대하지는 않겠지.

가학적이고 오만한 데다 제멋대로인 성격. 하지만 인싸의 포지션을 유지하기 위해선 적어도 사교적이어야 한다는 게 필수조건이다.

그 전제 조건이 무너진다면 계속 스쿨 카스트의 정점에 서 있는 건 불가능하니까.

미나토 양은 망설이면서도 작게 고개를 끄덕였다.

"……네."

"정말 감사합니다! 앗, 저는 여기서 기다릴 테니까요!"

앗싸! 이제 조금이라도 심기를 거스르지 않으려고 엄청나게 저자세로 고개를 숙였다. 이제는 인싸인 척 굴지도 못하고 있네, 나.

뭐 됐나! 어차피 미나토 양한텐 이미 들켰으니까.

미나토 양은 잠시 현관을 떠나 안으로 들어가려는 기색을 보였지만, 이내 고개를 푹 수그리고서 좌우로 가로저었다.

"역시…… 그만둘게요."

"엥?!"

마음이 바뀌었어?!

어째서?! 뭣 때문에?!

"오늘은 그냥 돌아가 주세요, 언니. 이건 뭔가…… 아니에요."

"그치만! 일단 이것도 하루나를 위해서라고 해야 하나!"

나는 재빨리 최종 수단을 꺼내 들었다.

하루나의 상황을 어떻게든 해결하고 싶다고 부탁한 건 세이라 양과 미나토 양이다. 그렇다면 그 목적을 이루기 위해서인데 미나토 양이 협력을 꺼리는 건 앞뒤가 맞지 않는다…… 그럴 터인데.

"죄송합니다."

미나도 양은 면목 없다는 듯이 고개를 숙였다.

앞뒤가 안 맞는데?!

이게 RPG라면 일단 길을 막고 있는 미나토 양을 쓰러트리고 최종 보스 앞에서 저장한 다음 나시지 양을 만나러 가겠지만, 법치국가인 일본에서 그런 짓을 했다간 온갖 죄목이 다 따라붙을 테니 손 쓸 도리가 없다…….

막혔어……?! 아마오리 레나코는 눈앞이 깜깜해졌다!

아냐, 막히지 않았어! 할 수 있어! 나는 할 수 있어! 이 상황을 어떻게든 타개할 해결책이 번뜩 떠오를 거야! 할 수 있어 할 수 있어 할 수 있어! 할 수…….

근거 없는 자신감도 바닥을 드러내려 했을 때, 뒤에서 목소리가 들렸다.

"미나토!"

돌아보았다. 하늘의 도움……?!

정말로 하늘의 도움이었다. 이 순간 나타난 사람은 중학교 트리오 중 한 명. 세이라 양이었다.

어?!

우리가 어안이 벙벙해하던 중, 세이라 양이 우리 사이에 끼어들었다.

"왜, 왜 여기에."

"……연락을 받고."

대체 누가…….

내가 여기 올 걸 알고 있는 사람은 정체불명의 정보제공자와 사츠키 양뿐일 텐데…….

아니, 아니었다. 한 사람 더 있었다.

MOON 씨인가!

코스프레 동료이자 용병인 MOON 씨라면 세이라 양과 연락처를 주고받았을 게 틀림없다. 내가 미나토 양네 집을 찾아갈 걸 내다보고서 지원군을 보내준 거다. 천 리 앞을 내다보는 여자…….

세이라 양은 내가 아니라 미나토 양에게 달려들었다.

"너도 언제까지 고집부릴 거야! 이제 그럴 단계가 아니라는 걸 알고 있잖아!"

"잠깐, 뭐야 갑자기, 세이라."

“네가 그런 식이니까 계속 우리 세 사람이 예전으로 못 돌아가는 거잖아!”

세이라 양이 미나토 양을 와락 붙잡았다. 으엑?!

갑자기 엄청난 육탄전이 벌어졌는데! 싸움, 싸움이야……?!

잠깐, 이거 나는 어떻게 해야 해?! 말리는 편이 좋을까요?!

“언니 선배! 계단을 올라가서 오른쪽 방!”

“엥……?”

세이라 양이 노성을 질렀다.

“빨리! 가요!”

아니 그치만! 죄목이 덕지덕지!

어디까지나 이곳은 미나토 양네 집이니, 세이라 양이 허락한다 해도 불법 침입인 건 달라지지 않는다고 해야 하나!

“성가신 일들! 이제 전부! 정리해 버려요!”

미나토 양을 벽에 밀어붙이면서 세이라 양이 이를 악물고 외쳤다.

나는 한순간 미나토 양을 보았다.

그 눈엔——.

“——.”

나는 두 사람 사이를 비집고 들어가 고꾸라지듯 몸을 굽혀 신발을 벗었다.

“……미안, 미나토 양! 마음대로 들어갈게!”

“잠깐, 무슨 짓을——.”

“나중에 사과할 테니까!”

한 번도 들어가 본 적 없는 남의 집 계단을 뛰어 올라갔다. 이걸로 나도 나이 열다섯에 어엿한 범죄자다! 이번엔 장난감 수갑이 아니라 진짜 수갑을 차게 될 거야!

하지만 방금 마주친 미나토 양의 눈.

짐작이지만……. 그건 누군가에게 도움을 요청하는 눈빛이었다.

자기 힘으로는 손 쓸 수 없는 상황에서, 아마 아무도 오지 않을 거라는 걸 알면서도, 손을 내밀어 줄 사람을 기다리는 듯한…….

학교에 간 내가 아무와도 얘기를 나누지 못한 채, 화장실로 도망쳐 들어갔을 때 거울을 통해 봤던 눈이다.

내가 도움이 될 수 있을지 어떨지는 모르겠지만 그래도 내가 가야 해.

이 앞에는 무언가가 있어.

미나토 양이 어떻게 해서든 숨기고 싶었던 무언가가.

계단을 올라가자마자 바로 오른쪽에 있는 방. 문손잡이에 손을 얹었다.

나는 이제 망설이지 않고서 단숨에 문을 열었다.

그곳은 시간이 멈춘 방이었다.

순간 숨이 막혔다.

정적에 둘러싸인, 마치 심해처럼.

빛이 닿지 않는 암흑.

느릿느릿 돌아보는 사람은 머리부터 모포를 푹 뒤집어쓴, 마치

추위에 얼어붙은 듯한 모양새였다.

"……어?"

눈이 마주쳤다.

설마.

처음 보는 별의 생물과 교신하는 심정으로 말을 걸었다.

"……**나시지, 양?**"

나는 한 걸음, 방 안에 발을 들였다.

그녀는 나를 알아본 모양이다.

"……너, 아마오리…… 인가?"

그 목소리는 틀림없는 나시지 코마치의 목소리였다.

그런데 머릿속에 선명하게 새겨져 있던 그녀의 모습과 지금 눈 앞에 있는 사람이 도저히 연결되질 않는다. 기원만 같은 별개의 생물을 보는 기분이다.

나약하고, 지구의 환경에 적응하지 못해 멸종 직전까지 간 듯한…… 그런 소녀.

뭘까, 이게.

방 안은 어질러져 있었다.

한구석에는 대충 내던져 버린 듯한 교복이 내팽개쳐져 있다.

교복이……?

그 순간 나는 모든 걸 이해했다.

"……학교, 안 가는 거야?"

나시지 양은 대답하지 않았다.

다시 한 걸음 방 안으로 들어갔다.

어수선해서 발 디딜 틈도 없다. 한 번도 쓴 적 없는 것 같은 교과서가, 죽은 산호 사체처럼 빛바랜 채 바닥에 굴러다녔다.

"어째서."

내 입에서 흘러나온 말이 바닥을 때렸다.

"……어째서?"

나시지 양은 시선을 움직이는 것조차 귀찮다는 듯이 눈을 돌렸다.

"상관없잖아…… 너랑…….”

그렇게 말해선 안 된다.

"……상관, 없어?"

내 눈앞이 붉게 물들었다.

시야가 좁아진다.

"상관없을 리가 없잖아!"

그 목소리는 스스로노 처음 듣는 거친 목소리였다.

그치만, 그렇잖아.

『상관없어』라니, 나시지 양이 무엇보다도 해서는 안 될 말이다.

내 인생을 부정하는 특대형 지뢰였으니까.

"사람을 반쯤 장난으로 따돌렸던 건 나시지 양이잖아?!"

이런 심해 속까지 잠수해 들어온 이유가 있었을 텐데.

모든 걸 잊은 채, 나는 그저 나시지 양을 향해 감정을 쏟아냈다.

"내가 얼마나 상처 입었는지도 모르면서! 그러면서 상관없다니, 그런 말이 어딨어!"

나시지 양이 흐리멍덩한 눈을 부릅뜨고 쳐다본다.

그런 태도까지도, 모든 게 짜증스러웠다.

"나를 몰아붙여 놓고는…… 왜 자기 혼자만 이런…… 이런 곳에서!"

가슴속에서 끓어오르는 감정.

그건 분노가 아니었다.

"나시지 양이 이 모양이어서야 계속 트라우마를 품고 있었던 내가 바보 같잖아!"

나는 어째서일까, 억울했다.

"나시지 코마치!"

"시끄럽다고!"

나시지 양이 벌떡 일어나 몸을 내밀었다.

"갑자기 튀어나와서 멋대로 지껄이고! 뭔데 너! 짜증 난다고! 몰라, 아마오리 따위!"

"도망치지 말고 학교에 가!"

나시지 양의 얼굴이 일그러졌다.

"큭! 남의 사정도 모르면서!"

"알 리가 없잖아! 고등학생이 된 뒤로 처음 만나는 거니까!"

이 정도로 상대방을 고려하지 않고 그저 감정을 쏟아내기만 하는 대화는 대화라고 부를 수 없겠지.

이건 오로지 상대를 부정하겠다는 일념을 탄환에 담아 총을 갈겨대는 살육전이다.

"대체 뭔데……. 복수하러 온 거냐……!"

"……나는 그런 짓 안 해. 그런 짓 해봤자 나시지 양과 똑같은 사람이 될 뿐이니까.”

“일부러 그런 차림까지 하고서…… 나를 비웃으러 온 거지?”

“아니. 이건 내가 노력해 온 증거.”

탄환을 장전했다. 심해 밑바닥까지 닿을 법한, 한 발의 탄환을.

“잘 봐. 나 노력했어.”

총구를 들이밀었다.

나시지 양이 알고 있는 아마오리 레나코를 쏴 죽이기 위해서.

“고등학교 데뷔에 성공하고, 중학교 시절의 나와는 작별했어.”

어둠 속에 틀어박혀 있을 거라면 그걸로 됐어.

눈앞에 서 있는 사람이 얼마나 휘황찬란하게 빛나고 있는지 가르쳐 주겠어.

“친구도 잔뜩 생겼어! 화장도 열심히 연습했고, 연인도 만들었거든! 방에 틀어박혀 있었던 시간을 되찾기 위해서! 나는 노력했으니까!”

내 말에 벌집이 된 나시지 양은 명백하게 괴로운 듯이 고개를 수그렸다.

“노력했으니까……! 너에게…… 너에게 꼴좋다고 말해주고 싶어서! 어때! 거 꼴좋다!”

“……윽.”

상처입혔다. 그녀의 마음을. 내 선명한 『악의』로.

괴롭혔던 애한테 깔보이는 기분은 어때?

그런데 내 마음은, 조금도 가벼워지지 않았다.

“뭐라고 말이라도 해보지 그래?!”

무슨 말을 듣게 되더라도 만족할 수 없다는 사실을 알고 있으
면서.

나는 나시지 코마치를 그렇게 쉽게 놔주지 않았다. 그녀를 손
으로 밀쳤다.

"코마치!"

내게 떠밀린 코마치는 아무런 저항도 하지 않았다. 유령처럼
너무나도 맥없는 반응.

그녀는 그대로 비틀거리다 침대에 발이 걸려 그대로 그 위에 주
저앉았다.

마치 죽어버린 듯한 자세로, 그 상태로 긴, 길고 긴 시간이 지나.
신음했다.

"……………잘못했어."

"……"

코마치는 그리고서 더듬더듬.

"그냥 소심한 애 괴롭히기였어."

"유행했었어, 반에서."

"친구 없는 애를 꾀어내서 남자애랑 엮는 거야."

"그걸 보면서 우리는 비웃었어."

"그냥, 그런 장난이었어."

당시 우리 반은 모든 게 나시지 코마치의 마음대로였다. 그러
니까 눈에 거슬리는 애가 있으면 본보기로 무시했다.

어린애가 나비의 날개를 찢듯이.

코마치의 독백에는 아무것도 없었다. 전부 내가 상상했던 그대로였고, 모든 게 진부했다.

만약 아주 조금이라도 좋으니 새로운 사실이나 예상하지 못했던 동기, 절실한 이유가 있었다면 그녀를 용서할 수 있었을지도 모른다.

나는 분명 그걸 바라고 있었겠지.

사실은 누구에게도 화를 내고 싶지 않았으니까.

설령 내게 상처를 준 상대라고 해도 나는 칼끝을 겨누고 싶지 않다. 그런 건 피곤하기도 하고, 무엇보다 내가 쥔 칼날은 양날의 칼이다. 나는 상대에게 상처를 주는 일에도 상처를 입을 정도로……연약하니까.

아프고, 괴롭다.

"그러니까…… 잘못했어."

코마치가 사과하는 목소리가 기분 나빴다.

지금도 뻔뻔하게 자신의 제국을 쌓아 올리고 있었다면, 나는 밑에 선 입장에서 코마치를 일방적으로 상처 주고 그걸로 끝났을 텐데.

그랬다면 나는 마음껏 분노를, 증오를, 매도를, 모든 응어리를 쏟아낼 수 있었을 것이다.

나시지 양에게 복수를 이루고 기분 좋게 새로운 스타트를 끊을 수 있었을 텐데.

그런데 이래서야.

나시지 코마치도 결국은 그저 고등학교 1학년에 불과했다는 사실을 깨닫게 된다.

어차피 그녀가 이렇게 몰락한 이유도 어디에서나 흔히 볼 수 있는 진부한 이유겠지.

고등학교에 들어갔고, 거기서 삐끗해서 실패를 겪고.

주변 애들을 공격하던 나시지 양은 바로 주변 애들에게 공격당했겠지.

그래서 학교에 갈 수 없게 됐고…….

께름칙했다.

어두운 심해 밑바닥에 가라앉은 코마치를 여기서 더 짓밟는 짓은 그저 『약자 괴롭히기』라는 걸 절감하게 된다.

"약속해."

나는 초연이 피어오르는 총구를 내리고, 코마치를 내려다보았다.

이제 볼일은 끝났다.

"아무에게도, 내 중학교 시절 이야기를 하지 않겠다고."

"……그래."

감각기관마저 퇴화한 것처럼 느릿하게 고개를 끄덕이는 한 마리 물고기.

"알겠어."

"그거랑."

나 또한 마지막 호흡을 쥐어짰다.

"코마치에 대해 잊을 테니까."

“……그래.”

내 요구는 끝이다.

“나는 이제 두 번 다신 떠올리지 않을 테니까.”

어차피 내 말은 그녀에게 닿지 않는다. 나는 열심히 노력했으니까 너도 앞을 향해 나아가라든가, 현실에 짓눌리지 말고 노력하라든가, 그런 소리는 절대로, 닿지 않는다.

세상에는 결코 서로를 이해하는 게 불가능한 상대도 있는 법이니까.

코마치가 사는 곳은 심해고, 나는 이제 태양 아래를 걷고 있으니까.

오만하게 웃으며 다가오는 코마치.

『어차피 한가하잖아, 아마오리. 조금쯤은 어울려 달라고.』

『미안, 나…… 별로, 가고 싶지…… 않아요…….』

그리고 명확한 거절 의사를 드러냈던 나.

그날 그 순간, 우리의 길은 영원히 갈라지게 되었으니까.

그럼에도.

나는 떠나기 직전, 문 앞에서 멈춰 섰다.

“그리고 한 가지만 더.”

“……뭔데.”

이건 완전히 쓸데없는 말이다.

그렇지만, 가느다란 실이 보인 것 같아서.

나와 코마치를 유일하게 잇는 그 덧없는 빛은 중학교 시절의 원한도, 지금까지 이어진 불화도 뭣도 아닌, 그저 인간으로서 살아가는 데에 당연히 존재하는 마음.

일어나고, 밥을 먹고, 하루를 살아간다. 그런 것들과 마찬가지로 선천적으로 갖춰진 기능.

가족에 대한 사랑.

"……여동생에게, 너무 걱정 끼치지 말도록 해."

아마오리 레나코와 나시지 코마치가 아니라, 여동생을 둔 그저 한 명의 언니로서.

한때 등교 거부아였던 선배로서 건넨 말.

코마치에게서 대답은 없었다. 하지만.

단 하나, 그 말만큼은.

심해 밑바닥까지 닿았다는…… 느낌이 들었다.

모든 감정을 남김없이 쏴 갈기고, 메말라 버린 내가 현관으로 돌아오자.

미나토 양과 세이라 양은 편의점 앞에 죽치고 있는 젊은 애들 같은 자세로 현관 앞에 주저앉아 있었다.

격렬한 말다툼은 일단 끝난…… 모양이지?

"앗, 언니."

나를 본 미나토 양이 불안한 시선을 보냈다.

"……어땠나요?"

동생한테 어땠냐는 질문을 들으니, 좀 미안한 짓을 한 걸까……
싶은 마음도 들었지만.

하고 싶은 말 다 쏟아내 놓고서 나중에 사과하는 것도 뭔가 좀,
뻔뻔한 짓이라는 느낌이 들어서…….

담담하게 사실만을 말했다.

"내 볼일은 마쳤어."

"……그런, 가요."

이 집에 온 목적은 달성했다.

코마치는 분명 두 번 다신 내 과거를 누군가에게 떠들지 않을
거다. 나는 확실하게 내 과거를 바꾸는 데 성공했다.

아마 이걸로…… 분명 모든 게 잘 풀리겠지.

"하아……."

미나토 양이 크게 한숨을 쉬었다.

이 자리에 있는 모두가 녹초가 된 상태다.

세이라 양이 턱에 손을 괴고서 중얼거렸다.

"미나토. 언니가 등교 거부라는 사실을 계속 숨기려고 했지."

"……."

고개를 숙인 미나토 양의 반응에는 아랑곳없이 세이라 양은 혼
자서 얘기를 이어갔다.

"그래서 자기 언니는 대단한 사람이라면서 언니한테 들은 얘기
를 이것저것 학교에 퍼트렸잖아. 언니 선배 이야기도 아마 그런
흐름에서 나왔던 거고."

"그랬구나."

미나토 양은 면목 없다는 듯이 입을 열었다.

"……등교 거부를 하고 있다는 소문이 퍼지면 점점 더 학교에 가기 힘들어질 거라고 생각했어요."

그건 뭐…… 그럴지도.

"죄송합니다, 언니."

"……아냐."

가족을 지키고 싶었다는 그 마음 자체는 이해하니까.

"고생이 많구나, 여동생은."

살며시 웃으며 그렇게 말하자, 미나토 양은 한순간 깜짝 놀란 것처럼 고개를 들고는 이내 금방이라도 울음을 터트릴 듯한 표정으로 끄덕였다.

"그러려나요…… 그럴지도……. 그치만 저, 언니를 좋아하니까요."

"……그래."

어째서일까. 가슴속이 따뜻해진다.

저 모양이 된 코마치에게도 한 사람, 같은 편이 곁에 있다는 사실이.

그건 틀림없이 과거의 나에게도 구원이 되는 사실이었으니까.

훈훈하게 미소를 지은 나와는 반대로 세이라 양은 성대하게 한숨을 쉬었다.

"저는 계속 사이에 껴서 고생만 한 꼴이었어요."

"……세이라도 미안해."

"어휴 정말."

지금까지 쭉 하루나와 미나토 양을 위해 최선을 다해 준 세이라 양에게 고개를 숙였다.

"고마워, 세이라 양."

"딱히 언니 선배한테 감사 인사를 들을 이유는 없지만요……. 하루나도 미나토도 제 친구니까요."

영차, 하고 세이라 양이 일어났다.

"가게 일을 돕다가 빠져나왔으니까 슬슬 돌아가 봐야 해. 그보다 이 말만큼은 계속 말하고 싶었는데 말이지."

마치 이번 일에 매듭을 짓는 것처럼 세이라 양이 미나토 양을 향해 웃었다.

"하루나도 미나토도, 너무 시스콘이야."

아, 하고 이해했다.

얼굴이 빨갛게 돼서 입을 다문 미나토 양을 보며.

세이라 양이 한 말을 듣고, 뭔가 이제야 깨닫게 된 느낌이었다.

이번 일은 분명 옛 등교 거부아였던 언니와 지금 등교 거부 중인 언니의 이야기가 아닌, 그런 두 사람을 언니로 둔 여동생들의 이야기였을 거라고.

나는 두 사람에게 손을 흔들고서 집을 나왔다.

땀 때문에 흘러내린 화장이 기분 나쁘다. 한시라도 빨리 목욕하고 싶다.

조금 걷다가 멈춰서서 올려다본 창문.

단단히 커튼이 쳐져 있는 그 방을 향해, 좀 더 뭔가 해주고 싶은 말은 없었을까, 하는 생각을 잠깐 했다.

하지만 떠오른 건 그저 자조적인 말뿐이었다.

나는 다시금 걸음을 옮겼다.

정말……. 언니란 어쩔 수 없는 생물이라니깐.

***

집에 돌아온 뒤.

동창회에선 거의 아무것도 입에 대지 못했기 때문에 저녁 먹고 남은 걸로 배를 채우고, 욕실에 들어가 몸도 얼굴도 깨끗하게 씻은 다음에.

"아, 어서 와."

"응."

여동생과 복도에서 마주쳤다.

철이 들었을 무렵부터 계속 봐왔던 여동생의 얼굴.

건방지고, 얄밉고, 어른스럽고, 어딘가 천진난만한.

그리고 때때로 까닭 없이 귀엽고 사랑스럽게 느껴진다.

그런 여동생에게 말을 걸었다.

"저기, 하루나."

"응."

살짝 주춤거리며 제안했다.

“⋯⋯오늘, 같이 자지 않을래?”

“엥?”

“⋯⋯언니. 이게 무슨 상황이야?”

“어⋯⋯ 글쎄⋯⋯?”

불이 꺼진 실내.

나는 여동생 방에서 동생과 같은 침대에 누워 있었다.

당연하지만 침대는 더블 사이즈가 아니다. 자칫하다간 굴러떨어질 정도로 좁았다.

“으으―. 자기 불편해―.”

아니나 다를까, 불만 어린 목소리를 흘린다.

그런데도『같이 자지 않을래?』라고 권했더니 잠시 생각한 다음『딱히 상관은 없는데⋯⋯』라고 대답한 여동생.

목욕도, 데이트도 그랬지만 권할 때마다 언제나 따라와 주는구나⋯⋯. 나를 좋아하는 걸까. 에이 그럴 리가.

체온이 파자마 너머로 전해져 온다.

부드럽고, 따뜻했다.

“그래서 뭔데?”

“뭐가?”

“뭔가 하고 싶은 얘기가 있는 거 아니야?”

“아―, 뭐⋯⋯ 들켰어?”

“아니, 너무 부자연스러웠잖아.”

“그건 그러네.”

인정할 수밖에 없다.

“마이한테 무슨 얘길 했었어?”

“어? 하고 싶은 얘기가 그거?”

“이건 아니긴 한데, 이것도.”

“음―…… 뭐, 이젠 괜찮으려나. 학교에서 뭔가 시시한 소문이 퍼지고 있어서 잠재우려고 했는데 잘 안될 것 같다. 그래서 학교에 가지 않기로 했다고.”

“뭐야 그게…….”

“보통 그러잖아. 남의 말도 석 달이라고.”

“……뭐? 그래서 두 달 후에 가겠다고 한 거야?”

“뭐, 대강 그쯤.”

“아무리 그래도 그건 이 언니한테도 예상 밖인데…….”

“천재적이지.”

“왜 으스대는 거야…….”

아니 그보다 지금 알고는 있는 건가, 이 녀석.

내가 중학교 시절 아싸였다는 소문을 잠재우기 위해서 자기가 장기간 학교를 쉬었다는 사실을 자백하고 있다는걸.

“왜 그렇게까지.”

“언니가― 아싸라는 사실을― 들키면― 내 학교생활이―.”

“아, 그러셔.”

“아니, 그러셔라니. 그 이유가 다라고.”

“있잖아, 하루나.”

나는 여동생과 등을 맞댄 채, 조용히 말했다.

“그것들 전부, 이제 괜찮아졌어.”

“……괜찮다니, 뭐가?”

“그러니까 이젠 괜찮다는 뜻.”

“어? 나 이 집에 불을 질러야 하는 상황이 됐다는 뜻?”

“아니 그게 아니고. 언니가 아싸였다는 과거는 소멸했습니다.”

“타임머신을 만들었어?”

“대충 비슷해.”

“바보 아냐.”

“이 녀석이…….”

여동생이 하품을 눌러 죽였다.

“언니, 좀 더 건실하게 사는 편이 좋다고 생각해.”

“이제 상당히 건실해졌다고 생각하는데…….”

“하긴 그래.”

“……응? 지금 인정해 준 거야?”

“언니한텐 과분한 친구님들 덕에 말이지.”

“뭐, 그렇지…….”

항변할 말이 없다.

“하루나.”

“응―…….”

여동생의 목소리는 점점 잠기운이 섞이기 시작했다.

“미안해.”

“뭐가―?”

"여태까지, 쭉."

띄엄띄엄.

"등교 거부로, 정신적으로 몰려서, 하루나한테 괜한 화풀이나
하고, 미안해. 그전에도 쭉, 좋은 언니가 아니라서, 미안해."

"……."

"그치만 나, 노력할 테니까. 훌륭한 언니가 될 수 있도록, 노력
할 테니까. 하루나가 나한테 해줬던 모든 일들에, 고마워하고 있
으니까. 그러니까."

하루나가 꼬물꼬물 움직였다.

어깨를 휙, 잡아당긴다.

그 손길에 강제로 하루나 쪽을 보게 되었다.

"후에?"

나를 내려다보듯이 몸을 일으킨 여동생은, 내게 얼굴을 가져다
대더니.

"어? 어?"

그대로.

내 목덜미를 깨물었다.

"꺅!"

당황하면서 몸을 뺐다.

"자, 잠깐. 뭘 하는…… 으꺅!"

이번엔 침대에서 굴러떨어졌다.

성대하게 엉덩방아를 찧었다.

"뭐 하는 거야 언니."

나를 내려다보며 웃으면서, 하루나는 혀를 쏙 내밀었다.

"언니가 내 걱정을 하는 건, 백 년은 일러."

나는 아무 말도 할 수 없어서, 끙끙대며 목덜미와 엉덩이만 문
질렀다.
뭐야…… 그야 그럴지도 모르지만, 조금 정돈 나한테 귀여운
모습을 보여줘도 괜찮잖아! 하루나는 바보—!

"부, 부탁드립니다! 하루나 선배!"

그렇게 말하며 필사적으로 고개를 숙이는 언니.

하루나는 팔짱을 끼고서 중학교 3학년인 언니를 내려다보고 있었다.

"고등학교 데뷔라……."

"네!"

머릿속에 목소리가 울린다.

『거짓말쟁이.』

이번에도 마찬가지. 어차피 거짓말이라고 생각했다.

언니는 항상 내 기대를 배신해 왔다.

애초에 등교 거부를 하기 전에도, 언니는 정말 하는 짓이 시원찮은 여자였다. 스쿨 카스트에서도 밑바닥 중의 밑바닥. 다른 사람의 마음을 헤아릴 줄 모르고 눈치도 없다.

어렸을 적 품은 동경심은 전부 착각이었다. 믿음직해 보였던 건 사실 뻔뻔함이었고, 배려심은 연약함이었다. 나이를 먹어가면서 점차 환상이 깨져갔다.

이제는 가죽도 살점도 떨어져 나가고 뼈만 남은 듯한 언니가 고개를 숙인 모습을 지그시 바라보았다.

여기서 거절하는 거야 쉽다. 배신당한 자신의 마음이 이끄는 대로 등을 돌리면 그만이다.

기대하면 또 배신당한다. 그저 미움만이 덩치를 키울 뿐.

그렇다.

이 순간에 이르러서도, **자신은 여전히 기대하고 있었다.**

언니가, 그 시절처럼 다시 빛나기를. 훌륭한 언니로 돌아와 주기를.

멍청하기 짝이 없다. 질리지도 않는다. 언니를 향한 질책은 자기 가슴에도 날아와 박혔다. 언제까지고 미련하게 매달려 있는 건 자신도 마찬가지다.

그렇다면 이젠.

"그다지 상관은 없는데……."

이게 마지막이다. 언니에게도, 내 마음에도 종지부를 찍자.

라스트 찬스. 가족에게 정을 떼기 위한 구실로도 적절하겠지.

실패한다고 해도, 다소 시간을 낭비하긴 하겠지만, 그건 그것대로 앞으로의 인생에서 걱정거리를 한 가지 덜어낼 수 있으니까 상관없다.

"우선은 미용실."

"아? 어?"

"그 음침한 머리카락부터 어떻게든 정리하고 올 것! 눈앞이 보이는 상태가 되면 다음 단계로! 말해두겠는데 한다면 철저하게 할 거야! 도중에 우는소리 했다간 나는 두 번 다신 언니한테 상관 안 할 거니까! 알겠어?!"

언니는 그 자리에 꼿꼿이 서서 직각으로 허리를 숙였다.

"정말 감사합니다! 하루나 선배!"

어차피 무리겠지.

무리면 무리인 대로 좋다. 안 되겠어요, 라고 말해 주는 게 차라리 편하다. 미련을 떼어내서 시원하다.

"나, 노력할 테니까!"

언니는 그 자리에서 바로 발걸음을 돌려 나갔다.

"……응?"

단순한 변덕이었다.

무언가를 결심한 듯한 언니의 눈빛이 신경 쓰였다. 뭘 하려고 하는 걸까.

이런 적은 지난 3년 동안 한 번도 없었다.

마치 오래 묵은 상처처럼 언니를 향한 숭배의 마음이 욱신거렸다.

언니는, 세면대 거울 앞
에 서 있었다.

가위를 옆으로 쥐고서,
앞머리에 겨누고.

입속으로는 기도문처럼
무언가를 읊조렸다.

"노력하는 거야……. 나,
노력할 거니까."

그저 한결같이 거울 속의
자신을 노려보며. 마치 거
울 속의 자신이야말로 숙적
이라도 되는 것처럼.

"……읏."

하루나는 무심코 봄을 숨
겼다.

욕실의 얇은 벽을 사이에
두고서 입가를 손으로 막
았다.

불찰이었다.

인생 최대의 방심이었다
고 해도 과언이 아니었다.

하루나의 눈에서 한 방울,
눈물이 흘러내렸다.

한때 하루나는 마음에 상처를 입고 스스로 살아가는 방식을 고민하며, 언니에게 고민을 털어놓은 적이 있었다. 어떻게 해야 남들에게 미움을 받지 않고 문제를 해결할 수 있겠느냐고.

그날 언니가 해준 말 덕분에 하루나는 구원받았다.

그때와 마찬가지였다는 걸 깨닫고 만 것이다.

언니는 인생의 길을 잃고, 막다른 곳에 몰린 채, 그럼에도 바뀌고 싶다고 발버둥 치고 있었다.

감정이 넘쳐흐른다.

"다시 시작하는 거야…… 이제부터……! 지금 바로……!"

무언가와 싸우려고 하는 언니의 마음을, 지금, 하루나는 이해했다.

어렸을 적 하루나가 극복했던 시련은 누구에게나 내려오는 고난이었다. 언니 또한 갈림길에 서 있었다. 그리고 지금, 도망치지 않고 맞서 싸우겠다고 마침내 각오를 다진 것이다.

(……언니…….)

차오르는 눈물에 이름을 붙일 수가 없었다. 그저 감정이 둑을 터뜨린 것처럼 넘쳐흐른다. 하루나 스스로 억누르고 있었던 지난 3년간의 세월에 목이 메었다.

(언니……!)

아마 언니는 그 시절의 언니로 돌아올 수는 없을 것이다.

어린 시절의 아름다운 추억은 분명 언제까지고 언니를 괴롭게 만들겠지.

그럼에도 언니는 점차 바뀌어 간다.

흘러 흘러 어떤 해안에 도착하게 될지는 모르겠지만, 그래도 그건 아마오리 레나코다.

하루나가 한때 정말 좋아했던 아마오리 레나코다.

소리를 눌러 죽이며 눈물을 흘리던 하루나는 진심으로 바랐다.

이 세상 모든 게 자신에게 편한 대로 굴러가면 좋을 텐데.

앞으로 언니의 인생에 한 점의 고난도 없이 모든 게 잘 풀리면 좋겠어.

온 세상 사람이 한 명도 빠짐없이 언니를 좋아하게 되면 좋겠어.

고등학교 데뷔에 성공하고, 많은 친구를 사귀면 좋겠어.

언젠가 연인이 생겨서, 매일 행복하다고 느끼는 시간이 언제까지고 계속되면 좋을 텐데.

왜냐하면 자신이 행복해지기 위해서.

언니의 행복은 나의 행복이다.

어렸을 때부터 항상 끊임없이 영향을 주고받는, 거울에 비친 모습과도 같은 사람. 그게 바로 자매니까.

행복해지길 바란다. 나를 위해서.

언니는 내 반쪽이니까.

크게 숨을 내쉰 뒤 눈물을 닦고서, 하루나는 짐짓 화난 척 언니 앞에 모습을 드러냈다.

"언니?!"

"어?!"

가위로 앞머리를 싹둑 자른 언니가 보기 흉한 헤어스타일을 한 채 돌아보았다.

"내가 분명 미용실에 가라고 말했었지?! 왜 직접 자르고 있는 거야?!"

"어······. 눈을 가린 머리카락부터 정리하지 않으면 다음 단계로 못 간다고 그랬으니까······ 잘못한 거야······?"

"일단 앞머리부터 없애면 오케이라는 뜻이 아니라고! 똑바로 하라는 뜻이야! 어휴······."

불안감에 겁을 먹은 언니를 향해 하루나는 크게 한숨을 쉬었다.

"어쩔 수 없네, 다음은 세안이랑 스킨케어야."

"······어?"

"미용실은 다음에 또 예약해 줄 테니까. 알겠어?"

"네····· 넵!"

기합이 들어간 신병처럼 빠릿빠릿하게 대답하는 언니를 보며 하루나는 탄식했다.

"언니는 내가 없으면 안 된다니깐, 정말."

아마오리 자매의 새로운 관계성. 그 첫걸음은 이때부터 시작되었다.

후일담이다.

그로부터 얼마 뒤, 세이라 양에게서 연락이 왔다. (당연하지만 나는 잊지 않고 차단을 풀었다…….)

듣자 하니 미나토 양이 나랑 연락을 주고받고 싶어 하는 모양이라, 연락처를 알려줘도 괜찮나요? 라는 연락이었다.

나는『물론이지』라고 대답했다. 덧붙여 마이와 언제 만나게 해 줄 거냐며 약속 이행을 다시 한번 재촉당했다…… 그래도 어쨌든 세이라 양과도 예전 같은 양호한 관계를 회복하는 데 성공했다.

여동생 친구이자 카호 짱의 코스프레 동료이자 마이의 팬.

두 살 아래지만 친구를 생각하는 마음을 통해 세이라 양이 어떤 사람인지 알게 됐다. 그 덕분에 나도 세이라 양을 왠지 친근하게 느낄 수 있게 된 것 같다. 좋은 사람……!

미나토 양한테서 온 연락 내용은…….

반년 만에 나시지 코마치가 학교에 갔다는 소식이었다.

『폐를 끼쳤습니다. 언니와 이것저것 하고 싶은 얘기는 많지만, 지금은 되도록 간섭하지 않는 게 좋겠다고 생각해서 거리를 두고 있습니다. 동생이 옆에서 이러쿵저러쿵 말하는 것도 언니에게 부담이 될 것 같아서요. 그래도 정말 감사합니다.』

그 점에 관해 내가 무언가 코멘트하기는…… 힘든 일이었다.

무난하게 『그렇구나. 잘됐네』라고 답장할 수 있으면 좋겠지만…… 아무리 그래도 나는 그 정도로 대인배는 아니라서.

나는 결국, 그녀가 어떻게 되길 바랐던 걸까.

언제까지고 시간이 멈춘 방 안에 틀어박혀 있기를 원했던 걸까.

아니면 학교로 돌아와 여왕님처럼 행세하기를 원했던 걸까.

진짜 속마음은 잘 모르겠다.

인간이란 복잡한 생물이다…….

중학교 시절의 트라우마를 완전히 떨쳐내는 데 성공했는지 어떤지도 솔직히 좀 의심스럽다.

왜냐하면 나시지 양에 대한 일은 극복할 수 있었다 쳐도, 다음에 또 똑같은 상황에 빠졌을 때, 타인의 권유를 안이하게 거절했다간 불쾌하게 여기는 사람도 있다는 걸 이제는 알게 됐으니까.

개의치 않고 아예 뻔뻔하게 살아간다는 것도, 역시나 이제 와선 힘든 일이다.

앞으로도 나는 남의 시선을 신경 쓰면서 살아가겠지.

그저 나시지 양이 학교에 갔다는 소식을 듣고 생각했던 건…….

내 행동으로 인해 누군가의 인생이 바뀌었다는 건, 뭐, 나름 감개무량한 일이구나…… 라는 생각.

그렇게 계절이 흘러간다.

***

겨울에 걸맞은 추위에 슬슬 머플러보다 코트가 그리워지는 계절.

“다녀왔습니다” 하고 인사하며 집에 돌아온 내가 본 건 익숙한 두 켤레의 신발이었다.

엇차, 이건…….

살금살금 발소리를 죽이면서 계단을 올라갔다. 올라가자마자 바로 여동생 방 쪽에서 떠들썩하게 수다를 떠는 목소리가 들려온다.

귀를 쫑긋 세워봤다.

『……그보다 그거, ……잖아…….』

『에이— 하루나…… 라고 말한다면…….』

『……웃긴다…….』

세 사람의 목소리다.

이제는 완전히 원상 복귀.

어쩌면 내가 아무것도 하지 않았어도, 이런 식으로 세 사람이 다시 마주 웃는 미래가 있었을지도 모른다.

하지만 그렇다면 그걸로 충분하다.

나는 어디까지나 나 자신을 위해, 내가 하고 싶으니까 했던 거다. 착각해선 안 된다. 유치하게 나중에 여동생한테『그때 내 덕분에 말이지—ㅋㅋ』라며 생색낼 예정은 전혀 없다.

없지만…… 뭐, 가끔은 약 올리는 것도 좋을지도. 속수무책으로 당하고만 있을 때라거나…… 응!

팔짱을 끼고서 응응, 고개를 끄덕이다가, 자 이제 내 방으로 가 볼까 했을 때.

예전에도 그랬던 것처럼, 갑자기 문이 열렸다. 윽.

“앗, 언니 선배다.”

“안녕하세요. 실례하고 있어요.”

세이라 양과 미나토 양이 고개를 숙여 인사했다.

“아, 안녕.”

이런 기습 상황은 언제 마주쳐도 난감해! 꾸벅꾸벅 마주 고개를 숙였는데, 뭔가 분위기가 이상했다.

세이라 양과 미나토 양이 어색한 듯이 얼굴을 마주 보고 있다.

설마 내 내숭이 다 까발려졌기 때문에……? 나한테 이제 볼일은 없다는 뜻? 일단 인사를 하긴 했는데 무슨 대화를 나눠야 좋을지 잘 몰라서 난처하다는 건가……?!

이럴 때는 윗사람인 내가 주도해서 화제를 꺼내는 편이 낫겠지만, 나한테 그런 재주는 불가능하다구! 꿍쳐 둔 잡담거리도 없고.

“아, 그러면 편히 있다 가.”

그래서 나는 『하루나의 언니』로서 적당히 그럴듯한 말을 남기고 자리를 피하려고 했다.

상황에 맞는 역할의 가면만 있다면 나도 그 역할에 맞춰 행동하는 것 정도는 가능하거든. 역할은 최고야―!

그런데 진로를 봉쇄당했다. 세이라 양과 미나토 양이 내 어깨를 토닥토닥 두드려 준다.

뭔데?!

“아뇨, 방금 하루나한테 들었거든요…….”

“언니, 힘든 와중이었는데도 힘을 빌려주셨던 거군요…….”

“힘든 와중……?”

뭐지, 조금도 짚이는 구석이 없다.

그것참— 하하하— 라며 마치 얼버무리려는 것처럼 웃고 있는 하루나.

뭔가 안 좋은 예감이 들었다.

"엥, 잠깐. 하루나, 무슨 얘길 한 거야."

"뭐라고 해야 하나—."

"뭔데?!"

따져 묻자, 하루나는 시선을 피하면서.

"이젠 말해도 되겠지— 싶어서……. 언니가 마이 선배랑 사귀는 사이였다고 말해버렸어."

"뭐?!"

눈을 부릅떴다. 아무리 가족이라고 해도 프라이버시잖아?!

그 순간 세이라 양과 미나토 양이 내게 보내던 저 동정 어린 시선의 의미를 깨달았다.

"설마…… 그래서'?"

"괜찮아요, 언니 선배. 그래도 좋은 꿈을 꿀 수 있었잖아요!"

"무슨 말씀을 드려야 하나, 오우즈카 마이 씨와 사귄 적 있다는 경력을 무기로 삼으면 새로운 연인도 금방 만들 수 있을 거예요. 힘내세요."

버럭했다.

"그러니까! 나는 아직 차이지 않았거든?!"

역시나 중학생 트리오는 내 말을 믿지 않는 모양이었다.

"이, 이 녀석들……."

이 지옥 같은 분위기, 어쩔 거야…….

그랬을 때, 하루나가 크흠, 하고 헛기침했다.

"그러면 있잖아, 언니."

하루나는 다시 한번 헛기침하더니.

마치 나를 약 올리는 것처럼 반짝반짝한 미소를 지었다.

"내가 여자친구로 입후보해 줄까?"

역시 그렇게 놀리는 건 스스로도 창피하긴 했는지, 살짝 뺨에 홍조가 피어 있었다.

언니를 언니라고도 보지 않는 발언을 일삼는 동생을 향해.

외쳤다.

"동생이 내 걱정을 하는 건, 백 년은 이르거든!"

정말이지, 진짜 어처구니가 없는 동생이야! 그쵸, 아마오리 하루나 짱!

"어째서 이해해 주시지 않는 건가요!"

쾅 소리가 나도록 문이 닫혔다. 뺨은 상기됐고, 이마엔 살짝 땀이 배어 나와 있다.

지긋지긋한 소꿉친구의 저런 모습을 보는 건 드문 일이라, 저도 모르게 다정한 목소리로 말을 건네고 말았다.

"……괜찮아?"

헉, 하고 정신을 차린 눈앞의 사람이 고개를 들었다.

"사츠키?"

이곳은 퀸 로즈 본사. 최근엔 개인적인 사정으로 드나들게 됐지만, 마이한테 굳이 사실대로 말할 생각은 없었다.

"또 잠깐 모델 일을 부탁받을 것 같아서."

"그런가……. 네게 안성맞춤인 일이라고 생각하지만."

"이제 와서 마이의 연줄로 일을 하긴 좀 그래. 진지하게 노력하는 사람에게 실례야."

이 화제로 마이와 대립할 생각은 없다. 귀찮기도 하고.

사츠키는 재빨리 화제를 바꿨다.

"그것보다 방금은 아주머니?"

"……그래."

마이의 표정에 그늘이 졌다.

둘이서 라운지 스페이스로 자리를 옮겨 소파에 나란히 앉았다.

표정에 그늘을 드리운 채 마이가 입을 열었다.

"약혼자 문제야. 마마는 아무래도 발언을 철회할 마음이 없는 모양이야."

"그래……. 쉽지 않네."

"정말 그래. 어째서 저렇게 완고한 거지. 그야 나도 경솔한 부분은 있었어. 하지만 이렇게 빠르게 이야기를 진행시키려고 들다니……."

마이는 당장이라도 머리를 감싸 쥐고 싶은 것처럼 보였다.

이 타이밍이겠지.

사츠키는 절대로 마이가 눈치채지 못하도록 조심스럽게 이야기를 끌고 갔다.

마이는 타인의 변화에 예민하다. 일본의 톱 모델 중 한 사람으로서 갈고닦은 압도적인 표현력은 때때로 타인에 대한 관찰력으로도 응용할 수 있다.

"요전번에 아주머니가 부르셔서 마이의 학교생활은 어떤지 물어보셨어."

"……뭐라고?"

"물어본 것들은 다 흔한 질문들뿐. 그렇지만 한 가지 신경이 쓰였던 건…… 요즘 마이한테 연인이 생겼니? 라고 물어보신 부분. 아마도 아주머니는 마이가 누군가와 사귀기 시작했다는 걸 눈치채고 계셔."

"……그렇다면 어째서."

"고등학교 생활 중에 만든 연인을 신용하지 못하시는 거겠지. 그래서 더 어울린다고 생각하는 상대를 억지로 이어주려고 하는 거야.”

마이는 입을 다물었다.

괜한 오지랖인 건 틀림없지만, 그것 또한 어머니로서의 사랑이었다. 복잡한 심경이겠지.

“그렇다면 그녀를 소개해 주면…….”

“해결될 것 같아? 걔를 소개하는 걸로.”

“…………”

마이는 연이어 침묵에 잠겼다.

다행이다. 레나코를 향한 맹목적인 사랑을 내세웠다면 사츠키의 작전은 허사로 돌아갈 뻔했다. 고마워, 레나코. 네가 보잘것없는 여자라 정말 고마워.

“게다가…… 세나에 대한 것도 있잖아.”

“……그랬지.”

목소리를 낮춰 말하자 마이도 고개를 끄덕였다.

셋이 동시에 사귀고 있다니, 누구에게 말한들 인정해 줄 리가 없다. 뭐, 아주머니는 넷이서 사귀고 있다고 착각 중이지만.

“하지만 그렇다 해도 나는 레나코를 포기하고 싶지 않아. 뭔가 방법을 찾겠어.”

“……”

그 눈동자의 반짝임을 보고서 사츠키는 행동에 나섰다.

“그래서 떠올린 게 있어.”

부자연스럽게 들리지 않도록, 평소 같은 어조 그대로.

“너희들이 어떻게 사귀든 솔직히 아무래도 좋아. 마이도 아마오리도, 알아서 하도록 해. 하지만 아무런 잘못도 없는 세나까지 슬퍼하는 건 내키지 않아. 그러니까."

마이의 눈을 응시하며, 말했다.

"나와 사귀는 걸로 해보지 않을래?"

마이는 그저 사츠키를 마주 볼 뿐이었다.

"……겉으로는 나랑 사귀는 걸로 하면 약혼자…… 루시를 떨쳐낼 수 있잖아. 적어도 나는 네 주위에 있는 누구보다도 아주머니를 잘 알고, 신뢰받고 있어. 교제 상대가 나라면 아주머니도 분명 납득하실 거야."

어조가 빨라지지 않도록 최대한 주의를 기울이며 이야기했다.

심장이 격렬하게 뛴다. 마이의 단정한 이목구비가 똑바로 이쪽을 바라보고 있다.

"당신들은 비밀로, 지금까지 해왔던 대로 사귀면 돼. 어디까지나 나와 마이는 대외적으로 사귀는 척을 할 뿐. 분명 아주머니를 속일 수 있을 거야——."

덥석, 하고.

"어?"

사츠키의 손이 붙잡혔다.

"정말 괜찮은 건가?!"

활짝 피어난 미소가 밝게 빛난다.

"으, 으응……."

그 기세에 눌리면서 끄덕였다.

"나를 위해 그렇게까지…… 고마워! 사츠키, 정말로 너는, 정말로 상냥한 사람이야!"

거기서 끝나지 않고 와락 안겼다.

"…………그, 그래."

어째서인지는 잘 모르겠지만 묘하게 찜찜한 기분이 들었다. 보나 마나 마이니까 자신을 의심하면서도 그 방법밖엔 없겠지, 하고 마지못해 수긍할 줄 알았는데!

"내 인생 최고이자 최대의 행운 중 하나는 너와 만날 수 있었다는 사실일지도 모르겠어, 사츠키……. 정말로 고마워. 네가 곁에 있어서 다행이야."

"……좋아하는 건 너무 이른 게 아닐까. 아주머니가 반드시 찬성하실 거라는 보장은."

"아니아니, 무슨 소리야. 사츠키가 상대인걸. 만약 내가 합중국 대통령이라도 전 국민이 축복해 주겠지. 완벽해."

"과장이 심해!"

헉헉 숨을 헐떡이며 마이를 떼어냈다. 대체 뭐야 얘는!

"단, 각오하도록 해."

"뭘 말이지?"

이미 모든 근심 걱정이 깨끗하고 시원하게 사라졌다는 것처럼 구는 마이의 미소에 엄청나게 짜증이 솟구쳤다.

"루시는 너를 쉽게 포기할 생각이 없어 보여."

마이가 훗 웃었다.

“훗.”

입으로도 말했다.

“축복해 줄 거야. 나와 네가 사귄다고 한다면. 그녀는 마음씨 착한 여성이니까.”

아 진짜.

사츠키는 속마음이 표정에 드러나지 않도록 모든 힘을 쏟아야만 했다.

그런 식이니까!

너는!

나 같은 여자한테 쉽사리 발목을 잡히는 거라고!!

목소리를 낼 수 없는 대신, 마이의 배를 힘껏 때려주고 싶은 심정을 이성으로 억눌렀다.

그리하어 이튿날. 오우즈카 마이의 약혼자 이름이 새롭게 바뀌게 됐다.

오우즈키 마이.

그리고 코토 사츠키.

초겨울의 찬바람이라고 부르기엔 너무나도 커다란 특대형 허리케인이 태어나고 있었다.

후기

안녕하세요, 미카미 테렌입니다.

먼저 사과를 드려야겠네요…….

전후 편은 빨리 내겠다. 페이지 수는 적게 내겠다. 그렇게 6권 후기에 쓴 적이 있습니다.

미안해!!!

그게…… 여러 가지 일들로 바빴…… 거든요…… 헤헤헤…….

사과 대신이라고 하기는 뭣하지만 8권은요, 후후후, 좀 더 빨리 낼 테니까요. 이번엔 1년이나 기다리게 하지 않을게. 진짜야! 나를 믿어줘! 나를 믿어줘! 응?!

다음에 거짓말하면 나를 나무 밑에 묻어버려도 괜찮으니까!

자, 이번에야말로 독자 여러분에게 완벽한 믿음을 심어드린 이때(최대한 시선을 피하며), 본격적으로 7권 후기를 시작해 보겠습니다. 이번엔 있지, 얘기할 것들이 잔뜩 있거든! 후기를 8페이지나 받았어. 우와아 이 수다쟁이~!

독자를 1년이나 기다리게 만들어 놓은 주제에 신 내지 말라고. 넵…….

1 : 7권의 내용을 돌아보기 (7권 내용에 대한 스포일러 없음)

먼저 이것부터. 내용을 살펴보면 아마오리 자매의 이야기입니다.

자매 백합이라는 건 백합 장르의 왕도. 물론 저도 너무나 좋아하기 때문에, 이번엔 이왕 이렇게 된 거 제가 좋아하는 요소를 꽉꽉 눌러 담아 봤습니다.

언니의 눈으로 본 여동생. 여동생의 눈으로 본 언니. 가족이라서 생기는 특별한 거리감. 유일무이한 존재. 그런 요소를 맛보아 주신다면 좋겠습니다. 자매는 참 좋지……. 좋아…….

전후 편 구성이라, 챕터 구분도 이번엔 5장부터 시작되는 형태로 했습니다.

와타나레는 **어째서인지 매 권**마다 레나코가 **우연히** 2장에서 귀여운 여자애와 같이 목욕하는 장면이 나옵니다.

하지만 이번엔 애초에 2장이 존재하지 않기 때문에, 집필 전에는 "그렇구나, 그럼 목욕 장면도 없겠는걸!"이라고 생각하고 있었는데, 앞으로의 전개를 고려한 결과, 이번에도 또 **우연히 여자애와 같이 목욕하게 되있습니다.** 이야— 우언이 언달아 계속되네요!

이렇게 살색이 많은 이야기라니, 애니화는 어려운 일이겠죠, 분명. 요즘은 어디든 다 힘든 모양이니까요…….

그리고 이번 권은 시즌2 막바지를 앞두고서 레나코의 파워 업 에피소드이기도 합니다. 전후 편으로 구성할 필요가 있었던 이유 중 하나입니다.

주인공이 파워 업을 하면 어떻게 되느냐. 더욱 커다란 시련에 맞서게 되겠죠! 그렇게 레나코의 세계는 점점 넓어져 가는 겁니다. 힘내라, 주인공.

2 : 이번 권 표지 이야기 (스포일러 없음)

그런 이유로 첫 레나코 단독 표지입니다. 해냈어요!

정확히 말하면 현재 시점의 레나코는 아닙니다만, 이번 이야기를 상징하는 일러스트로써 타케시마 씨에게 결의를 다진 레나코를 그려달라고 부탁드렸습니다.

저는 사람이 『달라지겠어!』라며 발버둥 치는 이야기를 정말 좋아하는 사람입니다. 역부족이기에, 그런 자신을 뛰어넘기 위해서 발버둥 쳐줬으면 합니다. 반짝임을 보여주길 원하는 것입니다.

이 이야기의 주역은 너니까 말이지, 아마오리 레나코.

3 : 그리고 앞으로의 이야기

다음 권이 시즌 2의 파이널입니다.

한 권에 다 담으면 엄청나게 길어질 것 같아서 8권 단권으로 낼지는 아직 잘 모르겠습니다만, 괜찮습니다. **쓸 내용은 다 정해져 있으니까요! 쓸 내용은!**

시즌 1의 마무리와 마찬가지로, 다시 한번 관계성이 크게 변화하는 이야기가 되겠지 생각합니다.

독자 여러분의 기대에 부응하면서도 놀라움을 제공해 드릴 수 있도록 아이디어를 짜내고 있으므로 기대해 주신다면 기쁘겠습니다. 저도 노력할 테니까……!

그러면 감사 인사를 드리겠습니다.

타케시마 에쿠 선생님, 이번에도 무척이나 귀여운 아이들의 일러스트를 그려주셔서 감사합니다. 게다가 또 독서 감상 그림을 그려주시다니, 정말, 최고……! 타케시마 씨의 일러스트 없인 살아갈 수 없다고! 함께 라이트 노벨의 정점을 노려보자……!

담당자 K하라 씨, 항상 신세를 지고 있습니다. 연락 사항도 늘어나 변함없이 이래저래 휘둘리는 매일이지만, 독자분들의 커뮤니티를 소중하게 여기기는 그 자세, 언제나 본받고 있습니다. 고마워—!

더욱이 이 책을 만들기 위해 도와주신 모든 분들께 감사드립니다.

또한 만화판 그림을 담당해 주시고 계시는 뭇슈 선생님과, 담당자인 아미다 씨에게도 커다란 감사를. 이럴 수가! 만화판이 마침내 소설 4권 에피소드에 돌입이야! 내키는 대로 마음껏 그려줘…… 카호 땅을…….

그리고 또 하나의 걸즈 러브 코미디『백일함락』도 잘 부탁해! 이 후기를 쓰고 있는 시점엔, 지금 그야말로 수리장에 돌입했습니다. 힘내라 나…… 힘내라……!

다음 권, 그늘에서 암약 중인 그 사람이, 마침내 무대 위로 올라옵니다. 시즌 2의 집대성. 최고의 형태로 전해드릴 수 있도록 힘내겠습니다! 미카미 테렌이었습니다!

후기2

후기, 아직 계속된다고!

그렇게 돼서, 독자 여러분께 보고드릴 게 있습니다.

이번에 **와타나레 애니화가 결정되었습니다.**

해냈다—!

모든 라이트 노벨 작가의 꿈인 애니화입니다. 설마 제가 그 영역에 도달할 수 있을 줄이야…… 그저 감사할 따름……!

먼저 다시 한번 감사 인사를 드릴게요.

와타나레가 애니메이션 제작까지 이르게 된 건 다름 아닌, 문답 무용으로 응원해 주신 독자 여러분들 덕분입니다. 읽어 주신 분이나, 입소문으로 『재미있어!』라고 해주신 분들, 또는 다양한 형태로 응원해 주신 분들 덕분에 지금이 있습니다.

당신입니다! 지금 이 책을 펼치고 계신 당신이라고요! (급발진)

현대엔 정말 다양한 오락이 있습니다. 게다가 양질의 오락이 공짜로 손에 들어오는 시대입니다.

그런 와중에 돈과 시간을 투자해 와타나레를 구입해 주신 분들은 정말로 감사한 분들입니다. 그런 분들에게 조금이라도 보답할 수 있도록 앞으로도 살짝 독특한 맛의 백합을 계속 써나가겠습니다.

아무리 오락이 넘쳐나더라도, 『역시 와타나레의 영양분은 와타나레에서밖에 섭취할 수 없지』라고 생각하게 만드는 작품을 쓰는 게 최고의 보은이라고 생각합니다.

여기서밖에 맛볼 수 없는! 와타나레 월드를 부디 잘 부탁드리겠습니다!

그런고로 애니화에 대한 잡다한 이야기를 써볼게! 휘휴!

1 : 애니화 제안이 왔다

지금 메일을 다시 살펴보니 처음 전달받은 애니화에 대한 메일은 22년 11월 28일에 왔습니다. 2년 전!

처음엔 전화였습니다. 담당자님에게서 "와타나레 애니화 제안이 왔어요"라는 연락이 왔던 그 순간, 저는 감정의 스위치를 꺼두고서 냉담하게 "그렇군요"라고 대답했던 게 기억납니다.

그치만! 애니화라니 무섭잖아!

저는 올해로 10주년이 되는(이력만 보면 나름 중견인) 라노벨 작가. 수변에서 애니화에 읽힌 이야기는 굉장히 많이 듣고 있습니다. 그렇습니다, 두려운 이야기들도 잔뜩…….

도중에 무산되는 일도 일상다반사라든가, 그런 이야기입니다.

지금 타이밍에 전력으로 기뻐하고, 전력으로 기대하면서 하루하루를 보냈는데 애니화가 전력으로 무산되어 버린다면……? **내 멘탈이 버틸 수 없어! 폐인이 되어버려!**

심리적 방어기제가 작용한 것입니다.

이후, 저는 멘탈을 보호하기 위해 2년 전부터 매일 항상『아직이야, 아직 기뻐할 단계가 아니야……』라고 스스로 되뇌면서 살아가고 있습니다. **참 성가신 녀석이네!**

2 : 첫 미팅

애니화 제안이 오고 나서 얼마 후, 메인 스태프가 정해졌습니다.

이건 감독, 캐릭터 디자인, 시리즈 구성을 맡은 분들. 즉, 실제로 애니메이션을 만들어 주시는 분들이 정해진 겁니다.

23년 여름쯤이었습니다. 애니화가 결정되고 나서 벌써 반년이 지났습니다. 이건 평균적인 속도(보다 살짝 빠를지도)라고 합니다. 애니화는 시간이 상당히 걸리네요!

미팅은 슈에이샤(集英社)에 있는 넓은 회의실에서 열렸습니다. 아마 분명 20명쯤 있었던 느낌입니다. 슈에이샤의 높으신 분 & 높으신 분 & 높으신 분과, 애니메이션 관계자분들이 모여 있었습니다.

저는, 그렇군, 궐기 집회 같은 건가……! 하고 해석했습니다.

모두가 애니화에 대한 이야기나, 와타나레에 대한 생각 등을 말씀해 주시는 가운데, 마지막에 제 차례가 왔습니다. 원작자는 마지막에 얘기하는 거구나……?!

어버버버 하면서도 저는 애니화를 할 때 정해두었던 것을 한 가지 말씀드렸습니다.

그건 와타나레의 핵심적인 부분입니다.

와타나레는 백합 작품입니다. 하지만 와타나레의 핵심은 백합인 걸까? 절반은 그렇습니다. 맞는 말입니다. 하지만 지금까지 백합을 만든 적이 없는 분들(뼛속까지 백합 팬은 아닌 분들)에게 백합 작품을 만들어 주길 바란다는 건, 전 비효율적이라고 생각했습니다.

그렇다면 백합 요소의 중요한 포인트는 뼛속까지 백합러인 제가 감수함으로써 담보하기로 하고, 제작진에겐 와타나레의 또 한 가지 핵심적인 부분.

그건 즉, 『노력하는 여자애는 참 좋지!』라는 부분을 밀고 나가 보죠! 라고 말씀드렸습니다.

여자아이가 우직하게 노력하는 훈훈한 모습은 모든 사람에게 전해집니다. 이건 작품의 저변을 확장하는 애니화라는 매체에도 안성맞춤인 테마라고 생각합니다.

그러나 이때 저는 아직 몰랐던 것입니다.

설마 시리즈 구성, 각본을 담당해 주시는 아라카와 나루히사 씨(그 유명한 가면라이더 BLACK과 가면라이더 쿠우가, 전대 시리즈를 담당하신 분)이 **매달 빠짐없이 유리히메를 구입하고 계실 뿐만 아니라**, 이 이야기의 각본을 혼자서 전부 담당하고 싶다고 제안해 주신 **백합 고인물**이셨을 줄이야……

이렇게 스태프가 정해지고, 다음 단계. 시나리오 회의(통칭 리딩)로 넘어갑니다.

3 : 리딩의 나날

이후 저는 매주, 슈에이샤를 찾아가 회의실에서 리딩에 참가하게 되었습니다.

기본적으로 각본을 맡은 아라카와 씨와는 **백합 관련 무슨 이야기를 해도 다 통했기 때문에**, 정말 편한 현장이었습니다.

시나리오 회의는 가을쯤 시작해서 연초(24년 초쯤이었던가)까지 이어졌습니다.

이 시간이 저 자신은 무척이나 즐거웠습니다만, 아무튼 시간을 잡아먹네요! 그렇구나, 애니화는 정말로 바쁜 작업이구나, 싶었습니다.

리딩 땐 원작자의 발언권이 엄청나게 강하다는 얘기는 10년간의 작가 생활을 통해 종종 들었던 이야기입니다. 그래서 저는 최대한 언어화시켜서 설명하자는 마음가짐으로 수정해 줬으면 하는 부분에 대해, 왜 그렇게 해야 하는지를 미리 정리한 다음 회의에 들어갔습니다.

그치만! "이거 말인데~ 뭔~가 좀 아닌 것 같단 말이지~?" 같은 소리를 해도 통한단 말이에요! 원작자는!(잘은 모르지만 아마도 그래!) 무서워! **나는 내가 쥔 권력으로 누군가를 불행하게 만들고 싶지 않아!** 노 몬스터 원작자!

그래서 의견을 말할 때는 "저는 이렇게 생각합니다만, 감독님이나 여러분은 어떠세요?"하고 언제나 주변 분들에게 묻는 식으로 했습니다. 그럼에도 상당히 관대하게 봐주셨다고 생각합니다…….

단! 와타나레는 내용이 내용인 만큼, 리딩은 웃음이 끊이지 않는 즐거운 현장이었다고 생각합니다!

이건 완전히 여담입니다만, 리딩 현장에서도 아지사이나 사츠키는, 다들 나이 지긋한 어른들인데도 『**아지사이 양**』『**사츠키 양**』이라고 부르는 게 재밌었습니다. (레나코는 『레나코』였습니다.)

4 : 정리

떼를 써서 **후기를 2페이지 더 받았는데**, 성우 녹음까지 하나도 쓰지 못했네……. (이거 봐요! 처음에 8페이지라고 했는데 10페이지가 됐다고요!)

하고 싶은 얘기는 아직 잔뜩 남았으니까, 기회가 있다면 팬박스나 X(옛 트위터)에라도 쓰겠습니다. 아니면 8권 후기에…….

현장의 스태프분들은 지금 이 순간에도 와타나레의 매력을 전달하기 위해 노력하고 계십니다. 아니 정확히는 감독님을 포함해, 이상할 정도로 와타나레를 좋아하는 사람들이 모여 있습니다……. ("레나코는 저라고요!"라고 말하는 스태프가 4명쯤 있었습니다. 대체 뭐야, 레나코…….)

그런 고로, 앞으로 약 반년. 방송될 날을 함께 기대하면서 살아가 보죠!

『여자끼리라니 밀도 안 된다고 주장하는 여자애를 백일동안 철저하게 함락시키는 백합 이야기』도 애니화 하고 싶네! (절대 무리.)

자자 그럼! 오늘은 기쁜 발표를 할 수 있어서 무엇보다 기쁩니다!

미카미 테렌이었습니다!

오랜
만이네

다들

대단해
레나코

와아—
멋져—

대면.
나시지...

내가
여자친구로
입후보해
줄까?

후드티 사츠키 양
최고...

치사해!!!

과연
마이에

같은 소리는
함부로
입 밖에
낼 말이
아니었어...

으윽

재밌는 여자...

하지만
좀처럼 잘
안 되었다.

『물론 마이를
믿고 있어』
라고
웃음과 함께
대답하려고
했다.

잘그락...

마이레나!!
마이레나!!

코끼리다!
엄청 커!

와타나레
7권!!
천재적이라
무리무리!!
느낌의 감상

저것 봐,
호라에
호랑이가
있어!
진짜
죽인다!

인싸
귀여워

뭐냐
이 귀여운 생물

하얗고 커다란!!

페르시안 고양이

데이트 하루나.
귀엽네

내가 연인이 될 수 있을 리 없잖아, 무리무리! (※무리가 아니었다?!) 7

2025년 7월 15일 1판 2쇄 발행

저   자 미카미 테렌
일 러 스 트 타케시마 에쿠
옮 긴 이 정백송
발 행 인 유재옥
담 당 편 집 정영길

이   사 조병권
출판본부장 박광운
편 집 1 팀 박광운
편 집 2 팀 정영길 조찬희 박치우
편 집 3 팀 오준영 이소의 권진영 정지원
디자인랩팀 김보라 전세연
디지털사업팀 김지연 윤희진 장혜원
콘텐츠기획팀 강선화
라이츠사업팀 김정미 이지현 유아현
영업마케팅팀 최원석 윤아림
물 류 팀 백철기
경영지원팀 최정연
인쇄제작처 ㈜코리아피엔피
발 행 처 ㈜소미미디어
등   록 제2015-000008호
주   소 서울시 마포구 토정로222, 502호 (신수동, 한국출판콘텐츠센터)
판매 및 마케팅 (070) 8822-2301

ISBN 979-11-384-3683-0 (04830)
ISBN 979-11-6611-240-9 (세트)